Secret Existences

METAL

CLAIRE ZAMORA

Secret Existences

METAL

Marque éditoriale : Independently published

Image de couverture : © Thibaud Zamora

Conception de la couverture : Claire Zamora

Dépôt légal : avril 2023

CHAPITRE 1

Mon GPS est catégorique : « Vous êtes arrivé. » Depuis le trottoir, je relève le nez et me hisse sur la pointe des pieds pour voir quelque chose. La clôture qui barre l'accès à la propriété fait plus de deux mètres. Et, manque de bol, je mesure un petit mètre soixante (cinquante-neuf, pour être tout à fait honnête).

Je m'avance jusqu'à l'interphone, l'index prêt à sceller mon nouveau départ. J'appuie sur la sonnette. Cette dernière est surmontée d'une petite caméra. Je fais la moue, je déteste être filmée. Que ce soit sur les photos ou sur les vidéos, à chaque fois que je tente un sourire naturel, il ressemble à l'expression d'une constipation de trois mois.

Bien heureusement, je n'ai pas le temps de réfléchir à ma posture que, déjà, le large portillon motorisé se déverrouille. Au fond de l'allée, s'élève un ancien hangar. On en trouve beaucoup dans ce quartier. De nombreux entrepôts ont été rénovés en lofts. Il ne faut pas se fier à l'aspect, il appartient à un temps révolu. Il y a vingt ans, Bushwick, c'était le coupe-gorge de New York. Maintenant, c'est plutôt le coupe porte-monnaie de la ville. Les artistes les plus en vogue, les individus les plus brillants de la planète aiment se retrouver ici. Flirter avec la génération street art et l'énergie du passé. Bushwick est devenu un musée à ciel ouvert. Mais l'entre-soi a un prix et peu d'élus peuvent s'offrir un billet pour l'exception…

Ma valise couine en glissant sur le gravier. Elle agonise. La pauvre ne pourra pas supporter un autre voyage, elle a donné son maximum. Peut-être que moi aussi.

Il faut que ça marche.

Sur ma droite, une grande zone végétale où quelques bosquets semblent un peu à l'abandon. Au fond, un cabanon en bois. Après quelques pas, j'arrive sur une place bétonnée. Je laisse la haute porte sectionnelle du hangar sur ma gauche et me poste devant l'entrée. Mes poumons se gonflent d'air. Ce lieu dégage une énergie tout à fait singulière, tout comme son propriétaire. Les interactions avec lui ont été brèves, nous avons échangé uniquement par courriels. Il s'agit de Miles Greene, un auteur à succès et, accessoirement, le fils d'un très bon ami de mon père. J'ai emprunté plusieurs de ses thrillers à la bibliothèque, ils m'ont tous fait frissonner et la fin m'a eue à chaque fois. Deux d'entre eux m'ont particulièrement marquée et je sais qu'ils ont même été adaptés en film. Moi aussi, je rêverais de publier un roman et de le voir prendre vie à l'écran.

Mon futur employeur n'étant pas des plus loquaces lors de nos échanges, j'ai mené mes recherches et j'ai trouvé de nombreux articles. À peine vingt-six ans et cet homme est une référence dans le monde littéraire. Hollywood se tire la bourre avec Netflix pour récupérer les droits de ses prochains romans. Je n'ai déniché, en revanche, que peu d'interviews. Et chose encore plus étrange, aucune photographie, aucune présence sur les réseaux sociaux ni sur les salons littéraires. Notre romancier à succès est encore plus secret que les Daft Punk !

Heureusement que mon père le connaît de manière indirecte sinon j'aurais hésité à accepter ce job. Papa a toujours côtoyé du monde, il y avait toujours des amis à la maison. Des gens, parfois très intéressants, souvent aisés, qui avaient parcouru le monde et ramené de nombreux secrets. J'aimais me lover contre papa pour écouter les conversations. Elles nourrissaient mon imaginaire. Et puis, lorsque la vie lui a tourné le dos, un nombre certain de ses prétendus amis ont fait de même. Je sais que s'il me recommande quelqu'un aujourd'hui, c'est que je peux avoir confiance.

Je relève le menton pour observer l'immense bâtisse. Manifestement, pour écrire, il lui faut de l'espace. Les murs sont faits de briques rouges et tentent de survivre au lierre qui a déjà envahi presque tout le rez-de-chaussée. Les baies vitrées sur mesure des étages contrastent avec l'emprise sauvage de la végétation. Mon regard est attiré par les branches d'un immense tilleul aux feuilles d'un jaune solaire. Le gardien des lieux. Je le détaille avec respect, le grand sage est étouffé par le lierre.

Lorsque la porte s'ouvre, je me tiens prête à rencontrer mon employeur. Mais personne n'est là pour m'accueillir… Deux solutions : soit M. Greene a ouvert à distance, soit cette porte est possédée. Comme je n'ai jamais cru aux fantômes (car ils me filent la frousse), j'opte pour la première option. Dans une synchronicité troublante, mon portable me notifie d'un nouveau message :

MILES GREENE

Mademoiselle Cooper, je ne suis pas disponible pour le moment. Bienvenue. Votre chambre est au deuxième étage (première porte à droite), vous pouvez vous y installer. Vous avez accès à toute la maison sauf aux pièces qui sont fermées. Dans le vestibule, veillez à ne pas emprunter la porte sur votre gauche, qui donne au rez-de-chaussée. Vous trouverez une note avec la liste des tâches relatives à votre poste sur l'îlot central de la cuisine.

J'imagine que notre connaissance commune fait de moi une étrangère pas tout à fait étrangère, à qui on peut ouvrir la porte de sa maison sans être présent. Suis-je maintenant la seule à mourir d'envie de visiter le rez-de-chaussée ?

Je lui demanderais bien s'il y fait sa petite plantation, mais ce serait le meilleur moyen de terminer une collaboration qui n'a pas commencé. Et puis je ne sais pas pourquoi mais quelque chose me dit que s'il fait pousser des graines, il s'agit plutôt de quinoa.

Bonjour monsieur Greene, merci, je vais m'installer et prendre connaissance de votre liste. Au plaisir de vous rencontrer.

J'abandonne mon portable dans la poche de mon jean et observe le vestibule. Face à moi, un escalier en béton ciré. À gauche, LA fameuse porte interdite. J'observe cette dernière d'un œil suspicieux. Pas de clef, pas de verrou. Rien.

— Je vois que vous avez confiance, mon cher Miles. Si c'est un test, je le passe *haut la main.*

Après un dernier regard à la vile tentatrice, mes pas avalent les marches et ma voix chantonne : « Haut la maiiiiin ! » Qu'on se le dise, ma curiosité maladive ne me fera pas perdre ce travail.

Lorsque j'arrive dans la pièce à vivre, l'espace m'est familier. Je connais par cœur ce type de maison. Ça en jette, mais il arrive que, malheureusement, l'essentiel soit manquant.

Les volumes, les couleurs, les matériaux, les meubles, tout est défini avec un goût qui témoigne des moyens de son propriétaire. Il y a plusieurs pièces d'art aux murs. Des originaux. Ainsi que deux sculptures modernes.

Mon regard se pose sur le piano à queue qui trône à l'un des angles de la pièce. J'ai toujours rêvé de m'installer sur le tabouret d'un Steinway, à la nuit tombée, un verre de whisky à la main, pour commencer une improvisation bouleversante sur le sens de la vie. Mais la musique ne fait pas partie de mes talents et je n'ai pas non plus le temps d'apprendre.

Je quitte mes chaussures pour ne pas abîmer le parquet massif. L'odeur qui m'enveloppe est agréable : un mélange subtil de bois et d'épices. Je me rends jusqu'à l'espace salon et foule de mes petits pieds le tapis moelleux installé sous les grands canapés d'angle en cuir marron.

Mes yeux se posent sur l'immense toile moderne accrochée au mur, derrière le Steinway. Elle représente un portrait étrange, mi-humain, mi-animal. Pas une métamorphose, plutôt comme si l'esprit de l'animal sortait d'un visage d'homme, à moins que ça ne soit l'inverse. Je me perds dans sa contemplation… Inconsciemment, mon cerveau essaie de combler chaque partie manquante. Et plus je le regarde, moins je sais quelle part prendra le dessus. Peut-être aucune. Peut-être qu'elles cohabitent seulement dans un équilibre fragile.

Je connais le travail de cet artiste, on retrouve ses immenses créations sur les murs des gratte-ciel, à des endroits qui paraissent inaccessibles. C'est fou ce que l'être humain est capable d'accomplir. Les artistes en particulier. La passion donne des ailes.

Je balaie la pièce du regard. Chaque objet est à sa place. Pas d'accumulation. Pas de bibelots inutiles, pas de désordre. Miles ne doit pas souvent être chez lui. L'importante hauteur sous plafond renforce l'impression de vide.

Le puits de lumière au-dessus de ma tête et les baies vitrées qui couvrent les angles apportent une incroyable luminosité. Le soleil d'automne caresse ma peau et j'accueille sa chaleur avec plaisir.

Je pourrais rester des heures à rêvasser. Mais ma présence ici est des plus pragmatiques. Je reconnais qu'à l'aube de mes vingt-quatre ans, ce n'est pas vraiment l'avenir que je m'étais réservé. Fille chérie d'un grand ponte de la médecine, j'avais une vie emballée dans du papier doré avant même que je pousse mon premier cri. Mon cœur se serre quand je prends conscience que je suis à la place de celles et ceux qui nous servaient autrefois.

J'essaye de balayer cette pensée en continuant la visite, et me délecte du spectacle que m'offre la cuisine ouverte. Belle, sobre, mais chaleureuse. Un mélange de bois et de pierre savamment étudié. Mes doigts glissent sur le chêne vieilli qui compose le comptoir et s'attardent sur une façade en fer forgé. Le chaud et le froid. Je vais sans doute passer beaucoup de temps dans cette pièce, je me réjouis de m'y sentir aussi bien.

J'avise la note sur l'îlot central en pierre massive. Il s'agit en réalité d'un feuillet de couleur rouge, sur lequel mon nom est griffonné. À l'intérieur, je trouve mon contrat de travail ainsi qu'un planning et une liste mentionnant les tâches ménagères qui me sont attribuées. Je grimace en les découvrant. Elles sont organisées par thématique. Cuisine, nettoyage intérieur, linge, extérieurs, administratif... Sont indiqués des jours, des fréquences ainsi que des horaires préférentiels pour certaines tâches. J'inspire profondément lorsque mes yeux croisent la ligne « Nettoyer les toilettes ». Je ravale ma fierté, empoigne ma valise et monte deux à deux les marches qui mènent au deuxième étage.

— Donc, première porte à droi...

J'hésite. Discerner ma droite et ma gauche a toujours été un problème. « Dyslexique ». C'est l'étiquette que j'ai sur le dos depuis mon enfance. Moi, j'ai choisi de ne pas m'y enfermer et de faire avec. Ma particularité ne m'a pas empêchée d'écrire et d'aimer ça. Et heureusement.

Je pousse un juron lorsque je passe la porte entrouverte. Une immense bibliothèque ! J'abandonne ma valise au sol et je m'avance pieusement dans la pièce. Mes pieds progressent sur une vitre qui offre une vue plongeante sur le salon, le puits de lumière que je voyais d'en bas. Hallucinant ! J'ai l'impression d'être dans le cœur de la maison. Des étagères longent les murs. Tout y est soigneusement classé par genre et par auteur. Mes doigts glissent doucement sur le dos des ouvrages. Certains me paraissent très anciens, peut-être des premières éditions voire des éditions originales. J'y vois des noms que j'affectionne particulièrement : Jane Austen, Walt Whitman, Jack London. Dans le fond de la pièce, près du fauteuil de lecture, trône un ouvrage en grand format, installé sur un trépied. Des gants sont soigneusement disposés sur le côté pour le feuilleter. J'adore !

Je ressors encore tout émue, et me dirige cette fois dans la bonne pièce, juste en face. Ma chambre est très jolie. Le lit double, disposé sur un tapis crème, me promet de belles nuits de sommeil. Je pose la valise sur le matelas moelleux, elle l'a bien mérité. Un placard blanc se trouve le long du mur dont les tiroirs sont délimités par un joli liseré doré.

À côté de la tête de lit, une table de nuit blanche au design épuré porte une lampe de chevet tout aussi moderne. Un fauteuil cosy est installé dans l'angle près de la fenêtre qui offre une jolie vue sur la rue. De l'autre côté du lit, j'avise une coiffeuse surmontée d'un grand miroir. Pas ma tasse de thé. J'ai toujours cette impression étrange que c'est mon reflet qui me détaille et pas moi qui détaille mon reflet. Sur sa droite, une porte coulissante. Je la pousse délicatement et découvre une salle de bains avec baignoire. Je frémis de plaisir.

— Vous avez un nouveau message.

Une voix métallique m'arrache à mes pensées et me fait bondir de surprise ! Le cœur battant, je recule de quelques pas et je fixe le miroir qui vient de se transformer en écran de smartphone géant. Un message écrit s'affiche :

DE : MILES GREENE

Bonsoir mademoiselle Cooper, j'espère que vous êtes bien installée. Lorsque vous êtes à la maison, nous pouvons communiquer via ce miroir connecté. Je ne rentre pas ce soir. Passez une bonne soirée.

J'espère que ce truc ne va pas se déclencher en pleine nuit ! Mes doigts cherchent le moyen de répondre depuis l'écran tactile. Je n'y comprends pas grand-chose, l'ergonomie me déstabilise, il y a des icônes partout. C'est comme ça à chaque fois que quelque chose est nouveau. Et c'est profondément agaçant.

Sans mes repères, je deviens complètement neuneu. L'angoisse de ne pas y arriver remonte de je ne sais où et gèle toutes mes capacités d'adaptation.

J'essaie de me calmer. *Primo*, il n'y a rien de bien sorcier là-dedans. Et *deuzio*, il n'y a pas d'urgence. Je m'enfonce dans le siège et observe l'écran. Je finis par ricaner :

— Voyons voir, c'est un miroir. Alors, si je te dis : « Miroir, mon beau miroir, dis-moi, qui est la plus belle ? »

Tout à coup, la voix métallique résonne à nouveau dans la pièce et reprend mes paroles avec une diction un peu hachurée.

J'éclate de rire. Rassurons-nous, nous avons le temps avant que l'intelligence artificielle domine le monde.

— D'accord Cassie, le message : « Mon beau miroir, dis-moi qui est la plus belle ? » a été envoyé à Miles.

Par contre, clairement, elle va nous la faire à l'envers.

— Quoi ?! Mais non ! Non, non, non !

Mes doigts se posent un peu partout, les malheureux espérant stopper le carnage ! Saleté de miroir connecté ! Pour qui est-ce que je vais passer maintenant ?

Je pousse un gémissement rageur et cache mon visage dans mes mains. Mais la technique de l'autruche, ça ne fonctionne pas, la preuve : la réponse de Miles arrive presque aussitôt…

> Mademoiselle Cooper, ce miroir fera des merveilles mais pas de magie.

… et je ne sais pas comment la prendre.

CHAPITRE 2

Quand je me suis couchée, j'étais certaine de passer une nuit de rêve. Alanguie dans un lit pour quatre, caressée par des draps soyeux, lovée dans les bras de Morphée pour plonger dans un profond sommeil réparateur… Dans la vraie vie, je suis habituée à la banquette de la caravane qui fait aussi office de canapé. Le tourné-retourné m'est interdit, au risque de finir la nuit dans la position de l'équerre.

Pourtant, ici, impossible de fermer l'œil. C'est d'abord le silence qui m'a assourdie. Ne rien entendre à part le va-et-vient de ma respiration et les gargouillis de mon estomac.

J'avais laissé les rideaux ouverts pour ne pas être plongée dans le noir. Et l'espace… Trop vaste. L'intimité du camping-car m'est devenue familière.

Vers 2 heures du matin, la fatigue du voyage a eu raison de mes dernières angoisses. Il me semble m'être assoupie une heure, puis il y a eu ces bruits provenant d'en bas.

Chaque maison a son propre langage, ses craquements, ses courants d'air, je le sais. Mais impossible de faire taire mon imagination. Résultat : j'ai compté 348 moutons avant de capituler et de prendre un livre.

L'ensemble de mon dressing se trouvant dans ma valise, j'étais habillée en cinq minutes. Et maintenant, devant Robert, mon miroir à qui j'ai donné un nom pour éviter de faire une nouvelle bourde, je parle tout haut :

— Il n'a pas tort, Miles.

— Manifestement, Robert, tu ne fais pas de magie sur les cernes. Elles sont toujours là.

— Alors, explique-moi à quoi tu sers ?

Ce matin, j'aimerais rencontrer mon patron. Dans ma situation, les doigts pointés sont légion mais les mains tendues sont rarissimes. Alors le remercier est la moindre des choses.

Je tapote la petite icône d'accueil de Robert. Il est quand même fortiche. Grâce à lui, me coiffer devient secondaire. Je peux accéder à mes réseaux sociaux et à Youtube. Et ce n'est pas tout, il m'est possible de consulter la météo, les dernières informations, le trafic routier et même mon horoscope.

Horoscope Balance, mardi 12 octobre

Amour

À force de tenir votre carafe vide, vous allez finir par vous dessécher. Attention cependant à ne pas vous hydrater trop vite, vous risqueriez de boire la tasse.

Boire ou ne pas boire, j'ai fait mon choix. Les mecs, je les tiens à distance et c'est très bien comme ça.

Amitié

Soyez à l'écoute, vous nouerez de nouvelles amitiés. Vos amis vous apprécieront, maintenant que vous les épargnez avec vos jugements hâtifs et tranchants.

J'ai une seule amie, Anna. Je l'aime très fort, mais l'horoscope dit vrai, avant, c'était différent.

Argent

Attention, ne comptez pas trop sur votre bonne étoile, vous risqueriez de devoir régler des problèmes pénibles si vous ne faites pas les efforts nécessaires.

Il y a eu un schisme dans l'alignement des planètes. Ça, c'était l'an dernier. Par ailleurs, le cosmos a oublié de me refiler une bonne étoile. Je le saurais si j'en avais une.

Santé

Vous êtes en bonne voie pour retrouver la pleine santé. Cela dit, une maladie vous a transformé profondément.

Si on considère la vie comme une maladie, alors oui, en effet.

Vie sociale

Il y a de l'électricité dans l'air. Soyez à l'écoute et ne cherchez pas à régler des problèmes qui ne vous concernent pas. Vous n'aurez pas les outils pour éviter des écueils catastrophiques.

Si je dois y voir un rapprochement avec papa, tout ce qui le concerne me concerne. Et si je ne suis pas encore armée pour la bataille, je suis ici pour préparer mes cartes.

Robert, toujours pragmatique, interrompt ce moment de voyance intense en m'annonçant un nouveau message :

DE : MILES GREENE

Bonjour Cassie, j'espère que vous avez passé une bonne nuit. Je ne suis pas là aujourd'hui, vous trouverez la liste des courses et de l'argent pour les frais courants de la semaine dans la boîte bleue sur le plan de travail de la cuisine. Bonne semaine.

Il était donc ici cette nuit ? Je ne l'ai pas entendu rentrer. Quelles drôles de manières. J'attrape mon téléphone sur la table de nuit, dubitative. Je soupire en enfilant mes sabots et mon tablier de travail. Avant toute chose, appeler papa !

Les tonalités s'enchaînent pendant que j'emprunte les marches pour descendre à la cuisine. De toute façon je suis seule aujourd'hui, je peux passer un coup de fil rapide. Sa voix rocailleuse me répond enfin. Comme à chaque fois, je suis soulagée de l'entendre.

— Salut Poussin… Alors, tu es bien installée ?

Quelqu'un pourrait lui rappeler que j'ai passé l'âge de mes trois ans… il y a vingt ans ?

— Oui papa. C'est parfait !

Je pénètre dans la cuisine déjà baignée de lumière.

— Ah… C'est bien.

— Et toi ? Ça va ? Tu sais, je m'en veux toujours de te laisser seul…

Mes yeux cherchent la boîte dont m'a parlé Miles. *Trouvée !*

— Cassie, arrête ! Vis ta vie, ma grande !

J'ouvre la boîte et découvre une enveloppe ainsi qu'une liasse de billets. Je fais les yeux ronds.

— Tu es sûr que ça va ? Tu n'as pas eu de nouveau courrier ?

La somme pour la semaine est énorme, elle n'est pas loin de mon budget mensuel. Je me dis qu'il y a tout juste un an, c'était à peine l'équivalent de mon argent de poche pour la journée.

— Poussin, tu es partie hier matin… Tout va bien… Je vais bien. Ne t'inquiète pas.

Mon père s'interrompt pour cracher ses poumons. Ma poitrine se comprime. La culpabilité de le laisser est saillante. Je ne voulais pas le quitter mais il a insisté. J'aurai dû tenir bon.

— Et ce Miles, il est gentil avec toi ?

Il brille par son absence mais hors de question d'inquiéter mon père.

— Oui, Miles est très gentil. Tout se passe bien. Il m'a fait visiter. Je suis bien installée. J'ai mes tâches de la semaine, je vais me mettre au travail.

— Ah parfait, parfait… Je dois te laisser Cassie.

— D'accord. À demain papa. Je t'aime.

— Je t'aime Poussin.

Je raccroche, une boule dans la gorge. Nos conversations ne sont jamais longues mais elles sont indispensables. Il ne me dira jamais si quelque chose ne va pas mais j'ai appris à décrypter les petits signes dans le ton de sa voix ou dans ses silences. Chacune de ses expressions et ce qu'elles signifient n'ont plus aucun secret pour moi. J'en aime certaines, j'en appréhende beaucoup d'autres. C'est un programme que mon cerveau a mis en place depuis que tout a basculé. Anna dit que je suis en hypervigilance. Moi, je dis que je ne veux pas être orpheline.

— Il t'a fait visiter, Miles ? Vraiment… ?

Surprise, je manque de lâcher la boîte ! Je lève le nez vers l'auteur de ces quelques mots. Un jeune homme se tient en bas de l'escalier. Il est en costume et tient un attaché-case.

Il aurait tout de l'enfant sage si sa chevelure dorée en bataille et son sourire solaire ne trahissaient pas un brin de folie. Ses yeux d'opale me fixent avec malice. Comme s'il était chez lui, il s'avance, pioche une pomme dans la corbeille à fruits et la croque avec désinvolture. Il n'a ni l'allure ni l'attitude du voyou, j'en déduis donc, avec une perspicacité aiguisée, qu'il est… chez lui.

— Qui êtes-vous ?

— Je m'appelle William. J'habite ici. Le gentil Miles a oublié ce *détail* ?

Il a insisté sur le dernier mot avec une pointe de reproche et beaucoup d'amusement.

— Excusez-moi mais je croyais qu'il n'y avait que lui ici.

Mon interlocuteur éclate de rire. Si c'est son petit copain, il prend son statut d'homme invisible avec philosophie.

— Que lui ? Cet homme est magique…

Il penche la tête de côté et arque un sourcil.

— Nous sommes cinq.

Ah, quand même.

J'observe ledit William. Miles a bon goût, il est vraiment beau. Si on aime les blonds.

— Je me suis présenté. Mais toi, qui es-tu ? Je descends tranquillement, pensant être seul, et je tombe nez à nez avec une jeune fille inconnue. Heureusement que je suis la réincarnation d'un moine tibétain.

La comparaison me fait sourire mais il n'a pas l'air d'en rire. Pourquoi pas ? Après tout, les moines aussi ont le droit de choisir d'incarner des beaux gosses dans leur nouvelle vie.

— Miles m'a engagée pour l'intendance de la maison, je suis arrivée hier après-midi.

Il se penche vers moi, sur le ton de la confidence.

— Et la nouvelle intendante de maison a-t-elle un nom ?

Un nom oui, mais elle préfère donner son prénom. Elle ne veut pas que le monstre la retrouve.

— Cassie.

William ouvre théâtralement les bras et fait une courbette.

— Bienvenue Cassie !

— Merci.

— Je dois filer. Miles t'a donné toutes les infos ?

J'opine de la tête. William me tapote l'épaule, me décoche un clin d'œil à déglinguer un congélateur et s'échappe par l'escalier. Il me lance un salut depuis les marches avant de disparaître de mon champ de vision.

Cinq. Je vais avoir du boulot.

CHAPITRE 3

Je n'avais pas pris conscience qu'il y avait tant de chambres. Certaines portes sont entrouvertes et donnent sur des pièces sans occupants. Je laisse mon aspirateur de côté avant de coller l'oreille contre une porte restée fermée.

S'il y a encore quelqu'un dans la maison, j'aimerais le savoir. Mon cœur ne voudrait pas finir son job prématurément.

— Qu'est-ce qu'elle te dit ?

Quoi ?!

Je me redresse d'un bond ! Devant moi, un jeune homme en tenue de sport me détaille en souriant, torse nu. Quelques gouttes de sueur perlent sur sa peau d'ébène. Il défait méticuleusement les bandages de sa main droite. Décidément, pour Miles, le physique, ça compte. Tout autant que la taille des biceps. L'athlète jette un coup d'œil à la chambre fermée.

— La porte. Elle te parle ?

J'arque les sourcils avant de contempler ladite porte à la recherche d'une excuse valable. Premier jour et je passe déjà pour une fouineuse… Je pousse un rire nerveux avant de me lancer dans une explication approximative.

— Je dois nettoyer les chambres mais je n'ose pas frapper pour éviter de réveiller un de ses occupants.

— Je suis James. Tu dois être… Cassie, la nouvelle intendante ?

Sa voix est douce, il fait un pas vers moi. J'esquisse un mouvement de recul. J'ai appris la méfiance. Le clair de ses yeux gris contraste avec le foncé de sa peau. S'il s'interroge sur la nature de mes pensées, je ne lui donne rien à voir. Je me contente de lui adresser un sourire poli.

— Oui, c'est moi ! Désolée, je pensais être seule. Votre ami, Miles, m'a dit qu'il était absent.

Le sourire de mon interlocuteur laisse place à la confusion.

— Excuse-moi Cassie, je ne voulais pas te faire peur. Kendall et Joshua ne sont pas là aujourd'hui. Quant à Miles…

Il réfléchit un instant. Il prend une grande inspiration.

— Je ne sais pas où est Miles. Il est sûrement parti s'isoler quelque temps…

« Il y a de l'électricité dans l'air. » Ce sont les planètes qui le disent.

Il faut dire que ça ne doit pas toujours être simple de partager la même maison et le même lit, à cinq !

J'ai envie de rire de ma bêtise mais je n'en fais rien. Je ne suis pas payée pour faire le clown.

— Ne t'inquiète pas. Les habitants de cette maison vont et viennent…

Mon esprit vagabondait sur un autre style de va-et-vient. J'acquiesce en me mordant la lèvre pour ne pas éclater de rire.

— On va dire qu'ils ne sont pas très à cheval sur les bonnes manières. Je comprends que tu sois désorientée... Vraiment, je suis désolé. Je dois me changer pour aller au travail mais demain matin, on prend un café ensemble !

James m'adresse une dernière moue d'excuse adorable avant de s'engouffrer dans sa chambre et de refermer derrière lui.

* * *

J'ai fait la poussière et nettoyé le sol de la bibliothèque. Le reste des pièces de l'étage étant fermé, j'ai décidé de m'occuper de l'extérieur. Le grand tilleul que j'ai repéré en arrivant serait magnifique si seulement ces grappes de lierre ne l'étouffaient pas. Pour une raison que j'ignore, j'ai besoin de l'en défaire.

C'est étrange, car le jardin semble à l'abandon, en comparaison avec l'intérieur de la maison, si bien entretenu. Quand James est parti, j'ai visité un peu le premier étage. En empruntant le couloir derrière la salle à manger, j'ai découvert une salle de sport, une salle de cinéma et même une piscine intérieure ! Il y a aussi une vaste buanderie qui fait également cellier ainsi qu'une cave à vin, accessible depuis une porte à côté de la cuisine. Je me suis souvenue des bouteilles de papa et j'ai reconnu quelques millésimes. Avec tout ça, les habitants de cette maison pourraient survivre à la fin du monde (papier toilette compris).

Dans le jardin, j'avais remarqué un cabanon, il y aura sûrement quelques outils utiles. Le cadenas n'est pas enclenché, mais le bois a gonflé. Je pousse de toutes mes forces avec mon corps pour réussir à débloquer l'ouverture. Une fois à l'intérieur, je siffle.

— Eh ben…

C'est un joyeux bazar là-dedans ! Si j'en juge par le nombre et la taille des toiles d'araignée, ils ne doivent pas souvent jardiner ! Alors que je fouille une étagère, j'entends un geignement dans le fond. Je stoppe mon geste et tends l'oreille. Un deuxième… Puis un troisième.

Je m'approche doucement et découvre, pelotonnés dans un vieux tissu, cinq chatons. Ils ont encore les yeux fermés. Trois d'entre eux dorment profondément, tandis que les deux autres cherchent à leur grimper dessus. J'avise la fenêtre au carreau cassé quelques centimètres plus haut. Maman a dû partir se nourrir. Ses petits ne doivent pas avoir plus de quelques jours.

Quelque chose frôle mon bras, je le porte brusquement à ma poitrine, craignant que ce soit l'un de ces arachnides qui me font horreur. Mais rien à voir avec une créature aux longues pattes velues. Un tout petit chaton, tout roux, tout mignon, a roulé un peu plus loin. Il est en mauvaise posture, et si je ne lui viens pas en aide, il risque de tomber. La chute lui serait fatale. Pauvre petit chou. Attendrie, je regarde cette vie toute neuve qui cherche à l'aveugle la suite de son destin. Peut-être que je peux lui donner un coup de pouce pour emprunter le bon chemin.

— Ne t'inquiète pas petit roux, ça va aller.

Je passe les doigts sous son minuscule ventre chaud et le soulève avec précaution. C'est dingue ce qu'il me paraît fragile. Je caresse son crâne du bout de l'index puis je le dépose délicatement avec les autres chatons. J'espère que mon intrusion ne dérangera pas trop la mère. Je me jure de ne pas aller les revoir tous les jours !

Je trouve une paire de gants un peu usée mais qui fera l'affaire. Je regarde bien à l'intérieur. Un jour, j'ai vu un reportage sur des veuves noires qui se planquaient dans les chaussures, les gants, tout ce que les gens pouvaient laisser dehors. Résultat, les types se retrouvaient à l'hosto avec la sensation de passer dans un étau pendant une semaine. Autant dire que ça m'a traumatisée et que j'hésite à deux fois avant de glisser mes mains délicates là-dedans !

Au milieu de divers outils couverts de poussière, je trouve un sécateur qui peut me filer le tétanos. Mais il a le mérite d'exister. Je déniche une échelle télescopique abandonnée derrière un amoncellement de vieux fauteuils. Ça sent le moisi, les tissus sont largement attaqués. Avant de sortir, je lance un dernier regard aux adorables minous et, surtout, à Petit Roux.

L'échelle se déplie assez haut et je la cale fermement contre le tronc. En montant, je m'interroge sur mes motivations. Ai-je vraiment envie de risquer la chute pour un tilleul ? Il faut croire que oui. Car ici, contre cet arbre, je me sens bien (enfin… si on ignore les micro-mouvements de l'échelle).

Perchée à trois mètres du sol, le visage dans les feuillages, je tire sur une herbe mais elle est solidement accrochée aux branches. Impossible de monter plus haut sans escalader l'arbre. Sans pitié, je la sectionne. Sans sève, elle fera moins la maligne.

— Un courrier pour M. Greene !

J'opère une rotation périlleuse et avise le facteur qui s'égosille en contrebas, devant la clôture. Il me fait un salut accompagné d'un grand sourire. Bon… je crois qu'il va falloir descendre…

Je mets pied au sol non sans soulagement et trottine jusqu'au portillon. Je fais tomber quelques feuilles dorées prises dans mes cheveux et lâche deux éternuements.

— À vos souhaits ! Un courrier pour M. Greene.

Le facteur me tend le pli bien garni. Pas de signature en retour. Je ne ferai aucune remarque à mon interlocuteur sur l'utilité de la boîte aux lettres, là, juste à côté, pile au bon format, parce que j'ai été bien élevée.

Pendant que je regarde l'enveloppe, son regard curieux se pose sur moi. Quelque chose me dit que c'est la commère du quartier.

— Vous êtes la nouvelle intendante ?

Qu'est-ce que je disais !

— Oui, j'ai commencé hier.

— Oh…

Il s'arque légèrement en arrière. Je n'aime pas sa façon de me jauger de bas en haut, ni ses moustaches à la Tom Selleck. Il me met mal à l'aise. En enfourchant fièrement son scooter électrique, il s'exclame avant de repartir :

— Eh bien ! Espérons que vous resterez plus longtemps que les précédentes !

CHAPITRE 4

Et voilà, la photo du tilleul est postée sur mon compte Instagram. J'ai quelques abonnés qui suivent mes avis lecture et mes réflexions existentielles. De temps à autre, entre mes trouvailles, je poste les instants fugaces de mon quotidien. Je prends soin de ne jamais révéler d'informations trop précises qui pourraient lui permettre de me retrouver.

J'ai placé le courrier dans la ramette indiquée à l'entrée et j'ai prévenu Miles de l'arrivée d'un pli. Je ferme la maison avant de quitter la propriété pour aller faire les courses de la semaine. Miles m'a donné une liste que je peux, selon ses consignes, agrémenter si je le souhaite. Sur le chemin, je marche, la tête perdue dans les hauteurs. Les longues avenues qui accompagnent ma route sont nombreuses à exposer d'immenses fresques street art. Les murs se métamorphosent. En offrant leur vaste surface aux artistes qui désirent s'exprimer, les passants suivent une histoire. Et c'est un vrai régal pour les yeux. Tout grouille de vie. Les odeurs, les couleurs, les discussions venues des commerces de toutes nationalités me donnent le sourire. Ici, il n'y a pas de différence, puisque la normalité est plurielle.

Mon ventre crie famine. Je m'arrête à un food-truck servant des tacos. Pendant que je fais la queue, quelque chose attire mon attention dans le kiosque à journaux, sur ma droite : « Le nouveau roman de Miles Greene. Vous ne dormirez plus sur vos deux oreilles. » Je souris. L'idée que je travaille incognito pour l'auteur qui fait frissonner New York me donne une certaine fierté. Je suis dans le secret des dieux !…

Je soupire. Au lieu de récurer ses toilettes, j'aurais tellement aimé pouvoir échanger avec lui sur son métier, son inspiration, son histoire…

* * *

Enfin ! Lorsque je retrouve la bonne rue, je chantonne l'*Alléluia* ! J'ai pris confiance. Je me suis dit qu'après tout, je n'avais pas besoin du GPS. Il faut dire que j'avais les bras bien occupés avec tous mes sacs. Mes mains sont en feu ! Le plastique a creusé des sillons dans mon épiderme.

Je viens de découvrir, non sans douleur, que je possède des muscles aux avant-bras ! Je transpire comme un contrôleur des impôts dans un casino. Soulagée d'avoir retrouvé un décor familier, je fais une petite pause bien méritée. En plus, mon téléphone a vibré quelques fois.

DE : MILES GREENE

Où êtes-vous ?! Je vous le demande une dernière fois ! Enlevez cette photo !

Trois autres messages non lus se trouvent juste en dessous. Le ton y monte *crescendo*. Flûte, j'étais persuadée que les notifications concernaient mes réseaux…

Enlevez tout de suite cette photo de votre compte !

Avez-vous reçu mon message précédent ?

Mademoiselle Cooper, pourriez-vous retirer la photo que vous avez postée ?

Qu'est-ce qui lui prend ? Il ne peut pas s'agir de la photo du tilleul quand même ? Un peu désarçonnée, je me dépêche de supprimer mon post. Je ne comprends pas. On voit juste un arbre !

Je glisse le téléphone dans la poche arrière de mon jean, je préfère ne pas lui répondre à chaud. J'attrape les sacs et, dans l'affolement, tout se déverse au sol !

— Et merde !

La chance a changé de trottoir.

Je grommelle et m'agenouille pour tout ramasser.

— Tiens.

Une petite main me tend une boîte de conserve. L'enfant à qui elle appartient lâche son skate pour m'aider à rassembler le reste des articles tombés au sol. Je me fige un bref instant et, voyant mon trouble, le petit garçon me sourit. Son innocence me percute de plein fouet. Je n'étais pas prête.

— Merci.

— Quelle poisse ! Ton sac est troué. Je peux t'aider à porter tes courses si tu veux ?

— Ce serait super gentil ! Je vais juste ici. Je travaille comme intendante.

D'un signe du menton, je lui montre le portillon à quelques mètres de là. Les yeux du garçon s'illuminent.

— Il se défait aussitôt de son sac à dos et l'utilise pour y glisser ce qu'il peut.

— Je m'appelle Zayan. J'habite juste en face. Tu pourras me le rendre quand tu veux.

Je suis touchée car j'imagine qu'il me fait un grand honneur en me prêtant son sac Spiderman.

— Enchantée Zayan, je suis Cassie.

À nouveau ce sourire. Il y a chez cet enfant une douceur qui fait sauter toutes mes résistances.

Lorsque nous pénétrons dans la propriété, mon jeune compagnon semble hésiter.

— Tout va bien ?

À son expression, j'ai du mal à dire s'il croit avoir pénétré dans le Mordor ou dans une chocolaterie. Il semble aussi impressionné que fasciné.

— Oui… c'est que… c'est la première fois que je rentre chez eux. Je suis fan…

Il me paraît pourtant bien jeune pour être adepte des romans de mon employeur.

— Fan ? Mais pourquoi ?

Il se rapproche comme pour me confier une information hautement sensible.

— C'est parce que je sais qu'en vrai ce sont des super-héros ! Souvent, je vois un van noir faire des allers-retours dans la nuit. Parfois, des voitures de course… Ils font partie d'une équipe, comme les Avengers ! Et mon professeur, James Collins, et bah, c'est sûrement leur chef, le cerveau de la bande, tu vois…

Je m'attendais à une autre révélation. J'évite de me moquer car tout cela a l'air très sérieux pour Zayan. J'arque un sourcil.

— Leur chef ?

— Oui. Tu sais, tous les super-héros ont une vie normale pour faire style. Regarde Clark Kent. Journaliste, trop ennuyeux. Alors qu'en fait, la nuit, zooooom ! Il se transforme en Superman ! Bah James, c'est pareil ! Prof le jour, et super-héros la nuit !

Journaliste et ennuyeux. Voilà qui ferait plaisir à Anna. Son stage au Washington Post *a l'air d'être tout sauf monotone.*

Au lieu de le raisonner, je tente d'aller à la pêche aux infos.

— Il y a Miles aussi, qui cache bien son jeu derrière son apparence d'écrivain…

— M. Greene ? Je ne le vois pas souvent… Maman dit qu'il écrit beaucoup. Mais c'est clair, lui aussi, il cache quelque chose.

On dit que la vérité sort de la bouche des enfants !

— Et ils ne savent pas que tu sais ?

— Non… C'est pour ça. Je voudrais pas qu'ils me voient entrer chez eux. Il doit y avoir des caméras hyper-sophistiquées qui surveillent tout.

Je regarde tout autour de moi. J'avoue que je me suis posé la question… Une villa tellement luxueuse, souvent vide, cela attire les convoitises. Il est peu probable qu'il n'y ait pas de dispositif de surveillance. Si les gens riches ont peur d'une chose, c'est bien qu'on vienne les voler. Mon employeur n'a pourtant rien mentionné à ce sujet… Autre chose vient me poser question. Comment Miles a-t-il su pour la photo ? Je sais que nombre d'employeurs ne se gênent pas pour aller voir ce que postent leurs futurs employés sur les réseaux sociaux. Je n'ai rien à cacher sur mon compte, mais je n'aime pas trop l'idée qu'il soit allé m'espionner. Je décide de changer de sujet.

— Comment se fait-il que tu sois éveillé la nuit ?

Un voile passe sur ses jolis yeux verts. Il doit avoir huit ans, tout au plus. À cet âge, on dort du sommeil du juste.

— J'ai des insomnies. Ma mère, elle sait pas. Je fais semblant de dormir quand elle rentre dans la chambre.

Tout à coup, il semble prendre conscience de sa confidence.

— Tu ne diras rien, hein ?

Je couds un fil invisible entre mes lèvres.

— Promis.

J'avise le cabanon.

— Ce matin, j'ai découvert des chatons sauvages. Leur mère a mis bas ici.

Le regard de l'enfant retrouve sa gaieté.

— Oh c'est drôle ! Notre chatte a fait ses petits il y a quelques jours ! Si tu veux, tu peux venir les voir !

Quelqu'un appelle dans la rue. Zayan se retourne.

— C'est ma mère ! J'te laisse ! À plus Cassie !

Il me fait un grand signe d'au revoir. J'ai l'impression d'être déjà sa meilleure pote. La magie des enfants.

Le mobile entre les mains, je réfléchis à mon message. C'est sans doute idiot, mais penser que je m'adresse à un super écrivain me met la pression. Finalement, je ne trouve rien de bien transcendant à lui écrire.

> J'ai supprimé la photo. Pardon, je ne pensais pas que c'était un problème. Ça n'arrivera plus.

Sa réponse ne se fait pas attendre :

> Si cela arrive encore, je devrai me séparer de vous.

Il est sérieux ? Tout ça pour une simple photo ?

Je récupère les sacs et me faufile à l'intérieur. L'interlude léger est terminé. Si je veux garder ce job, j'ai intérêt à ne pas le perturber à nouveau. Super-héros, c'est encore un mystère, mais super-grincheux, ça, c'est une évidence !

CHAPITRE V

Journal de Morgan Thompson, 15 octobre 2022

Le café brûle ma gorge. Je grogne. C'est le dixième de la journée. Je suis nerveux. J'ai travaillé comme un fou. À m'en faire saigner la rétine. Maintenant, je peux quitter ce costume. Il m'épuise. Je peux être moi.

Je joins les mains. Les écrans sortent de leur veille. Mon cœur s'accélère. Elle est là. Le peigne dénoue ses cheveux blonds. Ils sont raides. Sûrement doux. Mon index frôle ma lèvre inférieure.

On me pousse à regarder plus près. J'obéis. Je me penche vers l'écran. Je bouscule ma tasse. La boisson m'éclabousse. Je me crame le poignet. Je retire ma main. Je jure. J'envoie valser la tasse. Elle se fracasse sur la chape de béton. Ça m'emmerde. La prochaine fois, je commande de la vaisselle jetable.

Je me concentre sur elle. Je lis l'expression de son regard. Elle a de jolis yeux. Clairs. Bleu gris. Je fronce les sourcils. Elle n'a pas de jolies pensées. Elle se torture. C'est le passé. Son chemin est tortueux. Elle veut avancer. Impossible. Trop de brouillard. On ne la voit pas dessous. Elle a peur. Elle s'aime au conditionnel. Elle a perdu sa route.

Je connais l'essentiel. Je me fiche des paroles. Aucun intérêt. Les paroles, c'est la pipelette du mental. Les yeux, eux, sont reliés au cœur. Et le cœur, lui, ne ment jamais.

Mon regard dévie. Sa poitrine m'est offerte. Sa nuisette est fine. Je devine la rondeur de ses seins. Le contour de ses tétons dressés.

Je recule contre le dossier. J'humidifie mes lèvres. Ses yeux me fixent sans le savoir. Ses lèvres. Rondes. Pleines. Je veux qu'elles me goûtent. Et son cou. Un petit bijou. Elle me tente. Tellement.

On me dit d'attendre. Alors qu'elle est là. Si près. On me dit d'attendre.

Ce corps, j'en connais toutes les courbes. La caméra de la douche fonctionne. Mais j'ai maudit la buée. Il faudra que je trouve une solution.

J'étais frustré. J'en voulais plus. Alors, la nuit dernière. Je l'ai caressée du regard. J'ai cru qu'elle m'avait aperçu. Mais elle fait du somnambulisme. Elle m'a fait flipper. Elle a failli m'en mettre une. J'ai adoré. Dire qu'elle était à deux doigts de me toucher. Son parfum. Je l'ai encore en tête.

Je me fige. Elle s'est levée. Les mains jointes contre la poitrine. Elle entame des allers-retours. Elle me donne le tournis. Si elle continue, je la cloue au sol.

Elle s'interroge. Et semble attendre une approbation. Je sais qu'elle hésite. Je sais que le désir sera plus fort. Elle ira quand je l'aurai décidé. Pas avant. Je vais devoir mettre une serrure. J'en commande une. Je serai livré demain. Parfait.

Elle se laisse tomber sur le lit. Elle fixe le plafond. J'affiche un sourire carnassier. Bien. Tu es raisonnable.

Je sens que je vais m'amuser. Je l'ai bien choisie. Elle est parfaite. La dernière a tout gâché.

Elle éteint. Je soupire. Le spectacle est fini. Je me relève. M'étire. Je lance l'enregistrement…

CHAPITRE 6

Lorsque je sors de la chambre, je m'attends à trouver une maison silencieuse. Hier soir, je me suis endormie péniblement. Le coup de sang de Miles en tête et l'idée angoissante d'être seule dans une grande maison sans surveillance.

Hier soir, j'ai examiné les murs à la recherche de caméras mais je n'ai rien trouvé. Résultat, je me suis réveillée, les émotions en pagaille.

Des rires proviennent de la cuisine et l'effluve de café embaume l'escalier. À pas discrets, j'emprunte les marches. Trois jeunes hommes me tournent le dos. Ils sont installés sur les tabourets de bar tandis que James est debout. Ce dernier me sourit.

— Eh Cassie !

Mon stress monte d'un cran. Premièrement, mes employeurs sont levés avant moi et ont préparé leur petit déjeuner. Et deuxièmement, voilà beaucoup trop de monde par mètre carré.

Deux des hommes se retournent et je reconnais William. Son air canaille est toujours là. Le dernier semble bien plus intéressé par son mobile que par ma personne. William lui balance un coup de coude. Son acolyte finit par relever les yeux sur moi. James poursuit :

— Je te présente William, Joshua et Kendall.

Tous trois se lèvent de leurs sièges. Deux d'entre eux portent des costards tirés à quatre épingles. Joshua, quant à lui, me rappelle Steeve Jobs. Plus jeune, plus chevelu et plus tout terrain.

— Bonjour Cassie.

Leur ton est monocorde et synchronisé. On pourrait les croire sous la contrainte ou dans un groupe de parole. Je me retiens de pouffer.

— Bonjour ! Excusez-moi, je ne pensais pas que vous étiez si matinaux sinon je me serais tenue prête !

James me fait signe de me détendre.

— Ne t'inquiète pas Cassie. J'ai demandé à ces trois enfants sauvages de me rejoindre un peu plus tôt. On te doit tous un autre accueil. Que dirais-tu que l'on considère aujourd'hui comme ton premier jour ?

— Ça dépend si ça compte aussi pour la paye.

Silence.

Je m'en veux tout de suite en prenant conscience que ma blague était trop incisive. J'ai toujours eu un problème de ton.

— Je plaisantais ! Je pense que c'est une excellente idée !

William éclate de rire. Il se rassoit avec désinvolture avant de me détailler, un sourire au coin des lèvres.

— Elle me plaît.

Joshua grogne.

— On devrait la payer le double après le comportement de Miles. Quel crétin. Ce serait pas mal que l'intendante de maison reste plus d'une semaine cette fois !

Je reste stoïque mais je n'apprécie pas sa façon de parler de moi comme si je n'étais pas dans la pièce. Je m'empresse de lui répondre pour lui montrer que je suis bien là.

— Ne vous inquiétez pas. Je comprends que Miles soit très occupé avec son travail. J'ai l'habitude…

Papa faisait partie de ces gens qui font de leur vie professionnelle une priorité. Durant ses années de gloire, il a négligé pas mal de monde dans son entourage, y compris sa propre famille.

Les yeux de William pétillent. Il me demande :

— Des crétins ?

J'ignore sa remarque. Kendall boit son café d'un trait puis fait mine de partir. James claque des doigts.

— Hep. Repose tes fesses ici.

Son ami hausse les épaules.

— On s'est présentés, non ? La Bourse européenne est ouverte, faut que j'y aille. Cassie, ce fut un plaisir !

— La Bourse attendra. Tu as déjà oublié tes bonnes manières ? Tes fesses. Sur ce siège.

Kendall se rassoit en maugréant. Le petit Zayan n'a pas tort, James exerce une certaine autorité sur le groupe. Et même si je suis un peu mal à l'aise, c'est assez divertissant.

— Cassie, un café ?

Je suis gênée de me faire servir.

— Je suis plutôt thé. Mais je vais me servir, merci beaucoup !

— Teu, teu, teu, ce matin tu es notre invitée.

Alors techniquement, non...

Tout le monde observe James remplir la tasse d'eau brûlante. Ils attendent sans doute que je dise quelque chose.

Allez ma grande, fais un effort, engage la conversation. Parle-leur de celui qui les réunit par exemple.

— Donc, vous vivez tous avec Miles ici.

Joshua s'adresse à moi.

— Ouep. On est potes depuis qu'on est gosses.

Ma petite conscience se marre en repensant à ma théorie rocambolesque.

— Vous voulez dire que vous vivez en colocation ?

Joshua me dévisage. On dirait que je suis une énigme pour ce garçon. Ou alors je l'ennuie profondément. Au choix.

— Ouais, c'est l'idée. Qu'est-ce que tu imaginais ?

Je me pince les lèvres pour ne pas exploser de rire. Je me cache derrière mon mug et me passionne pour la couleur de mon breuvage. La technique de l'autruche ne marche toujours pas. Le fou rire est imminent et quatre paires d'yeux me fixent intensément.

— Eh bien, à un moment, j'ai pensé que Miles était votre compagnon…

Je note de la circonspection dans ces regards. Ma voix se casse lorsque je termine par :

— Votre compagnon commun.

James recrache son café. William est plié en deux. Joshua reste bouche bée, en mode : « Mais où est-ce qu'ils sont allés la chercher, celle-là ? » et Kendall, lui, affiche un calme imperturbable. Cette fois, j'éclate de rire et je crois même que j'en pleure.

— Il m'arrive de me faire des scénarios toute seule ! Après tout, ça aurait pu être possible, non ?

Nous avons perdu James qui s'étouffe. William renchérit :

— Si on considère que Kendall ne rechigne pas à ouvrir ses bourses au monde entier pour goûter un peu à tout, *why not…*

L'intéressé lui retourne un doigt d'honneur. William ne se formalise pas et poursuit :

— La prochaine fois que je vois Miles, je me plaindrai qu'il me délaisse. L'amour, ça s'entretient ! Il va devoir ramer pour récupérer mon petit cul !

Les jeunes hommes éclatent de rire et moi de plus belle. Même Joshua a légèrement arqué les sourcils.

— Le nouveau roman de votre ami est partout en ville. Il doit être très occupé à en faire la promotion. En tout cas, j'aime beaucoup ses livres, ils sont géniaux !

Il est possible que l'intonation de ma voix trahisse un certain enthousiasme. Joshua lève les yeux au ciel.

— Ah ! Voilà que nous avons une groupie maintenant !

Il recommence. Il parle encore de moi à la troisième personne. Si je n'avais pas autant besoin d'argent, je lui ferais son lit en portefeuille. Il la ramènerait moins, sexy Steeve Jobs, s'il ne pouvait pas étendre ses jambes de grand con.

— Je ne suis pas une groupie, mais je reconnais son talent.

James intervient. Il a fini de s'étrangler et essuie ses yeux humides.

— Tu as raison, Cassie. Miles a un talent de dingue. Et

je t'assure que c'est un mec bien. Il est juste un peu… sauvage.

Et très possessif avec son tilleul.

— On se connaît tous depuis qu'on est mômes. L'enveloppe a grandi mais rien n'a changé. Juste les apparences. Aujourd'hui, Kendall bosse comme trader à Wall Street, Joshua a monté sa boîte de high-tech, Will est avocat associé et moi je suis enseignant. On n'est pas souvent posés ici mais on aime s'y retrouver de temps à autre…

J'opine de la tête. J'apprécie d'en savoir plus sur eux. J'ai bien enregistré le boulot de William.

J'ai tout intérêt à bien m'entendre avec lui. Cela ne devrait pas être trop difficile, c'est celui qui me paraît le plus accessible avec James.

En revanche, face aux personnalités comme Joshua, je me referme comme une huître. L'enseignant me lance un sourire d'encouragement.

— Et toi alors ? Qu'est-ce qui t'amène ici ?

— Mon père connaît le père de Miles. C'est un ami à lui. Je cherchais un job qui me permette de financer mes études. Vous cherchiez une intendante de maison. Donc, me voilà !

William se redresse et se rapproche légèrement de moi. Quelque chose a changé dans son attitude.

— Sache que tu es ici chez toi. N'hésite pas si tu as besoin de quoi que ce soit.

Le ton de sa voix me surprend, tout autant que sa sollicitude. L'intensité de ses mots aussi… C'est comme s'il savait sans que j'aie rien à dire. Miles leur aurait-il parlé de mon père ?

— Merci, je n'hésiterai pas.

James pose les mains à plat sur le plan de travail.

— Super !

Il semble donner le go. La récréation est terminée. Les trois compères se lèvent et filent en m'adressant un salut. James contourne le bar.

— Juste pour info Cassie, on va s'absenter quelques jours à partir de demain. On part pour une retraite.

Les paroles de Zayan me reviennent à nouveau en mémoire. Peut-être qu'ils se rendent sur leur base d'entraînement secrète. Les super-héros ont toujours un lieu de rassemblement rempli de gadgets technologiques et d'écrans géants.

— OK. Vous rejoignez Miles ?

— Il doit nous rejoindre, oui. Je te laisserai nos coordonnées ainsi qu'un numéro d'urgence si jamais il y a quoi que ce soit. C'est le seul moment de l'année où on se coupe de tout…

Oui, je connais la chanson : plus de téléphone, plus aucune communication avec l'extérieur. Pendant quelques jours, on se reconnecte avec son intériorité. Nous en avions fait, maman, mes sœurs et moi. Ces séjours nous donnent l'impression d'être dans une bulle de bien-être. On prend soin de notre corps et de notre esprit. Mais une fois rentrés, les démons remontent souvent du fond, l'eau du lac se trouble et on replonge dans les travers de notre quotidien…

CHAPITRE 7

C'est dingue l'acoustique de cette pièce. Ma voix résonne aussi bien que dans une cathédrale. Je barbote dans une eau chauffée à 32 degrés, tout en réinterprétant des airs connus. On ne va pas se mentir, c'est vilain quand je chante, mais moi, j'aime ça.

Mes employeurs étant absents quelques jours, j'en ai profité pour nettoyer de fond en comble le premier étage jusqu'à ce que la nuit tombe. Sol, recoin, poussière, vitres, tout y est passé. Alors, ce soir, mon corps courbaturé me remercie de prendre ce temps de repos.

J'observe le plafond et les filaments irisés de l'eau qui s'y reflètent. C'est joli et un brin hypnotique.

Tout de même… elle est curieuse cette nouvelle vie. Mais pas autant que les personnages qui la composent. Ces garçons m'interpellent. Je comprends la fascination qu'ils suscitent aux yeux de mon petit voisin. Comme je vide l'air de mes poumons, mes fesses finissent par toucher le fond. Je plie mes jambes en tailleur puis je regarde vers la surface. D'ici, la perspective est différente. Les formes et les couleurs n'ont plus la même apparence. Le temps semble ralenti. Je comprends que le plus dur pour moi, ce n'est pas de travailler pour d'autres, mais de faire le deuil de la vie que je m'étais imaginée. Je voulais être écrivain, et finalement je vais faire du droit. Je pensais ne manquer de rien et finalement, je manque de tout.

Le plus terrifiant, c'est qu'à force de me blinder, je ne sais plus qui je suis vraiment, ce que je veux pour mon avenir, ni ce qui me rend réellement heureuse.

Je ferme les yeux et me concentre sur les battements sourds de mon cœur contre mes tempes. J'aimerais rester là. Me laisser flotter. Ne jamais remonter. Ne plus affronter le quotidien.

Pourtant, je n'ai pas le choix. Si je veux être reçue, ma bourse doit être acceptée. J'ai déposé mon dossier il y a plusieurs mois déjà et je ne peux pas échouer. Il ne s'agit pas que de moi. Si je veux intégrer cette école de droit, c'est pour papa. Pour le laver de l'injustice dont il est victime.

Je déplie les jambes et donne une impulsion pour récupérer de l'air. Anna, forte de son enthousiasme légendaire, est confiante. Papa, lui, me laisse évoluer comme un électron libre, bien trop occupé à s'enliser dans le tournant étrange qu'a pris sa propre existence.

Je les ai eus ce matin au téléphone. Mes deux piliers. Deux âmes au contraste étonnant. Mon amie avait une énergie communicative. Entre son stage qui lui plaît tant et les préparatifs de son mariage qui avancent, l'avenir lui tend des bras réconfortants. Mon père, lui, avait la voix de ses mauvais jours, celle de celui qui a laissé l'avenir derrière lui.

Les coudes contre la margelle, je reprends mon souffle. Plusieurs fois dans la journée, j'ai eu envie de tout plaquer pour le retrouver. Il n'a déjà plus rien. Alors sans moi, il a moins que rien. On ne peut pas retirer à un homme l'amour de sa vie puis toute sa dignité et attendre qu'il se relève par la seule force de sa volonté. Il a besoin de moi. Il a besoin de se souvenir qu'il a été ce brillant neurochirurgien. Il a besoin que je lui rappelle qu'il n'est en rien responsable de ce qui lui est arrivé.

La même inquiétude me hante du matin jusqu'au soir : il ne va pas y arriver sans moi.

Je frotte mon visage et renifle l'eau chlorée en grimaçant. Je repense à mes étranges employeurs et à Miles…

Que cache-t-il au rez-de-chaussée ?

Elle est arrivée comme ça, cette pensée. Sans crier gare.

Ses colocataires n'ont pas du tout évoqué cette pièce. Aucun d'entre eux. Ils étaient même très détendus. Alors pourquoi est-elle si importante pour Miles ? Est-ce qu'il y cache sa Batmobile ? Quand on y réfléchit, Alfred est au courant pour Bruce. Et quelque part, je suis un peu le Alfred de Miles, non ?

Quand même… j'ai plus de cheveux.

Je ris. Bon sang, il faut que j'écrive ma théorie à Anna, ça va la faire marrer. Je pose mon verre sur la margelle et tends le bras pour attraper mon téléphone. Dans un mauvais concours de circonstances, le smartphone s'échappe de ma main et manque de tomber à l'eau ! À quelques millimètres près, je devais le recouvrir de riz pendant plusieurs jours.

Cette perspective peu réjouissante me paraît suffisante pour éviter de réitérer l'expérience.

— Message reçu !

Je soupire, mi-blasée, mi-amusée. Je laisse mon corps flotter sur le dos, la nuque calée contre le bord. Et là, quelque chose refait surface. Pas des bulles mais un pétillement au creux de la poitrine.

Cette excitation d'abord timide qui devient rapidement assourdissante. Elle vient de germer, cette idée. Et si j'écrivais sur mes curieux employeurs ? J'ai ici, tout autour de moi, le point de départ d'un roman…

* * *

Robert me notifie d'un nouveau message. Vraiment ? À cette heure-ci ? Depuis mon lit, je lui renvoie quelques politesses. Je n'ai pas envie d'aller le voir. Je suis en pleine écriture. Je griffonne sur mon vieux carnet depuis une heure. Je ne l'avais pas ressorti depuis des mois. Les idées viennent et se bousculent presque, mon stylo a du mal à suivre. Je m'empresse de tout noter avant que l'inspiration ne reparte. Chez moi, par les temps qui courent, elle est capricieuse…

Mais c'est compter sans la ténacité de mon ami Robert, qui ne se formalise pas de ma grossièreté. Il m'avertit pour la deuxième fois de l'arrivée du message. Je grogne et me relève. On ne sait jamais, que ce soit urgent. Ça pourrait être papa… Devant le miroir, j'observe mon reflet. Je ne suis pas loin de la tête du savant fou.

Je hausse les épaules. Mon index tapote machinalement la petite icône lumineuse, le message s'affiche :

DE : MILES GREENE

Mademoiselle Cooper, veuillez m'excuser pour mon précédent message. J'ai peut-être un peu surréagi. J'espère que ces premiers jours se passent bien pour vous. N'hésitez pas si vous avez des questions.

Je fronce les sourcils. Hier, il était à deux doigts de me virer et ce soir, il s'excuse. Lui arrive-t-il souvent de faire un *mea culpa* à minuit moins dix ? De plus, comment se fait-il qu'il dispose de son téléphone s'il est à sa retraite ? Il ferait mieux d'ouvrir ses chakras au son des tambours chamaniques. La voix de la sagesse l'aiderait à faire preuve d'un peu plus de gentillesse !

Ses potes lui ont peut-être demandé de faire un effort ? J'ai cru comprendre que Joshua était quelque peu agacé par l'attitude de son ami.

Monsieur Greene, tout se passe bien, merci. J'espère que vous profitez bien de votre retraite. Si vous avez une demande particulière à me faire pendant votre absence n'hésitez pas. Je pense faire un grand ménage dans la buanderie demain.

J'avise mon carnet posé sur le lit. Je vais rajouter deux ou trois petites choses au personnage que mon employeur m'inspire…

Mais avant de m'y mettre, j'ai soif. Mes pas m'entraînent jusqu'à la cuisine. Tout est calme. Trop calme. Je me dépêche de remplir mon verre d'eau et de rejoindre l'escalier. J'ai cette étrange impression qu'un inconnu pourrait surgir dans mon dos, m'attraper les chevilles pour me faire glisser vers lui. Exactement la même peur que lorsque j'étais enfant et que je bondissais entre mes draps pour éviter soigneusement que mes pieds ne traînent trop près d'un monstre qui susceptible de s'être caché sous mon lit.

Soudain, je sens une présence derrière moi et je me retourne rapidement. Il me semble apercevoir une silhouette dans l'ombre.

— Oh putain !

Sans réfléchir, je m'élance vers l'étage ! Quelque chose tape contre la fenêtre qui longe l'escalier. Je comprends alors que c'est le vent et la lune qui jouent aux ombres chinoises avec les branches du tilleul. Je pose une main sur ma poitrine. Il faut vraiment que j'arrête avec mes scénarios. Il n'y a personne dans cette maison. Si c'était un fantôme, il s'est fait peur. Sur le coup, j'aurais juré que quelqu'un m'observait. Dans le doute, je ferme tout de même le verrou de ma chambre…

CHAPITRE 8

Depuis mon lit, mes yeux dévient vers la fenêtre. La rue en contrebas est calme. Les lucarnes du quartier sont plongées dans la pénombre. Je pense à mon petit voisin.

Est-ce que toi non plus tu ne dors pas, petit Zayan ?

Ma nuit à moi s'annonce blanche, les ténèbres ne me lâcheront pas avant le lever du soleil. Un verre d'eau à la main, sous la surveillance tranquille de la lune, je fais défiler les images sur mes réseaux. Manifestement, l'algorithme de Mark considère que les stars de téléréalité, les crèmes miraculeuses ou les implants fessiers m'aideront à me sentir mieux.

Au lieu de prendre un bon livre, ce qui me permettrait, si ce n'est de dormir, de passer un bon moment et de conserver mes neurones, j'ouvre mon album photo.

Saut dans le temps, trois ans en arrière, avant que le cauchemar ne commence. Maman affiche un sourire radieux. Elle est belle. Comme toujours. Ses beaux cheveux longs flottent au vent tandis que ses trois filles se pressent contre elle. Elles s'aiment encore. Les larmes me montent aux yeux. Si elle savait le vide et le chaos qui ont suivi son départ.

Quelques photos plus tard, maman sourit encore. Elle est toujours aussi belle. Elle a toujours ses beaux cheveux longs. Mais elle n'est plus tout à fait là. Un coup dans la poitrine, je me souviens très bien de ce moment. Elle me souriait et l'instant d'après, elle me demandait pourquoi sept hommes couraient nus dans le salon derrière moi. Ça aurait pu être drôle, on aurait pu en rire des années durant, si elle n'avait pas été réellement terrorisée de voir des inconnus à poil dans son chalet. Les derniers mois, une partie d'elle avait disparu, une autre semblait bloquée dans le passé, et la dernière se rendait compte de la décadence fulgurante des deux premières.

Ces vacances à Leavenworth étaient spéciales. Papa s'était même rendu disponible. C'est dire si on savait tous qu'il s'agissait de nos derniers moments en famille. On a skié, on s'est gavés de fromage, on a fait des batailles de boules de neige, on a joué à des jeux de société… On a fait semblant. À plus de vingt ans, j'ai demandé un cadeau au Père Noël : *Laisse-moi ma maman, au moins encore un an de plus.* Le vieux schnock ne m'a pas écoutée.

Tout à coup, un bruit sourd interrompt mes souvenirs. On dirait quelque chose de lourd que l'on traînerait sur le sol. Je pourrais jurer que ça venait d'en bas. Je suspends ma respiration. Silence. Je me relève, éclaire en grand et m'avance prudemment dans le couloir. D'un pas lent, je me rends jusqu'à l'escalier. Je tends l'oreille et manque de perdre l'équilibre. Rien. Aucun bruit. Le calme plat.

Entendre des bruits fantômes c'est un bon motif pour commencer une thérapie, non ?

Je prends mon courage à deux mains et descends jusqu'à la cuisine. Il n'y a pas plus de mouvement ici. Tout est normal. En secouant la tête, j'entreprends de remonter vers les chambres. Mais cette fois, ce sont des grognements qui me parviennent. Du rez-de-chaussée !

OK, là, ça devient carrément flippant !

— Il y a quoi exactement dans cette baraque ? Une ménagerie ?!

Un nouveau raclement, suivi d'un deuxième. Et un bon gros râle sauvage pour la route. Plantée comme une poutre, je ne bouge plus d'un millimètre. Mon cerveau reptilien vient d'enclencher le mode survie. Si j'entends encore un bruit, je hurle.

Et non, je n'irai pas en bas ! Je refuse de mourir si tôt dans l'intrigue.

Nouveau grognement ! Mes jambes retrouvent une énergie nouvelle pour monter deux à deux les marches qui mènent à ma chambre ! Je m'y engouffre et me connecte tout de suite sur la messagerie instantanée de Robert pour envoyer un message à Miles !

> Il y a des bruits étranges qui proviennent du sous-sol ! Si vous êtes à la maison, merci de me le notifier avant que je fasse le 911 !

Je me ronge les ongles, prête à me dévorer les doigts. J'aimerais vraiment que ce soit lui. Même si je m'interroge sur ce qu'il fabrique. C'est un auteur de thriller, on est en droit de se demander s'il est sain d'esprit. Il tire bien son inspiration de quelque part, n'est-ce pas ?

Je compte les minutes. Sérieux, mais qu'est-ce que j'attends ? C'est sûrement un voleur ! Je ferais bien mieux d'appeler la police tout de suite !

> Mademoiselle Cooper, vous ne dormez pas ?

Le temps se court-circuite et avec lui, mon cerveau. N'importe qui serait déjà en train de s'inquiéter de la situation, mais compte tenu de l'intérêt qu'il porte à mon sommeil, je suppose qu'il est bien l'auteur de ces bruits suspects.

Mes doigts s'emportent sur le clavier tactile. Robert tremble un peu mais il tient bon.

> C'est très compliqué de dormir lorsqu'on entend des grognements suspects juste sous ses pieds ! Qu'est-ce que vous faites ? Si vous retenez des animaux sauvages là-dessous pour des expériences tordues, je refuse d'être complice d'un crime !

> Vous avez beaucoup d'imagination. Vous devriez écrire.

Il est sérieux là ? Il me parle d'écriture alors que j'ai cru ma dernière heure arrivée ?

> Je n'ai pas le temps pour écrire.

Pourriez-vous me prévenir la prochaine fois que vous serez rentré ?

Pourquoi ?

Eh bien, cela m'éviterait de croire à un cambriolage.

Pourquoi n'avez-vous pas le temps pour écrire ?

Je pensais qu'il manquait de délicatesse mais ce n'est pas ça. C'est pire.

C'est compliqué. S'il vous plaît, vraiment, prévenez-moi la prochaine fois.

Vous avez du temps ici, mademoiselle Cooper. L'écriture est un précieux allié pour exorciser nos démons.

Je vais bientôt m'inscrire en fac de droit, vous le savez. Je ne veux pas me bercer d'illusions en commençant un projet qui m'est inaccessible.

Soudain, je prends conscience que je lui ferme la porte alors qu'il me propose son aide, même si la démarche est maladroite… Hier encore, j'aurais rêvé de pouvoir échanger avec lui. Le cœur battant, je tente autre chose.

Je sais qu'il est tard mais étant donné que je ne dors pas et que vous semblez avoir suffisamment d'énergie pour déplacer des meubles, nous pourrions peut-être continuer cette discussion de vive voix ?

...

Des points de suspension s'affichent quelques secondes puis disparaissent. Encore une fois.

On est d'accord qu'ils sont horribles ces points de suspension ? Avec eux, on peut tout s'imaginer.

Finalement, après quelques minutes, je n'obtiens rien de plus. Dehors, j'entends le bruit d'une moto qui démarre et le temps que je me lève, j'aperçois le portail de la propriété qui se referme.

Je ressens un grand vide et une grande déception aussi. Pourquoi ? Je n'en sais rien. Je ne voulais pas que cet échange se termine. Pas si vite. Je devrais être en colère après lui mais je n'y arrive pas. Je suis même flattée par sa remarque. Miles Greene qui m'invite en personne à écrire, c'est une occasion rare de parler de ma passion avec un expert du genre.

Cette idée ranime quelque chose d'endormi chez moi. Peut-être qu'il a raison. Peut-être que l'écriture me soignerait. Certains démons, pourtant, nécessitent d'être contenus très profondément, pour ne jamais remonter.

Je soupire. Où va-t-il à cette heure-ci ? Pourquoi n'est-il pas avec ses amis ? Est-ce qu'il les rejoint ? Cette retraite semblait importante pour leur groupe. Suffisamment pour qu'ils lâchent tous leur boulot pour quelques jours. Alors qu'est-ce qui dispense Miles d'y participer ?

Je me laisse tomber à plat sur mon lit, les bras en croix. Quelque chose chez cet homme m'intrigue plus que cela ne devrait. Rien d'étonnant, je suis attirée par ce type de personnalités. Les hors normes. Les inaccessibles. Les sombres. À croire que j'aime me torturer. Ou que l'ombre attire l'ombre.

Je fantasme la suite de la conversation, si Miles avait répondu. Son visage se dessine, son corps aussi. J'imagine le timbre de sa voix, si bien que j'ai l'impression de l'entendre. Mes yeux papillonnent, mes paupières s'alourdissent.

Sans m'en apercevoir, je glisse lentement vers le sommeil…

CHAPITRE 9

Mes paupières ont mis de la mauvaise volonté pour s'ouvrir lorsque le réveil a sonné. Ma bouche était pâteuse, j'avais la mine brouillée. Avec le temps va, tout s'en va, comme dirait l'autre, même ma résistance au manque de sommeil. Le mieux, c'est de me mettre en mouvement !

Après une douche rapide, j'enfile ma tenue habituelle et descends à la cuisine. J'allume la bouilloire, enclenche ma playlist et ouvre la porte de la buanderie. Je pose les mains sur mes hanches, évaluant la situation. Je hausse les sourcils. Marie Kondo ferait une syncope ! Ici, c'est un véritable désastre. Une pile de linge sale dans un coin. Des vêtements propres empilés n'importe comment sur les étagères. Le lave-linge et le sèche-linge sont encombrés de produits de nettoyage et de savon en tout genre. Et au milieu de tout cela, des boîtes de conserve et des bocaux contenant des aliments indéterminés. C'est à peine si la porte de la cave à vin est accessible. Bref, un bazar total.

Cette pièce a sans doute été baptisée débarras de la maison !

Ce n'est que vers 14 heures que je prends ma pause déjeuner. Je n'aurais jamais pensé pouvoir ressentir une quelconque fierté face à ce travail mais je croque dans mon sandwich tout en admirant mon œuvre. J'ai trié tout le linge sale. J'ai rangé les vêtements propres et j'ai prévu des bacs au nom des garçons, histoire de m'y retrouver. Les produits d'entretien sont désormais invisibles, soigneusement disposés dans un placard. Bon nombre d'entre eux étaient soit périmés, soit vides… J'ai nettoyé le plan de travail et les éviers, passé l'aspirateur, et j'ai mis de l'ordre dans les denrées au sein d'une armoire dédiée. On peut désormais circuler dans la pièce et accéder à tout, y compris la cave à vin, sans manquer de se tordre la cheville.

En milieu d'après-midi, je sors de la villa pour jeter les poubelles. Le vent frais me fait frissonner, un fin crachin m'empêche d'ouvrir totalement les yeux. J'engouffre le museau dans les plis de mon écharpe en fixant le ciel gris.

Un jour, j'irai vivre en Californie.

Je fixe le grand tilleul. Toujours étouffé par le lierre qui lui colle aux branches. Je vois que je ne suis pas la seule à me sentir oppressée. Je soupire. Lui et moi, on n'est pas sortis de l'auberge.

J'avise le cabanon et me faufile à l'intérieur, juste avant qu'une rafale ne me rattrape. J'entends un miaulement qui éveille un sourire sur mes lèvres, mais à mesure que je m'approche, mon expression se fige.

Il n'y a que le petit roux, tous les autres ont disparu. Je cherche autour de moi, inquiète de découvrir des petits corps au sol. Mais rien. Juste une nouvelle plainte. Le petit abandonné a l'air bien mal en point. Depuis combien de temps est-il ici, tout seul ? Il doit avoir froid sans la chaleur de ses frères et sœurs et l'attention de sa maman.

Tout à coup, je comprends. La chatte a dû sentir ma présence et elle a emporté tous ses bébés sauf celui qui portait mon odeur… Confuse, je soulève le petit chat dans mes mains, je défais un peu mon écharpe et le porte contre ma poitrine. À l'aveugle, il se hisse comme une petite limace au-dessus de ma clavicule pour caler sa tête sous mes cheveux. Son minuscule museau humide fouille dans mon cou. Pauvre chaton, il doit avoir faim.

— Qu'est-ce que je vais bien pouvoir faire de toi, Petit Roux ?

Ses yeux encore fermés témoignent de ses quelques jours de vie. Il a besoin d'une maman. Mais il n'a que moi et mon lierre qui me colle au train. Décidément, il commence mal. Tout à coup, les paroles de Zayan me reviennent en mémoire. Sa chatte a mis bas il y a peu, peut-être pourrait-elle l'adopter ?

Je traverse la rue, le cœur empli d'espoir, Petit Roux enfoui sous ma crinière. Zayan habite juste en face.

Croisons les doigts.

Je grimpe les quelques marches jusqu'à sa porte d'entrée. J'hésite à sonner mais la petite vie contre moi me convainc d'oser. Après quelques secondes, une jeune femme m'ouvre. Son regard est doux et je reconnais immédiatement les magnifiques yeux verts de son fils.

— Bonjour… ?

— Bonjour madame, je m'appelle Cassie, je vous rassure, je ne viens pas vous vendre une alarme. Je travaille comme intendante chez vos voisins, juste en face.

Je lui montre la propriété d'un signe de la main.

— J'ai rencontré votre fils, Zayan, l'autre jour.

La jeune femme jette un coup d'œil en face puis elle me sourit.

— Enchantée Cassie, contente de vous rencontrer, Zayan m'a parlé de vous. Je m'appelle Jannet. Qu'est-ce qui vous amène ?

Je savais que le courant était passé avec cet enfant.

— Eh bien… Je suis embêtée, j'ai trouvé ce chaton dans le cabanon du jardin.

Je décale mon écharpe et dévoile Petit Roux. Les yeux de Jannet s'attendrissent. J'imagine que personne ne peut rester de marbre face à une boule de poils aussi adorable.

— Pauvre trésor. Il était seul ?

— Oui… Enfin, pas au départ. C'est ma faute. On dirait que sa maman est partie avec tous ses petits sauf lui. L'autre jour, il menaçait de tomber et j'ai cru bon de le remettre avec les autres. Mais je n'aurais pas dû le toucher…

La jeune femme ne quitte pas le chaton des yeux. À moins qu'elle soit du genre à s'en faire des couvertures, il y a de fortes chances que mon plan réussisse.

— Zayan m'a dit que votre chatte avait mis bas il y a peu de temps. Vous pensez qu'elle pourrait adopter un petit de plus ?

Jannet hausse les sourcils et sa bouche pleine forme un joli rond.

— Difficile à dire.

Mince… soit elle se pose réellement la question, soit ma proposition la dérange. Pourtant je me dois d'insister pour Petit Roux. Il a droit à une seconde chance, comme nous tous.

— Vous croyez qu'on pourrait tenter de les présenter ? Il n'a que quelques jours, rien ne peut remplacer une maman et je ne peux pas me résoudre à l'euthanasier.

Jannet pince un peu les lèvres, affiche une petite moue, puis recule d'un pas.

— On peut essayer. Venez, entrez.

Youpi ! Petit Roux, on ne va rien lâcher !

Je me faufile dans l'entrée pendant que ma voisine referme la porte. Une douce odeur de mandarine et de sucre flotte dans la pièce. Il y a des lieux où l'on se sent bien, où l'on aimerait rester. Ici, c'est le cas.

— Suis-moi. Kali a choisi d'investir ma buanderie pour s'occuper de ses petits. Pas des plus pratiques pour mon linge mais… On ne contrarie pas une jeune maman !

Elle me sourit. J'emboîte le pas à Jannet en regardant autour de moi. L'intérieur est modeste mais respire la vie. Quelque chose qui sent l'amour, la famille et les tartes aux pommes.

— On va y aller doucement. Kali est très protectrice mais très gentille.

Elle ouvre lentement la porte et tend les mains pour prendre Petit Roux. Mon cœur bat fort en le lui confiant. J'espère que ça va marcher.

J'observe Jannet s'avancer dans la pièce. Elle s'accroupit et murmure quelque chose. Je reste fixe comme une souche, les bras croisés, ne sachant pas comment me tenir.

Au bout d'un moment, Jannet se retourne et me fait signe d'approcher. J'aperçois la chatte couchée, ses chatons contre elle. Perdue dans la masse de poils noirs, une petite tache rousse se détache. Ses fesses, comme un petit abricot, écrasent un autre chaton. Jannet m'invite à m'agenouiller, puis chuchote :

— Regardez, il tète.

Kali reste tranquille. Ses yeux dorés me sondent. Qu'est-ce qu'elle peut bien penser ? À sa place, j'aurais les boules. Si j'avais déjà cinq marmots à nourrir, je regarderais d'un mauvais œil l'inconnue qui m'en glisserait un de plus sous le sein, l'air de rien.

Je me donne une contenance pour ne pas paraître trop émotive. Cette scène, c'est sans doute ce que j'ai vu de plus beau depuis des années… Jannet pose une main sur la mienne. Ce geste me surprend. Mais pas dans le mauvais sens. Pas dans le sens où en temps normal, j'aurais immédiatement mis fin au contact.

— Je crois que ça va aller. On va les laisser tranquilles.

En refermant la porte, j'exhale un soupir de soulagement. Petit Roux commençait mal dans la vie mais il a peut-être trouvé une très belle famille.

— Vous voulez boire quelque chose ? Un thé ? Zayan ne devrait pas tarder à rentrer de l'école.

— Oui, avec plaisir !

Nous nous déplaçons jusqu'à un petit salon baigné de lumière. Jannet m'invite à m'asseoir autour de la table ronde tandis qu'elle fait chauffer l'eau de la bouilloire. Sur les murs, plusieurs photographies de famille. Beaucoup de sourires. Beaucoup d'amour.

— Zayan est un petit garçon adorable.

C'est sorti tout seul.

— C'est mon petit soleil.

— Je suppose qu'il s'agit de son papa ?

Je montre la photographie mise en évidence au-dessus de la commode. Zayan est sur les genoux d'un jeune homme hilare. Tous deux ont l'air de vivre un moment de grande complicité.

— Oui.

— C'est son portrait craché !

— Il lui ressemblait beaucoup, c'est vrai…

L'emploi du passé et le ton terni de Jannet me glacent le sang. Ses épaules s'affaissent tandis qu'elle porte la main à sa poitrine.

— Le papa de Zayan nous a quittés il y a un peu plus d'un an, dans un accident de la route.

Oh non…

Je comprends mieux les insomnies d'un enfant de son âge. Perdre un parent, c'est terrible, mais si jeune, c'est inacceptable.

— Je suis désolée…

Mon hôtesse verse l'eau chaude dans ma tasse et me tend une boîte remplie de sachets de thé. Elle fixe la photo.

— Il a laissé un grand vide. Je fais tout ce que je peux pour Zayan, mais rien ne remplacera son père. Il nous manque terriblement.

Jannet soupire et s'installe en face de moi. Elle balaie sa tristesse de la main. Elle a la force de celles qui tiennent pour les autres.

— Alors pourquoi ce travail d'intendante ?

Je tiens la tasse fumante entre mes mains et m'éclaircis la voix.

— J'ai le projet de m'inscrire en fac de droit, ici à New York. J'avais l'opportunité d'avoir ce job pour financer mes études. Autrement, ça n'aurait pas été possible.

La jeune femme hoche la tête.

— C'est un beau projet. Vous n'êtes pas d'ici ?

— Non, je vis avec mon père à Washington.

Un regard échangé, Jannet a compris. Entre écorchés, on se reconnaît, pas besoin de paroles. Chez moi aussi, il y a ce vide inconsolable.

— Et ça se passe bien, chez les voisins ?

— Oui, très bien ! Ils ne sont pas souvent chez eux, ce qui me permet de faire le grand ménage !

— Je connais James, c'est l'instituteur de Zayan. Il est extraordinaire avec les enfants. Zayan l'adore. Il a été très présent à l'école quand mon fils avait besoin de parler.

Je ne suis pas étonnée. James porte cette gentillesse sur lui.

— Il m'est arrivé de croiser les autres garçons de temps à autre, surtout lorsque je fais les nuits. Ils ont toujours l'air pressé. Je ne les vois que rarement.

Je garde comme une confidence la théorie de son fils quant à la vie cachée de mes employeurs.

Un bruit de porte et un grand « coucou ! » se font entendre.

— Maman ! Tu savais que Mars avait un noyau éteint et qu'avec une machine super sophistiquée, du genre une bombe atomique puissance mille, on pourrait le ranimer et alors on pourrait…

Zayan s'arrête net lorsqu'il m'aperçoit prenant le thé avec sa mère. Mince, je ne voudrais pas qu'il vive ma présence ici comme une intrusion. Mais mon inquiétude est vite dissipée lorsque son visage s'illumine.

— Cassie ! Salut !

— Salut Zayan !

Le petit garçon contourne la table et se jette dans les bras de Jannet pour l'embrasser. Elle dépose un baiser sur son front.

— Coucou mon grand. Non, je ne savais pas pour Mars. Par contre, plus terre à terre, Kali a un nouveau petit. Cassie va t'expliquer.

La tête contre l'épaule de sa mère, Zayan m'observe, les yeux brillants.

— Tu te souviens des petits chatons dans le cabanon ? Eh bien, cet après-midi, je n'en ai retrouvé qu'un. Sa maman l'avait abandonné… J'ai pensé que ta chatte pourrait l'adopter. Et c'est ce qu'elle a fait.

L'enfant se retourne vers sa mère.

— C'est vrai, maman ?!

— Oui mon cœur.

Zayan amorce une danse de la joie qui nous fait éclater de rire.

— Je vais aller le voir !

Jannet passe une main dans sa tignasse blonde pour le retenir doucement.

— Minute papillon, Kali a besoin de calme. On doit les laisser s'apprivoiser. Tu pourras aller le voir ce soir, d'accord ?

— OK… Je peux montrer ma chambre à Cassie ?

— Si Cassie est d'accord, bien sûr.

Je renvoie un grand sourire à Zayan et me lève de ma chaise. Le petit garçon m'attrape par la main. Je hausse les épaules vers Jannet qui semble beaucoup s'amuser de l'enthousiasme de son fils.

Pendant que Zayan fouille dans ses affaires, j'observe la quantité impressionnante de posters punaisés au mur. Il y a de tout. À tel point que j'ai du mal à deviner la couleur de la tapisserie. Des dinosaures qui font peur, des super-héros pour se défendre, des affiches de skateurs pour se défouler. J'essaie de me remémorer ce que je mettais dans ma chambre à son âge. Mais étrangement, les souvenirs sont flous, comme si mon cerveau cherchait à les effacer de ma mémoire… Au sol, l'espace est sensiblement aussi saturé. Des bacs remplis de jouets et de bibelots, et des piles de livres illustrés.

— J'ai trouvé !

Mon jeune ami brandit un ensemble de feuillets et me l'apporte avec une fierté de médaillé olympique.

— C'est une bande dessinée que j'ai faite.

— Oh… Waouh ! C'est toi qui as fait les dessins et les textes ?

— Oui ! Enfin, papa m'a aidé quand même.

Je suspends mon geste. Un point douloureux vient oppresser ma poitrine. Zayan s'assied d'un bond à côté de moi.

— Mon papa, c'était un dessinateur. C'est lui qui m'a dessiné ça quand j'étais petit !

Il me montre un dinosaure, peint à même le mur. Sa tête est bien plus sympathique que ses homologues, il porte sur son dos un jeune Indien au sourire espiègle.

— Génial ! Ton papa avait du talent !

— Oui.

Le regard du petit garçon se perd un moment dans la contemplation de cette ancienne fresque.

— Alors cette BD, vous l'avez travaillée ensemble, lorsque ton papa était encore là ?

— Non. On la fait ensemble depuis qu'il est parti.

Je fronce les sourcils, confuse.

— Tu sais, parfois, la nuit, papa vient me voir pour me parler. Je dessine les aventures qu'il me raconte.

— Et c'est pour ça que tu ne dors pas ?

Le petit garçon hausse les épaules.

— J'sais pas.

Zayan me tend sa bande dessinée.

— Tu peux la prendre pour la lire si tu veux !

Je suis touchée par le geste, il doit beaucoup y tenir.

— Tu es sûr ? Elle ne va pas te manquer ?

— Non ! Papa dit que ça ne sert à rien d'inventer des histoires si c'est pour les garder cachées.

— D'accord, je te la rapporterai avec ton sac, la prochaine fois qu'on se voit !

— Vendu !

La voix de sa mère appelle à l'entrée. Visiblement un petit copain qui vient jouer. Zayan attrape son skate et me fait un clin d'œil.

— À bientôt Cassie !

Sur le perron, Jannet se met d'accord avec son fils sur l'heure du retour. Je serre son livret contre moi. Jannet le remarque mais ne dit rien.

— Venez dîner avec nous de temps en temps, Cassie. La maison de vos employeurs est souvent vide et Zayan sera ravi de vous voir. Et puis, vous pourrez rendre visite à votre petit protégé.

— Merci, Jannet, je viendrai avec plaisir.

Elle me renvoie un dernier sourire avant de refermer derrière elle.

En rejoignant la propriété, je suis perdue dans mes pensées. Moi aussi, il m'arrive de parler à maman. Je n'y parviens qu'un jour en particulier : celui de son anniversaire. La synchronicité de ma discussion avec Zayan me trouble d'autant plus que c'est demain.

CHAPITRE 10

Tout en touillant énergiquement ma pâte à pancakes, je la fixe une nouvelle fois. Elle n'était pas là hier. Une toile de deux mètres sur deux, ça ne passe pas inaperçu. C'est le même style et sans doute le même artiste que celle du salon.

J'observe les lignes du visage humain mêlées à celles du tigre. La mâchoire se disloque, les yeux s'assombrissent, la gueule vomit un nuage sombre dans lequel dansent des particules noires et rouges. Les taches se propagent, jusqu'aux bords du cadre. L'expression de la colère.

Impossible de la contenir sans dommage. La première chose qui m'est venue à l'esprit en observant l'œuvre était simple : « Il fallait que ça sorte. »

La deuxième chose, plus dérangeante, c'est que ce profil me ressemble. Et en ce jour douloureux, j'y vois comme un message. Ma colère, je ne l'ai pas laissée sortir. Et je sens bien qu'elle cogne un peu partout pour se frayer un chemin.

J'entends du bruit à l'étage. Je fais chauffer la poêle. Une chevelure blonde apparaît en bas de l'escalier. Je souris. William m'observe, les yeux encore endormis, la mine pâlichonne. Il me salue en bâillant. Des cernes creusent sa jolie gueule d'ange.

— Bonjour. Mauvaise nuit ?

— Courte.

Il se hisse sur le tabouret de bar, face à moi. Il laisse tomber sa joue dans la paume de sa main et m'adresse une moue curieuse.

— Qu'est-ce que tu prépares ?

— Des pancakes. Recette spéciale de ma maman. Aujourd'hui, c'est son anniversaire.

Les yeux de William restent égaux. Il est pensif et je le soupçonne de ne pas avoir écouté ma réponse.

La silhouette de James nous rejoint. Il ne semble guère plus en forme. Je les observe tous les deux. Leurs yeux éteints suivent les mouvements de mon fouet. Je regarde l'objet de leur fascination, il n'a rien de spécial. C'est un fouet. Ils sont bizarres ce matin.

Je verse trois petits ronds du mélange dans la poêle et laisse chauffer à feu doux.

— Le secret, c'est la levure et le temps de repos.

Les gestes de maman, des bribes de conversation, des sourires et des regards, voici ce qu'il me reste de plus précieux.

Ce sont ces petits moments, ces instants simples. Ses mots, ses expressions, ses habitudes, son rire, la couleur de sa voix et le bruit de ses silences.

Ne pas oublier le quotidien, c'est la garder encore avec moi.

Les deux hommes sont hypnotisés par la pâte qui s'élève doucement. Je me demande s'ils ne dorment pas debout.

— C'était bien le camp d'entraînement ?

Mes deux compères se redressent immédiatement. Miracle, je viens de les réveiller !

— Et oui. Je suis au courant de vos petites cachotteries.

James m'observe sans ciller.

D'habitude, c'est plutôt Joshua qui m'offre cette expression charitable. Je me penche vers eux en baissant le ton.

— … mais ça peut rester entre nous.

Je fais tournoyer mon fouet dans les airs. Quelques gouttes de pâte éclaboussent James. Je hausse les épaules en guise d'excuse.

— Avouez, vous êtes une équipe de super-héros ! Votre « retraite », c'est votre lieu d'entraînement secret. Et là, vous êtes HS, parce que faire des galipettes en tenue de Lycra, ce n'est plus de votre âge.

Cette fois, ils éclatent de rire. Voilà, qui est mieux.

— Il se passe quoi ici ? Ça sent super bon !

Kendall vient de nous rejoindre. À l'inverse de ses congénères, il est frais comme une Kardashian au réveil. Ça sent le subterfuge. Ou alors, les traders sont habitués à peu de sommeil. James lui adresse un sourire en coin.

— Notre intendante pense que nous sommes des super-héros.

William se redresse et fanfaronne. Ma comparaison l'a fait sortir de sa torpeur.

— Elle n'a pas tort, nous sommes épatants, les mecs ! Que serait la vie sans un peu d'exception ?!

Kendall se contente d'un sourire en coin et vient renifler au-dessus de la plaque de cuisson.

— Bon sang, cette odeur, ça me rappelle les matins chez ma grand-mère !

— Oh ! Si c'est pas mignon… Kendichou retombe en enfance…

Ce surnom me fait pouffer. Mais le dénommé Kendichou, moins.

— La ferme, Will.

James soupire. Je m'adresse à lui tandis que les deux autres se chamaillent.

— Ça ne te change pas beaucoup de tes élèves, non ?

— Une classe de trente, ce n'est rien, comparé à ces deux enfants terribles…

Je lui renvoie un sourire tendre. Ces garçons ne sont probablement pas des super-héros mais ils sont attachants. Et je dois dire que leur présence me fait du bien. Avec eux, j'ai l'illusion d'un moment banal en famille.

Je sers les trois pancakes dans les assiettes, je place les fruits rouges dessus et je termine par un filet de sirop d'érable.

— Goûtez-moi ça.

Batman, Superman et Thor s'empiffrent sans un mot. Maman disait toujours : « Lorsque plus personne ne parle, c'est bon signe. Ça veut dire que c'est bon. »

Puis, ils jurent de concert. J'en étais sûre, il y a des choses qui ne déçoivent jamais.

— Un autre ?

Tous trois hochent la tête. Je souris. Maintenant que leurs ventres me tiennent en haute estime, c'est le moment de parler de Petit Roux.

Ils m'écoutent docilement.

L'idée que j'adopte un petit chat ne leur pose aucun problème. Vite apprivoisés, les enfants terribles !

Sauf que le plus sauvage n'est pas présent.

— Vous savez si Miles va venir ? J'espérais que l'odeur des pancakes le fasse sortir de sa grotte…

James s'essuie la bouche avant de poser des yeux réconfortants sur moi.

— Sois patiente, il finira par se montrer…

Mon regard ne peut s'empêcher de dévier vers la toile dans leur dos.

Est-ce Miles qui a accroché cette œuvre ?

— Je note que tu ne t'intéresses pas à l'appétit de Joshua. Une petite préférence… ?

Les prunelles de William pétillent de malice et je m'empourpre immédiatement.

— Je suis certaine qu'il est déjà à son bureau en train d'inventer un nouveau concept révolutionnaire. Ajoute à ça qu'à mon avis, il mange de la nourriture lyophilisée.

Les garçons s'esclaffent. Je ne dois pas être trop loin du compte. Pour masquer mon trouble, j'enchaîne sur autre chose.

— Je vais aller me renseigner à la faculté de droit aujourd'hui. J'ai déposé une demande de bourse il y a six mois et je n'ai pas encore de nouvelles…

Le visage de William change aussitôt. Il s'habille d'un sérieux que je lui connais mal. Il vient de se couler dans le costume de l'avocat.

— Ça peut prendre parfois jusqu'à un an. Tu as bien fait de choisir la NYU Law, c'est l'une des meilleures.

— Tu parles de l'école ou de toi, mec ?

Kendall se fout ouvertement de son colocataire mais comme à son habitude, le beau blond reste imperturbable.

— Mange ton pancake Kendichou et arrête de faire ton jaloux.

Un doigt d'honneur se lève entre les deux hommes. Je vais finir par croire que c'est leur mode de communication.

— C'est la plus réputée. Mais aussi l'une des plus chères. Impossible pour moi d'y accéder sans un financement. On va voir…

Les garçons se regardent un instant. Nos super-héros seraient-ils doués de télépathie ? Avant d'obtenir la réponse à cette épineuse question, James poursuit :

— Il y aura des solutions, on pourra éventuellement s'arranger en avançant les frais d'inscription. Comme une sorte de prêt.

Je suis vraiment touchée et gênée tout à la fois. Ces garçons me connaissent à peine et me proposent déjà leur aide. C'est assez inédit pour moi.

— Merci. C'est déjà une chance de pouvoir travailler ici. Vous me laissez beaucoup de liberté et je vous suis très reconnaissante pour ça.

Kendall enchaîne, railleur :

— On n'a pas parlé de prêt sans intérêts… Si je calcule rapidement, à compter de dix pancakes par jour, soit deux chacun, pendant la durée de ton cursus, c'est-à-dire quatre ans au moins, nous arrivons à un total de 14 600 pancakes !

— Dans ce cas, j'espère que vous utiliserez votre salle de sport ! Vous ne préférez pas savoir ce que j'ai mis dans la pâte !

William me tend son assiette, tout sourire.

— Il y a des choses qui doivent rester secrètes…

Une fois les mecs partis, je laisse une assiette de pancakes sur l'îlot central. Je remonte à ma chambre et laisse un mot à Miles *via* Robert.

Je pars pour la faculté de droit, j'ai déposé une petite assiette de pancakes maison pour vous à la cuisine.

J'hésite et puis je continue :

J'aimerais que vous vous joigniez à nous la prochaine fois. Je n'ai pas encore eu le plaisir de vous rencontrer. Bonne journée.

Je m'habille pendant que je lance un appel à mon père. Un jean, un débardeur blanc et un rapide chignon pour rassembler mes cheveux en arrière. Je suis prête. Papa décroche à mon deuxième appel.

— Salut Poussin…

Sa voix est enrouée et chargée de lassitude. Les insomnies laissent des traces. Cette journée est une épreuve pour lui comme pour moi.

D'habitude, nous la passons ensemble au Washington Park. Papa tourne de table en table d'échecs, pendant que je lis sur la pelouse. C'est un rituel.

— J'aimerais être avec toi aujourd'hui.

Il crache ses poumons, mon cœur se serre. Son emphysème ne s'arrange pas, et je déteste me souvenir qu'il empoisonne mon père.

— Je sais ma chérie… Mais ta mère serait fière de te voir avancer comme tu le fais.

— Tu vas aller au parc ?

— Peut-être…

Ces conversations me paraissent surréalistes, même après tout ce temps. Avant, papa n'avait le temps de rien et surtout pas d'aller au parc.

Sa vie était rythmée par ses opérations, ses astreintes, ses urgences et ses colloques. Son *ego*, était, quant à lui, flatté par les articles de la presse spécialisée vantant ses exploits.

Il y avait pourtant un revers à tout ça. Même lorsqu'il était avec nous, il ne l'était pas vraiment. Je me plaignais de son absence, surtout après la mort de maman.

Maintenant je me plains de sa mollesse. J'aimerais qu'il se montre plus combatif. Qu'il s'autorise à aller de l'avant. J'aimerais retrouver mon père. Mais en lui enlevant son statut, ils ont écrasé sa fierté d'homme.

— Et toi, Poussin ? Qu'est-ce que tu as prévu ?

— Je vais à la fac de droit, je n'ai pas de nouvelles de mon dossier.

— Ah… La fac de droit.

Je sais très bien ce que papa en pense. Il y a des parents qui poussent leurs enfants à suivre la voie « royale ». Lui m'a toujours encouragée à suivre la voie de mon cœur.

— Papa, ce n'est pas en griffonnant des textes qu'on innocente un homme.

— Et ce n'est pas à ma fille de me défendre.

— Ah oui ? Et si je ne le fais pas, qui le fera ?

Silence au bout du fil. Nous n'arriverons jamais à tomber d'accord sur ce sujet. S'il ne veut pas se battre, je le fais pour lui. Ce n'est pas négociable.

— Promets-moi de ne pas rester à la caravane aujourd'hui. Il faut que tu te changes les idées, OK ?

Mon père acquiesce sans conviction et nous raccrochons après avoir échangé quelques banalités. Un jour, j'ai peur de le retrouver mort de chagrin. Et d'ennui…

Robert me notifie d'un nouveau message :

DE : MILES GREENE

J'avais du travail. Mais merci. Passez une bonne journée.

J'enfile mon manteau et traverse l'allée. Avant que je passe le portillon, quelque chose me pousse à me retourner vers la bâtisse.

Mes yeux se posent directement au premier étage, côté cuisine. Je discerne l'ombre d'une silhouette installée sur l'un des tabourets de bar. Je ne distingue pas les détails mais il se joue un drôle de rythme dans ma poitrine tandis que j'imagine qu'il s'agit de Miles. Je me demande pourquoi il se conduit de façon si étrange…

CHAPITRE 11

Cet enfant a vraiment quelque chose, je suis admirative. À son âge, je notais de courtes pensées dans mon journal intime. C'est bien plus tard que j'ai commencé à développer une appétence pour l'écriture. Mes débuts étaient décousus et hétéroclites. À l'école, j'y confiais ma fascination pour le garçon qui me faisait craquer en classe, « pas très malin, mais trop beau ». C'était aussi le parfait exutoire pour épancher ma peine lors de disputes diverses et variées avec mes sœurs, de conflits avec mes parents ou de malentendus avec mes amies.

Plus grande, j'adorais écrire sur mes carnets de voyage lorsque nous partions aux quatre coins du globe. Je mêlais souvent réalité et fiction, pour m'inventer un monde plus aventureux que celui que nous découvrions dans les hôtels de luxe. Ainsi plusieurs inconnus étaient au centre de mes intrigues sans même le savoir. J'ai encore en mémoire Sâmir, notre guide égyptien, à qui j'avais inventé une vie d'agent double. Il est pratique de glisser des messages codés derrière une vieille pierre.

Progressivement, l'écriture est devenue un rituel, le soir, avant de m'endormir. Écrire me permettait de reconnaître le mal-être que je ressentais. Au lycée, tout le monde me voyait comme la *golden girl* qui avait tout pour elle. Toujours à la pointe de la mode, une belle maison, un petit ami populaire… Mais à l'intérieur, le vide m'étouffait. Je hurlais et personne ne m'entendait. J'avais fait une dépression à onze ans. Mes parents avaient considéré que quelques compléments vitaminés résoudraient le problème.

L'encre ne juge pas, ne minimise pas, et surtout, elle ne ment pas. Elle se contente d'exister et de faire exister. Et c'est ce dont j'avais besoin. M'accorder le droit d'aller mal.

Et puis il y a eu le procès et ce qu'*il* m'a fait. Je n'ai plus rouvert mon carnet, jusqu'à ce que je vienne ici.

Zayan, lui, en est déjà à l'élaboration d'un véritable récit avec des personnages bien construits. Et pour ne rien gâcher, c'est bourré d'humour. Depuis que je feuillette son livret, je ris toute seule. Il faut dire que je fais facilement l'analogie avec les vrais humains qui vivent de temps à autre dans la même maison que moi.

James s'appelle désormais Jamie. Il n'est pas enseignant mais professeur d'histoires et légendes dans une université où la réalité se mêle à l'étrange. À la pleine lune, il se transforme en Black Wolf et combat les méchants, une allégorie des grosses compagnies qui détruisent la nature. Jamie a un point faible : il est tout poilu et il est obligé de porter des vêtements très couvrants au risque de se faire démasquer par ses élèves. Quand on pense au réchauffement climatique, on a de la peine pour lui.

Un éclair zèbre le ciel et interrompt ma lecture. Je porte le regard vers la fenêtre, quand soudain, un coup de tonnerre fait vibrer les murs de la villa. Peut-être est-ce le moment idéal pour profiter d'un bain chaud et me détendre.

Je range soigneusement l'œuvre de Zayan et me déshabille rapidement. Je glisse dans le bain. Je suis recouverte de mousse et m'amuse à battre des records de bulles lorsque la lumière s'éteint. Panne de courant. *Eh merde…*

Je tends la main pour attraper une serviette et l'enroule tout autour de mon corps. Je me déplace à tâtons jusqu'à mon lit et saisis mon téléphone pour m'éclairer. Les garçons ne sont pas encore rentrés, je vais devoir me débrouiller toute seule pour remonter les disjoncteurs. Pas que ce soit au-delà de mes compétences, j'ai appris un tas de choses en un an. Y compris à faire une vidange.

Le plus problématique, c'est que je suis seule dans cette immense villa, dans un noir angoissant, et que je n'ai aucune envie de quitter ma chambre. Cela dit, je ne peux pas laisser la maison sans courant, ne serait-ce que pour assurer ma sécurité.

Je me sèche rapidement, enfile ma robe de chambre et mes chaussons licorne. Tant qu'à mourir de peur, autant le faire avec originalité.

C'est donc avec un courage bien relatif que je m'aventure dans le couloir.

Bien, bien, bien, réfléchis, Cassie.

J'ai suffisamment fait le ménage dans tous les recoins de cette maison pour savoir que le tableau électrique ne se trouve ni au premier, ni au second. Me voici donc devant l'inéluctable et effroyable vérité : il est forcément au rez-de-chaussée. Dans la pièce interdite ! *La* pièce.

Ta ta tan ! L'orage claque de plus belle. Impossible de rester dans le noir. Je déteste le noir.

— Miles, pardonne-moi, mais il s'agit d'un cas de force majeure !

À la lumière de mon portable, je parviens enfin devant *la* porte. Je note un changement contrariant. Il y a maintenant une serrure. Sans trop d'espoir, je pousse la poignée et, là, miracle, la porte s'ouvre. J'arque un sourcil devant la serrure. Soit Miles a oublié de la verrouiller, soit il est à l'intérieur…

J'ouvre en grand. J'éclaire. Je ne vois pas le bout de la pièce. Les bruits de bête me reviennent en mémoire et un frisson me traverse. L'orage, un compteur à vérifier, un endroit pas catholique et la greluche qui y va quand même. C'est sûr, je vais mourir. Mais je sens le monoï. Que diront les pompiers en retrouvant mon corps inanimé ? Peut-être : « Elle sent bon. »

Je me donne du courage en prenant une grande inspiration et entreprends mes recherches. Un pas et puis un pas et puis… Je frémis, j'ai la chair de poule. Je balaie l'espace de ma torche plusieurs fois, absolument pas rassurée. Je longe le mur sur ma droite, tentant d'y trouver un boîtier. Il n'y a pas de carrelage au sol, juste la chape brute. Je suppose que je suis dans un garage. Il y flotte une odeur rance aux relents d'essence. Je toussote.

En avançant, je me prends les pieds dans un objet dur qui ne bouge pas d'un millimètre et mes hanches percutent quelque chose ! Je jure en clopinant sur le côté.

Objet non identifié : 1 / Gros orteil : 0.

Le bruit de ma maladresse résonne dans l'espace. Je me fige. La pièce doit être immense. À la lumière de ma torche, je reconnais un établi recouvert de pots de peinture, d'instruments, de torchons... Et ce que j'ai percuté au sol est en réalité un gros compresseur. Où suis-je ? Dans un atelier d'artiste ?

Je relève le museau et déplace le halo lumineux sur une grande toile fixée au mur. En pareille situation, elle me paraît immense et terrifiante. Plus je découvre les lignes, les formes, et plus le dessin m'est familier. On dirait les yeux d'un gorille, le détail de son pelage est fascinant... Ce style, je l'ai vu dans la maison, tout comme dans les rues. Et tout à coup, mes neurones se reconnectent.

Miles serait-il ce street artist mystérieux ? Cela expliquerait pourquoi il tiendrait cet endroit si secret !

La lumière se rallume brusquement et je me retrouve face à un inconnu torse nu ! Mon rythme cardiaque s'emballe. Terrifiée par cette rencontre inattendue, je suis incapable de bouger. Et la tension électrique qui émane de lui ne fait qu'ajouter à ma peur initiale. Je lâche mon téléphone, sidérée. Ses yeux, d'un bleu gris acier, plongent dans les miens, comme s'ils voulaient lire tous mes secrets. Ils me mettent à nu et leur intensité me coupe le souffle. J'ai l'impression que le temps s'est arrêté lorsque je suis emprisonnée dans cet échange magnétique. Il tend les mains en avant pour me rassurer.

— Cassie, pas de panique, je suis Miles.

Je plisse les yeux, encore sous le choc. Ce n'est qu'après quelques instants, une fois que je me suis un peu calmée, que je remarque son physique parfaitement dessiné, chaque muscle gravé à la perfection. La peinture qui recouvre sa peau ajoute à son charme féroce et cela ne fait qu'accentuer mon malaise.

— Que faites-vous ici ?!

— Je devrais vous retourner la question. Je vous avais expressément demandé de ne pas venir dans cette pièce.

La teinte sombre de ses yeux ne me dit rien qui vaille. Pas plus que le son rauque de sa voix. Ses cheveux en pagaille, ses sourcils broussailleux, sa barbe de quelques jours et sa silhouette imposante lui donnent des allures d'animal. Et l'éclairage dur du plafond ne fait qu'accentuer cette impression.

J'inspire doucement, ramasse mon portable et lui réponds factuellement.

— Je suis venue remettre le compteur. J'ai supposé que le boîtier était ici, puisque je ne l'ai vu nulle part ailleurs.

Il grogne et s'empare d'un torchon pour s'essuyer les mains. Mes yeux dérivent sur leur puissance et les nervures qui tracent des sillons sous leur peau.

— Je m'en suis occupé. Vous pouvez retourner à l'étage.

Il me dit ça comme si c'était une évidence.

— Je pensais être seule dans la maison.

— Eh bien non.

J'observe les toiles tout autour de nous. Il laisse traîner un silence et coule un regard en ma direction.

— Pourriez-vous retourner à l'étage, maintenant ? S'il vous plaît.

Je dois relever la tête pour soutenir son regard. Cet homme est beau. Une beauté sauvage et sans doute indomptable. J'aimerais comprendre ce qui le rend aussi secret.

— Je sais ce que c'est de cacher une partie de soi-même.

Je m'étonne. Pourquoi je lui balance ça ? Maintenant ?

— Pardon. Je vais… J'y vais. Bonne soirée, monsieur Greene.

Un sourire en coin se dessine sur ses lèvres lorsqu'il avise mes chaussons pilou-pilou. Je m'empourpre immédiatement, prenant conscience de l'incongruité de ma tenue devant mon employeur.

— Merci. Vous ferez attention, il y a de la peinture sur vos… licornes.

Mes yeux se baissent vers mes chaussons. Et lorsque je les relève, Miles m'a tourné le dos pour reprendre ses activités. Pour une première rencontre avec mon patron, on peut dire que j'ai fait une sacrée impression !

Dans le couloir, une voix masculine interrompt mon trouble. Je me déplace à petites foulées jusqu'à la première chambre que je croise. Je ne me félicite pas qu'il s'agisse de celle de Miles, mais, en toute logique, il est occupé au rez-de-chaussée. Il ne devrait pas remonter immédiatement.

Je me planque derrière la porte en attendant que la voix s'éloigne. J'ai bien conscience que la situation est franchement grotesque. Décidément, ils ont tous décidé de réapparaître sans prévenir !

J'entends quelques bribes de la conversation. C'est Kendall, il est au téléphone. « … Pour le saut… pas de surveillance… le plan… » Ce n'est pas très clair.

Lorsque plus aucun son ne parvient à mes oreilles, je m'avance vers la porte, prête à déguerpir aussitôt…

— Je vous manquais déjà… ?

Je percute à nouveau Miles. Il me regarde de toute sa hauteur et son assurance me déstabilise. Je reste bouche bée un instant, ne sachant pas comment justifier ma présence.

— Je ne savais pas qu'il s'agissait de votre chambre.

Miles reste silencieux, ce qui a le don de me désarmer.

— Vraiment ?... Auriez-vous un problème de mémoire à court terme, mademoiselle Cooper ?

Je reste sans voix. J'ai bien conscience que mon argument ne tient pas la route. Je fais le ménage depuis plusieurs jours, je range le linge... Leurs chambres, je les connais très bien !

Miles m'adresse un sourire moqueur, et je bafouille quelque chose d'incompréhensible avant de prendre le parti de changer de sujet :

— Si jamais vous avez besoin de quoi que ce soit, vous pouvez me contacter *via* Robert.

Mon ténébreux interlocuteur hausse un sourcil.

— Robert ?

— Le miroir connecté. Mais je ne sais pas pourquoi je vous dis ça puisque vous le savez déjà. Passez une bonne nuit, monsieur Greene.

Je me faufile entre le chambranle et lui, en me sentant franchement honteuse, lorsqu'il m'interpelle.

— Cassie, juste une chose...

Son visage se rembrunit. Sa posture a changé.

— Vous aurez compris que je ne souhaite pas que ce qu'il se passe en bas soit divulgué... ?

— Bien sûr, je ne dirai rien. Vous pouvez me faire confiance.

Miles m'observe comme pour juger de ma sincérité puis quelque chose change dans ses yeux. Une lueur espiègle. Il se rapproche et prend appui contre l'encadrement de la porte, sans se départir de son regard amusé.

— Je note votre courage. Vous n'avez pas eu peur de

braver l'orage et le noir total pour remettre le compteur dans une grande maison. Voilà qui pourrait m'inspirer pour ma prochaine héroïne…

Sans ajouter un mot, il s'engouffre dans sa chambre et referme la porte. De mon côté, je dois lutter contre cette excitation étrange qui me réchauffe le ventre.

* * *

Je quitte mes chaussons et les rince à l'eau claire. Un mince filet de peinture s'évacue dans le siphon. Dans mon esprit, le regard intense de Miles et le dessin de son corps apparaissent… De toute évidence, il ne passe pas tout son temps à écrire. Manipuler et coller ses immenses toiles à des endroits improbables nécessite, j'imagine, une certaine préparation physique. Le jour auteur, la nuit street artist. Alors voilà son secret.

À nouveau cette tension dans le bas-ventre. Cela me perturbe parce que cette sensation m'était devenue étrangère. Depuis ce qu'*il* m'a fait, mon esprit et mon corps ont décidé d'un commun accord que je ne m'y laisserais plus jamais reprendre.

Et pourtant… Il y a quelque chose de différent chez Miles. Sous cette attitude froide, ses toiles bestiales et ses écrits terrifiants, je perçois une sensibilité et même une forme de fragilité.

Devant Robert, le carnet d'écriture est toujours posé là. Pourquoi Miles prend-il des risques avec son activité de street artist, alors qu'il est déjà si épanoui en tant qu'écrivain ? Si cela venait à se savoir, quelles répercussions cela pourrait-il avoir sur sa carrière ?

Je repense aux paroles de Kendall dans le couloir. De quel saut parlait-il ? Et pourquoi de surveillance ? Quel plan ? Aurait-il lui aussi un secret bien gardé ? Je jette un coup d'œil à mon tiroir, repensant à la bande dessinée de mon petit voisin. Y aurait-il un fond de vérité dans ce que Zayan s'est imaginé ? Les enfants comprennent souvent bien mieux les adultes que les adultes se comprennent entre eux.

Sans réfléchir, j'attrape le carnet, mon iPod (je sais, c'est vintage mais totalement assumé), mes écouteurs, et me dirige vers la bibliothèque. Je m'installe dans le fauteuil, plie les genoux en tailleur, caresse la couverture avant d'ouvrir le cahier. Un sourire aux lèvres, je note en première page une idée de titre : « Existences secrètes » et me laisse guider par l'inspiration du moment pour nourrir mes personnages de mes dernières découvertes.

CHAPITRE 12

Deux prunelles azurées, des boucles blondes… Non, il ne s'agit pas d'un ange. William me regarde. Je fronce les sourcils et prends appui sur mes coudes pour me redresser. Ma nuque est douloureuse et je pousse une petite plainte en la faisant craquer. Je me suis endormie dans le fauteuil de la bibliothèque.

— Alors, comme ça, nous avons deux écrivains dans la maison.

Le jeune homme me tend mon carnet et ramasse le stylo tombé au sol. Les événements de la soirée d'hier me reviennent en tête. Le sous-sol, la peinture, Miles, et ma session d'écriture à l'improviste, ici même.

Le rouge me monte aux joues.

— Quelle heure est-il ? Ça fait longtemps que tu es là… ?

William m'adresse un clin d'œil.

— Une heure encore convenable pour une intendante de maison. J'allais descendre, j'ai une plaidoirie ce matin. J'ai entendu un ronflement venant de la bibliothèque. Et me voilà.

Mon air dégoûté le fait rire doucement.

— Je plaisante, Cassie. Tu étais juste endormie, telle une princesse, toute tordue sur ce vieux fauteuil.

Je passe une main dans mes cheveux et me dis que je dois avoir une coupe affreuse.

— Je suis désolée, vraiment… Ce n'est pas dans mes habitudes mais la soirée d'hier était… étrange.

— Elle t'a inspirée, je vois.

Le jeune avocat avise le carnet sur mes genoux.

— Oh… Ce ne sont rien que des notes.

— Les notes peuvent parfois faire de belles histoires.

Je lui souris.

— Oui, tu as raison.

Je reste songeuse un instant, puis William tend la main pour m'aider à me relever. Lorsque sa peau touche la mienne, ses yeux se font attentifs une seconde puis leur expression change à nouveau.

— Et nos pancakes ?

Je cligne des paupières en grimaçant. Dans les films, les nanas au réveil sont fraîches comme de jeunes roses… Moi, j'ai la tête d'un pissenlit en pétard.

— Tu veux des pancakes… ?

Il passe une main dans sa chevelure dorée, avec une moue adorable. J'en profite pour étirer les poches sous mes yeux.

— Oui… et je ne suis pas le seul. On t'attend en bas.

« On » comme *on* ? Ou « on » comme « nous mais sans Miles » ?

— Je ne sais pas ce que tu as fait, mais tu as réussi à

faire sortir l'ours grognon de sa cachette. Il frétille comme nous autres dans l'attente de sa crêpe.

J'éclate de rire en haussant un sourcil. Je pourrais finir par croire que William lit dans mon esprit. Pour cacher mon embarras, je m'étire et lui retourne une mimique moqueuse.

— Vous êtes de grands enfants, en fait.

William s'offusque théâtralement. Dommage qu'il ait choisi le droit, il aurait fait un parfait comédien.

— Un peu de respect, jeune fille. Je te rappelle que nous sommes des super-héros.

Je lui donne une tape sur l'épaule.

— OK Deadpool… Je me rends présentable et j'arrive.

William hausse les épaules et je l'entends râler derrière moi tandis que je regagne ma chambre.

— Eh !!! Pourquoi Deadpool ?

— Pourquoi pas ? Il en faut bien un.

* * *

Lorsque je descends à la cuisine, ils sont bien là. Je reconnais tout de suite la silhouette de Miles. Mon cœur fait un bond, sans que je comprenne pourquoi.

Je lance un bonjour général, me déplace derrière la cuisinière et balaie rapidement la petite assemblée du regard. Kendall n'est pas là, ce qui m'étonne et ne m'étonne pas à la fois. Joshua a le nez fixé sur son smartphone comme d'habitude. William se confie à James sur ma comparaison douteuse et Miles… eh bien Miles me fixe droit dans les yeux. Et je dois dire que ce regard est profondément troublant. Je profite de l'inattention des autres pour m'adresser plus discrètement au propriétaire de ces prunelles grises.

— Merci d'être là.

Je me contente de lui sourire sans savoir comment interpréter l'expression de son visage. Il ne me laisse rien voir.

— Miles, tu vas pouvoir te rendre utile pour une fois, notre intendante écrit. Je l'ai retrouvée assoupie dans ton fauteuil ce matin, après avoir griffonné des notes toute la nuit.

Je lance un regard noir à William. Miles, lui, reste égal.

— Oh ? C'est une bonne nouvelle…

Son regard me déshabille. Je m'échappe dans la buanderie pour récupérer la farine. Une fois à l'intérieur, je prends mon visage dans mes mains puis fixe le plafond. Qu'est-ce qu'il m'arrive ?

Je secoue la tête de droite à gauche pour reprendre mes esprits. Je ne peux pas me permettre de craquer sur mon employeur. Je m'empare du bocal en verre et me retourne. Je sursaute immédiatement et manque de percuter un corps. *Ce* corps. Encore.

— Est-ce qu'elle te plaît ?

La voix de Miles est douce, tout autant que son regard. Le tutoiement me surprend aussi, je n'étais pas prête. Je déglutis.

— La buanderie… ?

Je regarde autour de moi, tout à coup embarrassée par mon pot de farine.

— Oui, oui, elle est très bien…

Miles prend appui contre un meuble et me détaille avec amusement.

— Je parle de la toile que j'ai affichée en bas de l'escalier. Je l'ai peinte pour toi.

Je ne sais pas comment gérer le fait que je me trouve dans un lieu tout à fait singulier, à parler d'une œuvre que le street artist le plus en vogue – et le plus séduisant – du moment a peinte pour moi.

Miles se rapproche, son regard plongé dans le mien. Il se penche vers mon oreille et murmure :

— Et je dois t'avouer que je suis plus inspiré par la créatrice de ces délicieux pancakes que par ma buanderie.

OK... Quelqu'un peut m'expliquer pourquoi mon palpitant s'emballe tout à coup ?

Je me force à reprendre mes esprits sans rien laisser paraître. Je me souviens très bien de cette œuvre et de ce qu'elle a provoqué en moi.

— Est-ce que je peux me permettre d'être sincère ?

Miles se redresse et croise les bras.

— Bien sûr.

Parfois, j'aimerais tourner la langue sept fois dans ma bouche au lieu de parler plus vite que mes pensées !

Je serre la farine contre ma poitrine comme s'il s'agissait de mes dernières volontés.

— Si je me détache du sujet, elle est magnifique, vraiment. Mais… il y a…

Des éclats de rire à la cuisine m'interrompent. J'imagine qu'il s'agit là de ma porte de sortie mais l'artiste m'invite à poursuivre.

— Eh bien, cette colère qui émane du sujet. C'est ce qui fait la beauté du tableau mais en même temps, cela me renvoie à mes propres faiblesses. Sur le coup, elle m'a mise mal à l'aise. C'est difficile de regarder sa propre noirceur.

Miles ne semble pas heurté par mes propos, bien au contraire. Ses yeux pétillants me détaillent désormais avec beaucoup d'intérêt.

— Nous avons tous cette noirceur en nous, Cassie…

Mais a-t-on besoin de la brandir comme un trophée et de l'exhiber à la vue de tous ?

— Dis donc Miles ! Tu peux laisser notre Cassie cuisiner ! Il y en a qui ont un vrai métier dans cette maison !

La voix amusée de William interrompt notre discussion. Miles me lance un sourire à faire cramer ma poêle et sort de la pièce. Je prends une bonne inspiration, avant de le suivre.

— Vous échangiez sur la nuit étrange d'hier soir ?

— Non, nous échangions sur des sujets moins terre à terre que ton vrai métier. Tu sais, comme l'art…

— Oh… Je vois. C'est vrai que la buanderie c'est un lieu tellement inspirant.

Miles ne rattrape pas la vanne qui s'écrase mollement au sol. Au lieu de ça, il s'installe en face de moi et m'observe faire. Il me semble que mes gestes sont moins assurés tout à coup.

Je décide d'évoquer le travail pour reprendre une contenance.

— En parlant de buanderie, j'ai fait un bon ménage ! Pour le linge, il y a des bacs pour chacun de vous.

Ils m'écoutent comme des enfants sages. Pendant que je fais chauffer la première crêpe, je les entends se chamailler gentiment pour savoir qui a déjà utilisé une machine à laver.

— Je suis étonnée de ne pas voir Kendall. Il n'est pas rentré cette nuit ?

Je pose la question innocemment tout en faisant glisser ma pelle sous le pancake gonflé. Joshua me répond :

— Kendall est souvent invité à passer la nuit ailleurs.

William pousse un petit soupir. James lui pose une main sur l'épaule.

— Mais il n'a pas la classe de Deadpool.

L'avocat observe son ami avec un regard carnassier.

— Avec ou sans élan, ton pancake, prof… ?

— Deadpool ?

Miles ne semble pas avoir la référence. James s'explique.

— Notre chère employée nous suspecte d'être des super-héros. Il semblerait que William ait le rôle de Deadpool.

Je souris malgré moi.

— Vous êtes vraiment drôles mais plus sérieusement, est-ce que quelqu'un sait où est Kendall ?

Miles hausse les épaules.

— Il est probablement en train de sauver le monde ou quelque chose comme ça. Il aime bien être le héros de l'histoire.

James lève les yeux au ciel.

— Tu veux dire qu'il est encore en train de se battre contre les vilains robots qui veulent absolument détruire notre ville ?

William se met à rire.

— Ou peut-être qu'il est juste en train de s'amuser avec ses superpouvoirs.

Cette fois, nous rions tous ensemble.

Je sers les pancakes à chacun, et je les regarde se disputer pour savoir qui va avoir le plus gros morceau.

— Doucement, il y en aura pour tout le monde. Mais si vous voulez des pancakes supplémentaires, il faudra vous battre contre les robots pour les obtenir…

* * *

Une fois les garçons partis, je passe l'aspirateur dans tout l'étage. J'en profite pour aérer la salle de sport et celle de cinéma qui sentent le renfermé. Je nettoie aussi la poussière sur les meubles et sous les tapis. Dans l'après-midi, j'entreprends de nettoyer la cave à vin. Je sors les bouteilles précautionneusement et passe un chiffon doux à l'intérieur de la cave pour donner un coup de frais. Je replace le tout dans le même ordre qu'à l'origine. Il y a des bouteilles qui datent de plusieurs décennies. Il doit y avoir un ou plusieurs des colocataires qui se passionnent pour le vin.

Une fois les tâches de ma journée terminées, je ne résiste pas à l'envie de visiter le rez-de-chaussée. D'accord, je n'ai pas tout à fait le droit de m'y promener, mais après tout, il n'y a plus de secret désormais.

Mes pas empruntent le même chemin qu'hier soir. Avec l'orage en moins et la lumière en plus, tout me paraît beaucoup moins inquiétant que la veille. Miles ne peut pas non plus m'envoyer sur les roses, étant donné qu'il est en rendez-vous toute la journée. Je pousse la poignée et le sésame s'ouvre. Cette serrure est là comme décoration, en fin de compte.

J'avance à pas de loup. Il fait plus frais. Ici, le hangar est resté dans son état d'origine. L'atmosphère détonne avec le style plus cossu des étages. J'imagine qu'au départ, il n'y avait que cette partie. Les deux étages ont été rajoutés par la suite, avec des matériaux plus nobles.

Devant moi, l'atelier de Miles. Mais pas de Miles. De grandes toiles sont empilées, certaines sont vierges et d'autres semblent avoir été amorcées puis finalement abandonnées. Au sol et sur des étagères, des pots de peinture, un aérographe, des pinceaux, des rouleaux, des bâches de protection… L'immense toile que j'ai pu apercevoir hier soir est toujours là, appuyée contre le mur. Elle s'annonce magnifique…

Où est-ce que Miles va puiser toute cette inspiration ? Est-ce que ses peintures nourrissent son imaginaire pour écrire ses intrigues ? Est-ce l'inverse ? Ou un savant mélange des deux ?

Il y a aussi, posé sur l'établi, un vieux poste radio CD. Je souris. Qui donc utilise encore des lecteurs de ce type aujourd'hui ? En regardant les disques entassés sur le côté, je comprends que les bruits d'animaux que j'avais entendus provenaient de plusieurs de ces albums sur les sons de la nature.

Je dépasse la zone de l'atelier. Après quelques mètres, j'arrive à une partie plus « classique » d'un garage si l'on considère qu'avoir trois voitures sous tissu est quelque chose de classique. Je jette un coup d'œil vers l'entrée. Toujours personne. Je tire l'une des bâches et pousse un juron lorsque je découvre une Ford Mustang GT tunée. Un de mes ex était fou de bagnoles, j'ai donc acquis quelques connaissances à ce sujet. Je sais qu'un tel véhicule ne peut appartenir qu'à un véritable passionné.

Contre le mur, il y a de nombreuses pièces détachées qui rappellent l'antre d'un mécanicien. Quelque chose me dit que parmi nos colocataires, se cache un féru de vitesse. Je longe les étagères chargées de matériel et arrive vers le fond du garage. Il y a de nombreuses affaires entreposées sur les rayonnages, dont de gros sacs à dos et des caisses remplies d'équipement vidéo.

Avant de remonter, mon œil est attiré par une porte en acier. Je tente de l'ouvrir, mais cette fois, les verrous jouent bien leur rôle. Mon intérêt est de nouveau piqué. Que peuvent-ils bien cacher là-dedans, qui soit plus précieux que le reste de ce qui se trouve ici ?

Mon exploration est interrompue par la sonnerie de l'interphone. Je remonte rapidement à l'étage et appuie sur le bouton, il s'agit de Jannet. Elle souhaite m'inviter à dîner ce soir. Je suis prise au dépourvu mais le plaisir anticipé d'être en sa compagnie ne me fait pas hésiter longtemps.

* * *

Lorsque j'adresse un signe de la main à Zayan, un sourire est collé sur mes lèvres. Quel bonheur que cette soirée ! Petit Roux va bien, il est même devenu le chouchou de sa mère adoptive. Comme quoi, on peut commencer mal et finir bien. Nous avons passé un long moment avec les chatons. Ils ont commencé à ouvrir les yeux et se déplacent maladroitement. Le fou rire nous a pris plusieurs fois et nous avons dû nous faire violence pour les quitter.

Je suis restée avec Jannet pendant que Zayan nous préparait le dessert. Il y tenait beaucoup. Elle m'a expliqué combien son petit garçon était sensible. Combien il était difficile pour lui de s'intégrer à l'école. Les autres ne le comprennent pas, pas plus qu'il ne les comprend. Il se sent en décalage et ses camarades le trouvent étrange. Je l'ai sentie inquiète mais fière à la fois. Son fils n'est pas comme les autres et sa particularité est magnifique. Avec cette sensibilité hors norme, il crée des histoires incroyables dans un monde imaginaire déjà bien en place. Mais la différence dérange. Zayan est un ovni.

Combien d'enfants rêvent encore aujourd'hui ?

Je n'ai pas parlé de mon passé. J'ai pensé à Anna et à toutes les méchancetés que j'ai pu lui dire, j'ai pensé à la Cassie d'avant et j'ai eu la nausée.

Finalement, toutes les difficultés que j'ai traversées m'ont permis de devenir une autre personne. Sans doute la vraie moi, ou du moins, ce qui s'en rapproche.

En foulant l'allée de graviers, je regarde mes messages sur mon téléphone. Un numéro inconnu a essayé de m'appeler plusieurs fois et on m'a laissé deux messages. Je lance ma messagerie, le cœur battant : il ne peut pas s'agir de la fac pour mon dossier d'admission.

Même si on m'a assuré que j'aurais des nouvelles très bientôt, je vois mal l'administration me rappeler à cette heure tardive. Non, il doit s'agir de quelque chose de plus grave…

« Mademoiselle Cooper, Victoria, des Emergency Room du Washington Medical Center. Votre père a été admis aux urgences à la suite d'une agression. Nous ne trouvons pas M. Cooper dans notre réseau d'assurance. Pouvez-vous nous rappeler, s'il vous plaît ? »

Mon sang ne fait qu'un tour ! Mon père, aux urgences ? Une agression ? Est-ce qu'il va bien ?!

Les mains tremblantes, je rappelle aussitôt tout en me précipitant dans ma chambre.

La musique d'attente est insupportable, un regard dans le miroir, je suis exsangue. Je tape un rapide message à Miles pour le prévenir :

À : MILES GREENE

Miles, mon père est aux urgences, je dois partir à Washington tout de suite. Je vous tiens au courant.

Une dame me répond enfin. Elle me dit que mon père est sous surveillance. Il a été reçu en soins intensifs après avoir été retrouvé inconscient dans la rue. Il souffre de plusieurs commotions mais son état est stable. La secrétaire se veut rassurante mais je peine à retrouver une respiration normale.

Il va bien Cassie, il va bien…

L'hôpital ne le trouve pas dans le réseau. C'est normal, papa n'a plus les moyens de se payer une assurance santé… Plus de 300 dollars par mois, c'est juste impensable dans notre situation. Elle me parle déjà de frais d'admission, de transport, de soins, les chiffres dansent dans ma tête. Moi, tout ce que je vois, c'est mon père abandonné dans une ruelle, mon père seul sur un brancard, mon père, le visage tuméfié, mon père qu'on risque de renvoyer comme un malpropre dans la rue parce qu'il est sans le sou.

Il me semble que je crie sur mon interlocutrice lorsqu'une ombre me rejoint dans la chambre. Miles me fait face. Il pose une main sur mon épaule et m'invite à lui donner le téléphone. Quelque chose dans son regard me pousse à lui faire confiance. De toute façon, je suis totalement impuissante. Papa n'a pas l'argent que l'hôpital lui demande, je suis à court d'arguments…

J'entends Miles prononcer quelques mots, le ton calme, avant de raccrocher. Je suis assise au bord du lit, les poings serrés, l'esprit surchargé. Le cauchemar recommence.

— Cassie… tu vas bien ?

Mes yeux hagards se posent sur les siens. Ses mots s'étouffent dans un océan de coton. Je le vois flou et même multiple. J'ai mal à la tête.

— Je vais t'accompagner, OK ? Tu n'es pas en état. Si on part maintenant, on sera à l'hôpital dans quatre heures.

Le moment me paraît surréaliste. Retourner à Washington ? Faire le voyage avec Miles ? Rejoindre mon père à l'hôpital ? Il y a encore quelques minutes je souriais à Jannet et Zayan, je goûtais au bonheur simple. L'espace d'un instant, j'ai cru que les démons du passé avaient foutu le camp…

CHAPITRE 13

Les lumières défilent, je suis abattue. Je n'ai pas dit un mot depuis que nous sommes partis. J'ai suivi Miles comme un zombie. Les scénarios se bousculent dans ma tête. Que faisait papa dans cette ruelle ? Pourquoi cette agression ? S'est-il remis à boire ? Dans quel pétrin s'est-il fourré cette fois ?

Je n'aurais jamais dû le laisser seul hier. C'était évident, je le sentais dans mes tripes. Un verre pour oublier la mort de maman et les autres pour s'oublier soi-même. Papa n'a pas l'alcool mauvais mais ses compagnons de comptoir, c'est une autre histoire. Il suffit de peu pour révéler la part d'ombre d'un homme troublé et ivre. J'en sais quelque chose.

— Tu devrais dormir un peu.

Je me tourne vers Miles, ses yeux ne lâchent pas la route. Comment peut-il me demander de dormir alors que mon père vient de se faire tabasser ?

— Tu ne pourras pas l'aider si tu es épuisée. Et la journée qui nous attend s'annonce difficile.

Difficile est un bas mot. Elle s'annonce cauchemardesque. Je fixe les lignes blanches qui rythment notre parcours. Elles sont comme moi, ces lignes. Elles existent, on les regarde au début, et puis on n'y prête plus vraiment attention, elles font partie de la route.

Miles, lui, me renvoie une autre image. Je me rends compte que je ne l'ai même pas remercié de m'accompagner.

— Pourquoi ?

— Pourquoi quoi ?

Miles s'étonne de ma question et moi, de mon ton.

— Depuis que je travaille pour vous, nous n'avons pas eu le temps de discuter et, tout à coup, vous m'accompagnez voir mon père ? Pourquoi ?

Il resserre ses mains sur le volant de la Jeep en expirant doucement.

— Je ne sais pas.

Je détaille son profil. Son nez droit, sa bouche pleine et ses mèches brunes qui s'échappent en larges boucles. Les lignes de son visage sont douces.

Je ne l'avais pas vu de cette façon jusque-là. C'est une force tranquille.

— Ça m'a paru… normal.

Ses yeux se posent sur moi et je détourne aussitôt les miens vers la route.

— Merci.

Je n'ose pas le regarder. J'aurais trop peur de ce que je pourrais ressentir. Je ne peux pas me laisser aller à l'émotion.

— Est-ce que l'écriture t'a fait du bien ?

Un fin sourire s'évapore sur ses lèvres.

— Oui. Un peu. Mais ce n'étaient que quelques notes. Rien à voir avec ce que vous faites.

Je me vois mal lui expliquer que lui et ses amis m'inspirent beaucoup.

— Tu as la matière pour entamer une intrigue. Je n'ai jamais vu quelqu'un se prendre les pieds dans un pot de peinture avec autant de classe !

À l'évocation de ce souvenir cocasse, il se met à rire. Un rire vrai, chaud, communicatif. Un rire qui balaie tout malaise.

— Il faut que tu écrives Cassie. L'écriture te sauvera.

Son attitude est redevenue sérieuse. C'est désormais Miles l'écrivain qui s'adresse à moi.

— Elle vous a sauvé, vous ?

Les yeux de mon interlocuteur se rétrécissent.

— Oui. Quand je crée, je suis à ma place.

Je fais la moue en regardant l'horizon. Nous laissons derrière nous les lumières de Philadelphie. C'est exactement mon problème. Depuis que j'ai poussé mon premier cri, je ne sais pas où est ma place et je laisse des choses derrière moi. Seulement elles finissent toujours par ressortir et me barrer le chemin.

Miles baisse sa vitre et tend le nez vers l'air frais. Il déclenche une musique douce et mélancolique. Des notes de piano. Je reconnais l'air, maman l'écoutait souvent. L'une des *Nocturnes*.

— Chopin ? Miles Greene écoute Chopin ?

— Et ?

— Je vous voyais plutôt écouter des choses plus…

trash. Vos héros ne font pas dans la poésie. Je les imagine mal démembrer leurs victimes en sifflotant l'air de *La Valse du petit chien*.

Miles pousse un hoquet moqueur.

— J'apprécie aussi des groupes de métal, Cassie. Et maintenant que nous en sommes à échanger sur nos goûts musicaux, tu pourrais me tutoyer. J'aurais moins l'impression d'être un vieux con.

Je souris. L'image du vieux grincheux lui allait bien… jusqu'à aujourd'hui.

— Par ailleurs, tu serais surprise de voir avec quels perfectionnisme et subtilité, certains psychopathes préparent leur meurtre.

— J'ai du mal à concilier les mots « subtilité » et « meurtre ».

— Ce que tu vois comme un acte de barbarie, le psychopathe, lui, le voit comme une œuvre d'art.

— Et où tu te situes dans tout ça ? En écrivant un thriller, je craindrais de me laisser entraîner par la noirceur des personnages…

— Les héros de mes romans ne sont que les projections des pensées fantasques qui me traversent l'esprit. Mais à la différence de mes semblables, je ne les condamne pas. Je les observe sans m'identifier à eux et je les pousse simplement plus loin. Une fois que tu as couché tes peurs sur le papier, elles ne peuvent plus t'atteindre. Tout comme contenir une émotion peut nous dévorer de l'intérieur. La laisser sortir est libérateur.

Il me regarde comme s'il cherchait à sonder mon âme. Ce n'est plus un message subliminal à ce stade, c'est une affiche 4 par 3.

— Je ne t'apprends rien là-dessus, n'est-ce pas ?

Je déglutis et ignore sa question.

— Si on extrapole ce que tu dis, le psychopathe aurait raison de laisser s'exprimer ses idées tordues. Donc, dans un sens, on peut presque justifier ses actes ?

— En soi, nous avons à apprendre du psychopathe sur sa capacité à ne pas douter de lui-même et à oser. Il n'a pas peur et il possède une bonne estime de lui-même. Cela dit, il y a une différence entre désir et réalisation du désir. On a tous eu envie de tuer quelqu'un, l'idée nous a tous traversé l'esprit un jour ou un autre. Est-ce pour autant que l'on passe à l'acte ? Non. En revanche, au lieu de culpabiliser, on peut accepter d'avoir eu cette pensée. C'est ce que je fais. Je l'extrais, je la décortique, je la pousse à son paroxysme pour en faire une fiction.

— Je ne suis pas capable de regarder mes pensées comme si j'étais une sorte de spectateur…

— Je sais, c'est difficile. Mais aujourd'hui, encore plus, tu dois te placer « à côté ». Tu ne peux pas être un soutien pour ton père si tu vibres à sa souffrance. Au mieux, vous sombrerez tous les deux…

Je le dévisage. Il me parle si vrai alors qu'il me connaît si peu. Il n'y a qu'avec Anna que j'ai des conversations aussi profondes. Sans doute parce que nous nourrissons toutes les deux ce besoin d'aller au fond des choses.

— Écrire te permettra de tenir les choses à distance, crois-moi…

Ma gorge se noue. Il y a des choses qui me paraissent insurmontables. Et dehors, la nuit noire me laisse peu d'échappatoires.

— On en a encore pour deux bonnes heures de route. Alors, essaie de dormir.

* * *

Dans les couloirs aseptisés, mes pas avancent en cadence avec les battements de mon cœur. À l'accueil, on nous a indiqué où se trouvait mon père après m'avoir poliment rappelé ses obligations. N'ayant pas souscrit à une assurance, il recevra une note salée. Il n'a pas cet argent. Mais chaque chose en son temps. D'abord papa, ensuite la banque.

Dans l'ascenseur, je panique. Les couloirs se ressemblent tous, les services se mélangent, les étages font de même et je ne parle pas des directions. Heureusement, Miles est à mes côtés et me guide patiemment. J'ai hésité, mais j'ai finalement préféré qu'il m'accompagne.

Nous arrivons dans une grande pièce où plusieurs box sont séparés par des rideaux bleu pâle. Lorsque je devine le corps de mon père sous un drap froissé, une lame glacée s'enfonce dans ma poitrine.

Putain...

Papa est allongé, les bras le long du corps. Je ne sais pas s'il a les yeux ouverts ou fermés tant ses paupières ressemblent à deux grosses figues difformes. Un bandage barre la moitié de son crâne, sa lèvre supérieure est tuméfiée et sa barbe, encore tachée de sang. La haine m'envahit. Si je tenais celui qui lui a fait ça !

— Papa…

Une main sur son bras, j'attends sa réaction. Il pivote lentement la tête vers moi. Ce simple mouvement lui arrache une grimace. Il y a un temps d'indifférence étrange et puis il comprend enfin qu'il s'agit de sa fille, et une lueur s'allume au fond de ses prunelles usées.

— Cassie… Qu'est-ce que tu fais ici ?

— Papa, qu'est-ce qu'il s'est passé ? Comment tu te sens ?

Il déglutit difficilement. Il empeste l'alcool… Ses lèvres sont gercées et de la salive séchée les craquelle sur les commissures.

— Vous devez être Mademoiselle Cooper ?

Mes yeux remontent le long d'une blouse blanche pour venir trouver un visage angélique. Une jeune femme m'observe avec bienveillance, un dossier entre les mains. Je hoche la tête.

— Votre père a plusieurs commotions. Il a besoin de repos mais il va bien. On va le garder sous surveillance encore quelques heures. Il pourra sortir vers midi.

— Je peux sortir maintenant !

La voix éraillée de mon père s'interpose entre le docteur et moi. Il tente de se redresser mais pousse un gémissement de douleur suivi d'une toux grasse.

— Doucement, monsieur Cooper. Vous n'êtes pas en état de marcher tout de suite.

Papa repousse la sollicitude du docteur et fronce les sourcils.

— Je sais si je peux marcher ou non ! Et puis, laissez-moi parler à ma fille !

La jeune femme ne se formalise pas, et son flegme me met mal à l'aise. Je sais comment elle voit mon père : comme un vieil alcoolique qui n'a plus que son aigreur pour compagne. Papa gesticule et le voir ainsi, hors de lui, me fait honte.

— Papa, calme-toi… Je suis là. Je ne vais pas repartir. Je reviens te chercher en fin de matinée.

— Je t'assure que je ne sais pas pourquoi ils me gardent ! Je m'en vais, un point c'est tout !

Il tente encore de se lever mais je le retiens de la paume de la main.

Cette fois, je suis en colère.

— Papa, tu devrais t'estimer heureux d'être en si bon état ! Tu aurais pu y rester !

— Ne dis pas de bêtises ! C'était juste une petite bagarre…

— Arrête ! Quand les docteurs m'ont appelée, j'ai craint qu'il te soit arrivé le pire !

Ma voix se brise. Les yeux de papa s'adoucissent, il est conscient qu'il vient d'aller trop loin. Je ferme les yeux une seconde et inspire calmement.

Je dois être l'adulte ici. C'est pour ça que je suis venue. Miles a tort, il y a des émotions que l'on doit refréner au risque de s'écrouler.

— Je suis là pour m'occuper de tout. Alors, maintenant, tu écoutes les docteurs et tu restes dans ce foutu lit jusqu'à ce qu'on te dise que tu peux en sortir !

Le ton est monté. Miles, qui était resté en retrait jusque-là, s'avance à ma gauche.

Mon père dévisage le jeune écrivain.

— Miles… ?

Je fixe les deux hommes, tour à tour. Depuis quand se connaissent-ils, ces deux-là ?

— Monsieur Cooper… Nous venons de faire quatre

heures de route en pleine nuit pour vous rejoindre. Votre fille est épuisée. Nous reviendrons vous chercher dans quelques heures, le temps de dormir un peu. Vous devriez faire de même.

Mon père se renfrogne et entre dans une sorte de mutisme. Il peut faire la gueule tant qu'il veut du moment qu'il se tient tranquille.

— Mademoiselle Cooper, me serait-il possible de vous parler en privé ?

— Oui, bien sûr.

Je suis le docteur dans le couloir tandis que Miles reste au chevet de mon père.

— Nous avons fait des analyses de sang et les résultats du labo montrent une stéatose hépatique et une inflammation avancée du foie. Ce sont les symptômes d'une fibrose. Votre père doit impérativement arrêter de boire ou diminuer considérablement sa consommation d'alcool s'il veut préserver son foie.

Je prends la nouvelle comme un coup de poing. Papa m'avait assuré qu'il avait arrêté de boire. Il me ment, depuis des mois.

— Une fibrose peut entraîner une cirrhose ou un cancer du foie. Votre père n'en est pas là et peut encore agir. Nous avons des programmes de désintoxication qui fonctionnent très bien…

— D'accord, merci docteur.

Je ne peux pas en entendre davantage. C'est trop.

Sur le parking, le vent glacial me fouette le visage. Miles revient avec deux boissons en main. Il me tend l'une d'entre elles.

— Tiens, bois, ça te fera du bien.

Il pose son gobelet sur le capot de la voiture avant d'envelopper mes épaules de son manteau. Je n'ai pas l'énergie de protester et accueille ce geste comme un acte de générosité. Je bois une gorgée du liquide chaud et m'installe sur le siège passager. Miles reste dehors pour répondre à un appel. Je suis surprise, il est tard. Je l'observe faire des allers-retours en parlant à son interlocuteur. Je suis épuisée. L'infusion est bienvenue et me réchauffe les mains et le cœur. Je m'enfonce un peu plus dans le siège confortable. Je soupire en pensant à papa. Suis-je en colère ou simplement découragée… ?

— Désolé, un appel pour le boulot.

Miles referme la porte et souffle dans ses mains. Il me semble que je bredouille un : « Tu connais mon père… ? » avant d'être happée par le néant. L'épuisement physique et mental a raison de mes dernières forces et je sombre dans un sommeil sans rêve…

CHAPITRE XIV

Journal de Morgan Thompson, 28 octobre 2022

J'ai merdé. En beauté. J'étais trop gorgé de confiance. C'était si exaltant. Sentir ma toute-puissance. Elle avait besoin de moi. Et ça, c'est un très bon signal. Seulement, je suis allé trop loin dans mon rôle. J'ai manqué de prudence.

Je peste à voix haute. Je me redresse, elle pousse un petit gémissement. Son corps tourne sur le côté. Elle fronce les sourcils. Déglutit. Elle a passé une journée de merde. Moi aussi. Si elle ouvre les yeux, je suis prêt à entrer dans mon personnage. C'est un truc que je sais faire. Depuis tout petit. Apprendre à me camoufler parmi eux, les autres.

Après quelques secondes, sa respiration reprend son rythme normal. Elle dort depuis deux heures. Je la regarde depuis deux heures. Chaque courbe de son corps, le grain de sa peau, la texture de ses cheveux. C'est un délice de la sentir si vulnérable, d'anticiper ce que je vais en faire. Ma mâchoire se crispe. Je passe une main sur mes yeux. Mon corps est assis mais mes jambes gigotent d'impatience. Je crève d'envie de brûler les étapes.

La caresser. La posséder. La sublimer.

Elle me fait envie. Comme un jouet que je convoite depuis longtemps. Mais on me dit que ce n'est pas le bon moment. Elle et moi. Dans ce motel crasseux. Impossible.

On peut rater une esquisse mais on ne salit jamais une œuvre.

Les murs cognent et transpirent à côté de moi. Je déteste ça. Si sa truie gueule encore, je les saigne tous les deux. J'ai de la place dans mon coffre.

Je joins les mains en prière et pose mes index sur ma lèvre inférieure.

Calme-toi, putain, calme-toi.

J'ai pris de quoi grignoter. Du pain de mie. Du beurre de cacahuètes. C'est tout ce qu'ils avaient de comestible. Nostalgie. De celle qui vous laisse des bleus dans le ventre. Et du sang dans la gorge. Je sors le canif de ma poche. Je le déplie en silence. Je trempe la lame dans la purée. Je réprime une pulsion.

Des souvenirs. La lame souillée glisse sur la tranche. Des flashs encore. Une envie brutale. Je me concentre. Du pain de mie. Du beurre de cacahuètes. Tu bouffes ça. Et rien d'autre.

Je fais tourner le couteau dans ma main tandis que mes yeux dérivent à nouveau vers la belle endormie. Depuis sa taille fine, je pourrais remonter son T-shirt. Découvrir la naissance de ses seins, suivre la ligne de son sternum et… je referme les tranches l'une contre l'autre. Le beurre de cacahuètes fait un « splotch ! » écœurant.

J'enfonce cette saloperie dans mon gosier et je grimace. C'est comme les vieux fauteuils. Ils sont dégoûtants. Ils te défoncent le corps. Tu le sais. Mais tu ne peux pas t'en défaire.

Je mâche sans conviction. J'ai les boules. Je suis frustré. Pas seulement parce que je me retrouve ici, comme un con, à bouffer un sandwich moisi. Mais parce que je n'ai pas de mérite. On me facilite la tâche. On me la sert sur un plateau. Je n'ai plus qu'à lui sortir mes salades. Pire que dans un livre de développement personnel. J'ai même failli lui balancer une citation.

Comme toutes les autres, elle tombe dans le panneau. Je me sens intelligent, brillant. Le genre de type qu'elles regardent avec des paillettes dans les yeux. Le genre de type qui place tellement la lumière au premier plan qu'elles en oublient l'ombre à l'arrière.

Demain, je vais pimenter le jeu. Demain, je vais voir jusqu'où je peux la pousser.

CHAPITRE 15

Je me redresse sur les coudes. La bouche pâteuse et la tête dans le cirage. Ce lieu m'est inconnu. On dirait une chambre d'hôtel… Les rideaux sont tirés mais, au-dehors, le soleil est levé. Il n'y a personne. Mon manteau et mon sac traînent sur une chaise. À l'extérieur, des voix et le murmure des voitures qui circulent.

Tout à coup, la porte s'ouvre et la silhouette de Miles se découpe à contre-jour. Je passe une main sur mon front pour protéger mes yeux endormis.

— Salut Cassie. Comment tu te sens ?

Il y a toute une partie que j'ai occultée entre le moment où j'ai quitté mon père et celui de mon réveil ici.

— Qu'est-ce que… où sommes-nous ?

Miles me sourit et me tend un sachet de biscuits qui sort tout droit d'un distributeur.

— Le temps qu'on quitte l'hôpital, tu dormais comme une souche. Je t'ai déposée dans cette chambre. Tu n'as pas bougé d'un millimètre.

Je regarde la place à côté de moi. Les draps ne sont pas défaits. Miles penche un peu la tête sur le côté, visiblement amusé.

— J'ai dormi dans la chambre d'à côté. Tu devrais te préparer.

— Quelle heure est-il ?

— 11 h 30.

— 11 h 30 ! Je dois retourner à l'hôpital ! Mon père est capable de repartir tout seul sans rien dire à personne !

— Doucement Cassie. Nous sommes à cinq minutes. Prends le temps de manger un peu et de te rafraîchir. Je t'attends dans la voiture.

— Je ne vais pas gâcher ta journée. Rentre, je prendrai un taxi.

Mon interlocuteur se relève et balaie ma remarque de la main comme si je l'avais insulté.

— Tu ne gâches rien du tout. Prépare-toi, je t'attends dans la voiture.

Avant que j'aie le temps de répliquer quoi que ce soit, il est déjà ressorti. J'avise le paquet de biscuits.

Ça me fait du bien qu'il soit si prévenant mais mon cœur se resserre aussitôt. Est-ce que je peux vraiment compter sur lui ?

* * *

Papa a l'air d'aller mieux même si son visage est méconnaissable. Il marche péniblement pour rejoindre le parking. Je le soutiens en passant un bras sous le sien.

— On va aller faire quelques courses et on te dépose à la caravane.

Je jette un coup d'œil à Miles qui nous précède de quelques mètres. Il va voir où mon père vit. Où je vivais. Mais je pense qu'il n'est plus à ça près.

— Ça ira Cassie, retourne donc à New York, là où est ta vie maintenant.

— Je n'y retournerai pas tant que je ne te sentirai pas en sécurité et que les placards ne seront pas pleins.

Ce n'est pas le moment d'aborder la question de l'alcool mais il faudra que nous ayons cette discussion un jour ou l'autre.

— Cassie, je suis ton père. C'est à moi de te protéger.

Pour ça, il faudrait déjà qu'il soit capable de se protéger de lui-même.

Après avoir fait quelques courses, nous avons raccompagné papa à la caravane. J'ai rempli les placards de nourriture, lancé une machine et mis un peu d'ordre.

Je m'attendais à trouver des détritus, des canettes de bière abandonnées, mais papa se respecte suffisamment pour ne pas vivre dans une porcherie.

C'est une maigre consolation que je prends volontiers.

* * *

— Tu es très courageuse Cassie.

La voix de Miles interrompt mes pensées. Nous roulons en direction de New York depuis une heure.

J'ai le cœur gros mais je ne veux pas craquer devant lui. En revanche, sa sollicitude effrite ma carapace de protection.

— Je suis impressionné par ta détermination. Le portrait de tigresse te va très bien.

Je tords mes mains. C'est bien qu'il parle du tableau. C'est l'occasion pour moi de poursuivre notre discussion.

— Nous n'avons pas eu le temps d'aller au bout de notre conversation l'autre jour. J'espère que tu n'as pas mal pris ma remarque.

Miles me lance un regard énigmatique.

— Je ne fais pas de l'art pour faire du beau. Je cherche à faire réagir. Tu es forte, Cassie. Ne laisse personne te faire croire que tu ne peux pas réaliser tes rêves.

Mes rêves… Cela fait une éternité que je ne rêve plus. Mes rêves se sont envolés le jour où la famille de cette patiente a accusé mon père. Pire encore, la vie m'a appris qu'aussi dur que l'on travaille pour ses rêves, tout peut nous être repris en un claquement de doigts.

— Je m'en veux de le laisser seul. Il a besoin de moi…

— Ton père a beaucoup de chance de t'avoir mais tu n'es pas sa mère. Tu es sa fille et c'est d'elle qu'il a besoin. C'est son chemin. Il trouvera les ressources pour se reconstruire.

— Tu le connais, n'est-ce pas ?

Miles contracte imperceptiblement sa mâchoire. Visiblement, ma question le dérange. Il tapote le GPS et entre une nouvelle destination.

— Où est-ce qu'on va ?

— On va faire une pause. Je connais un endroit parfait pour souffler un peu.

Miles se gare à l'orée d'un parc naturel. Je sors de la voiture et respire à pleins poumons. Miles s'avance et je bloque sur ses pieds nus.

— Qu'est-ce que tu fais ?

— Ça ne se voit pas ? Je vais marcher.

Je me retiens de rire. Miles, le ronchon de service, qui se balade les petons au frais dans la forêt. Celle-là, je ne l'avais pas vue venir !

— Pieds nus ?

— Pieds nus.

Cet homme est-il bien équilibré ?

— Tu ne vas pas te mettre à parler aux arbres ?

— Si je te dis qu'à la place, je préfère écouter les secrets que la forêt me murmure ?

— La forêt te parle ?

Un sourire en coin se dessine sur ses lèvres. Ouf, il n'est pas complètement barré !

— Elle m'inspire, plutôt. Allez, viens.

— Ne compte pas sur moi pour que j'enlève mes chaussures. Je n'ai pas envie d'attraper la mort par les orteils !

Imaginer que je puisse marcher sur un insecte gluant dissimulé sous les feuilles mortes m'arrache un frémissement de dégoût.

— Viens !

Nous pénétrons rapidement dans une forêt dense. Les arbres ont perdu leurs feuilles, nous offrant un tapis rouge orangé. Je ne sais pas comment Miles peut marcher sereinement là-dessus.

— Stop !

Miles me barre la route du bras.

— Regarde…

Je suis la direction indiquée par son index et découvre un petit écureuil. Ce dernier grignote quelque chose sans bouger jusqu'à ce qu'il juge notre présence un peu envahissante. Il grimpe très vite à un arbre et disparaît dans les hauteurs.

— Je connais ton père.

Sa déclaration me surprend. Est-ce qu'il fait toujours ça ? Passer du coq à l'âne ? Sauter d'une émotion à une autre ?

— Mon oncle a étudié la chirurgie avec lui. Il m'a amené le voir lorsque j'avais une quinzaine d'années.

Nous reprenons notre marche. Je reste silencieuse, Miles me livre un petit bout de lui.

— J'avais eu des années… compliquées. Une adolescence baignée dans le noir. On a mis ça sur le compte des hormones et de ce qu'on avait vécu. On m'a amené voir des psychiatres, on m'a fait prendre des médicaments. Jusqu'au jour où mon oncle a conseillé à ma mère de m'amener voir un grand neurochirurgien.

À cette évocation, mon cœur se gonfle d'une fierté perdue.

— Ton père a été le seul à m'écouter vraiment. À ne pas me ranger dans la case « Ado à problèmes » et à regarder au-delà des sentiers battus. Il a trouvé des tumeurs dans mon cerveau. Bénignes, petites, mais suffisamment présentes pour me pourrir la vie. Elles m'accompagnaient depuis des années et on n'a jamais su d'où elles venaient. Mais ton père les a retirées. Trois opérations délicates qu'il a menées avec brio.

Je reste muette et encaisse l'information.

— Il m'a sauvé la vie.

— Alors c'est pour ça que tu as accepté de me prendre chez toi ?

— Peut-être…

Il me lance un regard joueur qui est loin de me laisser indifférente. Je n'aurais jamais cru craquer un jour pour un mec qui marche pieds nus sur des feuilles mortes. Avant, je l'aurais pris pour un original.

— Ton père est un homme bien. Mon oncle m'a expliqué ce qui lui est arrivé. Je sais ce que votre famille a traversé. Mais il retrouvera son chemin. J'en suis sûr. En attendant, tu ne dois pas t'oublier.

Je sais très bien où il veut en venir. Mais j'ai fait mon choix.

— Est-ce que c'est cette adolescence « baignée dans le noir » qui t'a donné l'envie d'écrire des thrillers ?

Miles laisse en suspens ma question quelques secondes.

— Difficile à dire. Mais je tire beaucoup d'inspiration de cette période de ma vie. La société nous formate très tôt sur des pensées, des croyances. On doit correspondre et adhérer à une norme. Elle nous empêche d'être nous-même. Alors, nous portons des masques que nous changeons à notre guise.

— Mais sans ces masques dont tu parles, pourrait-on vivre en société ?

— C'est tout l'enjeu de mon travail. Et c'est ce qui parle à mes lecteurs. Mes antihéros nous ressemblent. Ils paraissent normaux. Et pourtant, ils laissent sortir cette part d'ombre qui nous effraie tant.

Miles se penche puis s'accroupit. Il sort un couteau de sa poche, le déplie et coupe un champignon à sa base. Il l'observe en silence quelques instants avant de le rejeter.

— C'est dur et effrayant d'accepter l'idée qu'un esprit puisse être simplement mauvais. On dit que les monstres n'existent pas, qu'il n'y a que des âmes écorchées. Pourtant tous les enfants battus ne battent pas à leur tour. Tous les enfants qui ont eu une mère toxique ne violentent pas les femmes une fois adultes. Nous avons un mal fou à accepter que certaines personnes puissent être connectées au mal. Que le but de leur existence soit de propager cette ombre sur le monde.

Ma poitrine se comprime. Je sais que les monstres existent. Je repense à ce que le mien m'a fait…

— Je suis d'accord avec ça… mais je ne comprends pas où tu veux en venir.

— Ce que je veux dire, c'est que nous craignons tant le jugement des autres que nous faisons le tri dans nos émotions. Comme sur les réseaux sociaux. On ne montre que ce qui est beau. La dictature du positivisme. Pourtant, c'est bien naturel d'être en colère, envieux, jaloux… Il n'y a pas de bonnes ou de mauvaises émotions. Elles sont toutes en nous, qu'on le veuille ou non. Et celles que nous condamnons ne font pas de nous des monstres. Que se passerait-il si on ne portait plus de masques ?

— On finirait par s'entretuer ?

— Possible.

— Ce serait l'anarchie, la loi du plus fort, le retour du règne animal.

— Peut-être.

Je le regarde, moqueuse.

— Continue d'écrire des thrillers mais, par pitié, ne te lance pas dans le développement personnel !

Miles éclate de rire et moi aussi. À nouveau cette sensation dans le ventre. Tout étrange qu'il soit, cet homme me plaît. Même si ma petite conscience s'agite, me convaincre du contraire serait me mentir.

D'accord. Mais Miles, aussi mystérieux et beau qu'il soit, reste ton employeur Cassie.

— Aucun risque que tu trouves un jour mon nom associé à ce genre de littérature. Je déteste tout ce qui vise à uniformiser des comportements ou des pratiques. Nous sommes des êtres uniques. Bien trop complexes pour utiliser un mode d'emploi. Si les gens apprenaient à aimer passer leur vie avec eux-mêmes au lieu de chercher en les autres le moyen de masquer leurs blessures, ils n'auraient pas besoin de consulter des théories sur le bonheur.

Je pouffe, mutine.

— Rien qu'avec ça, tu tiens un bon sujet !

Il me lance un regard de côté qui me fait fondre.

— Tu sais, je me sens à contre-courant. À l'heure de l'hyper-socialisation, j'ai besoin de me retirer dans ma bulle et de me couper du monde. C'est là que les idées viennent. Tout comme lorsque je colle mes toiles, j'ai le sentiment de sortir d'un système, d'être vraiment libre.

Je souris. J'avais remarqué que Miles n'était pas le plus qualifié en habiletés sociales.

— J'ai besoin de me couper du parasitage de la ville, du brouhaha du quotidien, des informations en continu. Sinon, impossible de me concentrer, trop de *stimuli*, trop de superflu, trop de tout. Je possède une cabane, isolée, sans aucun accès internet.

— Ici ?

— Ne t'emballe pas. Ce n'est pas là que je t'emmène.

Je prends sa remarque comme une pique. Sa façon de souffler le chaud et le froid me déstabilise.

— C'est un lieu que je garde secret. C'est mon sanctuaire. Et c'est là-bas que j'écris. Je peux m'y enfermer pendant des jours.

— J’avais remarqué cette propension à disparaître et réapparaître par surprise…

Nous échangeons un regard de connivence.

— J’ai écrit mon dernier roman en trois semaines. À la fin, la barbe m’avait poussé. Les gars ne me reconnaissaient pas !

— Waouh ! Je serais bien incapable d’écrire en me coupant de tout.

— Chacun sa manière. Certains écrivent dans des cafés bondés.

J’aimerais lui partager ce que j’ai ressenti lorsque j’ai recommencé à écrire dans mon carnet mais je ne peux raisonnablement pas lui expliquer que je parle des hypothétiques vies cachées de ses potes et lui…

— Pour l’instant, l’écriture n’est pas ma priorité. Je dois prouver l’innocence de mon père et ça passe par des études de droit. L’injustice est pire que tout. Lorsque je vois ce qui lui est arrivé, j’ai envie de faire partie de ceux et celles qui rétablissent la justice dans notre pays.

Miles reste silencieux et m’invite à faire demi-tour. Le jour commence à tomber, la petite balade et les confidences semblent terminées.

* * *

Il fait nuit noire lorsque nous arrivons à la colocation.

Ai-je bien fait de revenir ici ?

Miles pose une main réconfortante sur mon épaule. Je vais finir par croire qu’il lit dans mes pensées. Son contact me fait du bien. Je le regarde, sans prononcer un seul mot. C’est inutile. J'ai partagé avec lui plus qu'avec nul autre depuis des années… L'espace d'un instant, j'ai envie de me lover contre lui, de ressentir la chaleur de ses bras contre moi. Je me penche un peu vers lui et laisse tomber ma tête contre le dossier.

Malgré l'obscurité, il y a quelque chose dans son regard qui me fait frissonner, une lueur d'intensité que je n'ai jamais vue auparavant. Il se rapproche encore un peu plus de moi, et je sens son souffle chaud sur ma peau. Son odeur me trouble. Il glisse une main dans mes cheveux, et un frisson parcourt mon corps. Je suis envoûtée par ce regard, captivée par ces lèvres qui se rapprochent lentement des miennes. Je ferme les yeux, attendant ce baiser, électrisée par l'impatience.

Et soudain, nos lèvres se rencontrent. C'est un baiser fougueux, passionné, qui me laisse pantelante. Je me sens plus vivante que jamais, impossible de lui résister. Mais alors que je m'apprête à l'embrasser plus profondément, ses lèvres s'éloignent déjà de moi.

William vient de taper sur le capot de la voiture. Miles se redresse maladroitement et ouvre la fenêtre.

— Je vais devoir sortir, faut que tu bouges ta caisse, l'ami !

Le blondinet ne s'attendait pas à me voir sur le siège passager. Mais lorsqu'il m'aperçoit, je vois bien que son regard change.

— Tiens, tiens, on se faisait une petite virée en amoureux ?

— La ferme Will. Pousse-toi avant que j'imprime ta gueule sur mes roues.

Ce dernier s'écarte, les mains en l'air en guise de

capitulation, un sourire moqueur vissé sur le visage. Moi, je voudrais disparaître.

— Descends Cassie.

Le ton est glacial. Son tranchant me surprend et vient briser ce sentiment naissant dans ma poitrine. Il a repris sa posture d'employeur taciturne comme si rien ne s'était passé. En même temps, qu'est-ce que j'étais en train de m'imaginer ?

CHAPITRE 16

J'ai arraché les herbes qui envahissent le tilleul avec acharnement. Travailler à l'extérieur m'a fait du bien aujourd'hui. J'avais besoin de me vider la tête. Trop de choses y tournent en boucle. Y compris mon « dérapage » avec mon employeur et sa dernière réplique. Robert s'est bien payé ma tête ce matin, en m'affichant l'horoscope du jour : « Un instant en solo avec votre conscience serait le bienvenu. »

J'ai appelé Anna. Toujours de bon conseil, elle a tenté, avec sa sérénité habituelle, d'apaiser l'hystérique qui lui débitait angoisses et péripéties dans un ordre décousu sans prendre le temps de respirer entre deux phrases. J'admire cette fille. D'une part, parce qu'elle me supporte, d'autre part, parce qu'il pourrait y avoir la fin du monde à nos portes, elle serait capable de me faire relativiser. Le baiser avec Miles est rapidement venu dans notre conversation et mon amie, sans me juger, m'a rappelé qu'en empruntant cette voie, je m'embarquais dans une histoire compliquée.

La question, enfin, les questions est : Que va-t-il se passer maintenant ? Allons-nous pouvoir faire comme si de rien n'était ? Est-ce que Miles va me virer ?

Je charrie un gros sac de déchets verts dans la rue quand je croise Jannet. Elle semble préoccupée.

— Bonjour Jannet !

Elle ne m'a pas vue. Elle est encombrée de plusieurs cartons et tente maladroitement de les faire rentrer dans sa poubelle. Il me paraît physiquement impossible que le container puisse accueillir tout ce contenu. Sans surprise, certains tombent au sol tandis que la mère de Zayan force en jurant. C'est la première fois que je la vois dans cet état. Je m'approche doucement.

— Jannet… Tout va bien ?

Elle passe le dos de sa main contre ses yeux, les épaules courbées.

— Ces foutus cartons ne veulent pas rentrer !

Il serait indélicat de lui faire une démonstration quant à la non-conscience du carton alors que, moi-même, Cassie Cooper, je parle à mon miroir.

— Attends, je vais t'aider.

Je mets de l'ordre et observe Jannet du coin de l'œil. Ses joues sont rouges et ses yeux, enflés. Mince, est-ce qu'elle a pleuré ? Une fois que j'ai empilé le surplus à côté de la poubelle, Jannet s'assoit sur les marches du perron et pousse un grand soupir.

— Zayan n'est pas allé à l'école aujourd'hui.

Je la rejoins. Je pose une main sur son épaule et ce geste la détend un peu.

— Il est malade ?

— Non, ce n'est pas ça. C'est juste… Il ne va pas bien, Cassie.

Je laisse un temps pour permettre à Jannet de se ressaisir et poursuivre.

— Je sais qu'il se passe des choses à l'école mais il ne veut pas m'en parler. Avec le travail et tout ce que je dois gérer, je ne suis pas assez présente pour lui…

— Ne dis pas ça, Jannet.

— Depuis la mort de son père, les choses ont changé. Je sais qu'il cherche à endosser un rôle qui n'est pas le sien. Il veut me protéger.

— Ton fils est un enfant très sensible. Il se soucie beaucoup de toi.

Jannet pose ses deux paumes à plat sur ses yeux. Je sens le poids qu'elle porte depuis tout ce temps. Un poids qui l'écrase, qui l'étouffe. Elle, si grande et élancée, me paraît tout à coup petite et voûtée. Elle s'essuie les yeux, renifle, puis se tourne vers moi.

— Peut-être qu'à toi il accepterait de se confier ? Tu voudrais bien essayer de lui parler, Cassie ?

C'est vrai que quelque chose de fort me lie à cet enfant, sans que je sache pourquoi.

— Bien sûr. Il est dans sa chambre ?

— Il s'occupe des chatons…

Zayan est assis en tailleur. La tête courbée, il caresse Petit Roux du bout des doigts. La délicatesse de son geste me frappe pour un enfant de son âge.

Lorsqu'il m'aperçoit, il m'offre un beau sourire. Je m'installe à côté de lui. Nous restons un moment ainsi, sans rien dire.

— Ta maman m'a dit pour l'école aujourd'hui. Tu veux en parler ?

Le visage de mon jeune ami se voile de tristesse. Mon cœur se serre.

— Ils m'embêtent dans le bus. Le matin et le soir. Ils disent que je suis un petit intello, le chouchou du prof.

Sa main se crispe, ses lèvres tremblent.

— C'est tous les jours comme ça. À l'arrêt de bus, j'ai mal au ventre… Dans la cour, j'ai mal au ventre… À la cantine, j'ai mal au ventre…

Des larmes perlent au coin de ses yeux et une goutte retombe sur le crâne du chaton qui cherche du museau la source de cette nouvelle sensation.

— J'en ai marre. Ici, au moins, je suis bien.

Je pose une main sur son genou et le regarde avec tendresse. Il balaie ses larmes d'un revers de manche.

— Je ne veux pas en parler à maman ni à mon maître sinon les autres vont penser que je rapporte et que je ne peux me débrouiller tout seul.

Je hoche la tête en silence.

— L'autre jour, dans le bus, ils m'ont arraché mon carnet de dessins et ils ont déchiré des pages. Des pages que j'avais dessinées pour papa.

Cette fois, Zayan éclate en sanglots et se coule dans mes bras. J'accueille ce petit bonhomme pétri d'amour, déjà trop blessé par la vie. L'humain est cruel et les enfants ne s'épargnent pas. Je caresse doucement son dos et lui chuchote de respirer doucement. Je le décolle un peu.

— Attention à Petit Roux, il n'a pas mérité de se faire écrabouiller, le pauvre !

Zayan renifle en souriant puis dépose le petit poilu à côté de ses frères et sœurs sur un linge doux.

— Ils sont combien, ceux qui t'embêtent ?

— Trois. Enfin… C'est surtout Aaron. Les deux autres, c'est plutôt qu'ils le suivent.

Oh… Comme c'est original. Un petit chef et deux sbires décérébrés. C'est marrant, ça me rappelle quelqu'un…

— Et quand ils t'embêtent dans le bus, tu fais quoi ?

Zayan soupire.

— Je les ignore, mais ils continuent de donner des coups dans mon siège, ils ricanent et se moquent de moi. Hier, Aaron m'a traité de « petit bouffon de merde ».

Il va sans dire que ce jeune homme a un vocabulaire tout à fait fascinant.

— Et ils embêtent tout le monde comme ça, ces trois crétins ?

Zayan se dandine, mal à l'aise.

— Non… Que moi. Le pire, c'est que l'année dernière, on était copains en plus. Et d'un coup…

Devant cet aveu, mon petit voisin fond à nouveau en larmes et se love dans mes bras.

Je pose le menton contre le haut de son crâne et réfléchis.

— Tu veux que je te dise un secret ?

Zayan se défait un peu de moi et ses yeux humides m'observent avec curiosité.

— J'étais une Aaron moi aussi.

Mon petit voisin manque de s'étouffer.

— Je t'assure ! Je me sentais très triste alors je répercutais mon mal-être sur les autres. Surtout les bons élèves qui ne faisaient de mal à personne. J'étais jalouse, j'étais frustrée, je ne supportais pas que les autres soient heureux…

Nous reprenons un peu nos distances et cette fois, j'ai toute l'attention de Zayan.

— Tu as fait du mal à d'autres enfants ?

— Pas avec les poings, mais sans doute avec les mots… Et je n'en suis pas fière. Je vais te dire un truc. Tu sais ce qui fait le plus peur à Aaron ?

— Non…

— C'est de perdre sa cote de popularité. S'il voit que tu représentes une menace, il arrêtera. Dis-toi bien que le faible dans cette histoire, c'est lui. Pas toi.

Zayan fait la moue, peu convaincu. Il est tellement dommage qu'il ne se voie pas comme je le vois.

— Tu peux essayer quelque chose…

Il balance les bras en guise d'impatience.

— Quoi ?

— Et si, au lieu de l'ignorer la prochaine fois qu'il vient t'embêter dans le bus, tu te redresses, et tu lui tiens tête en te moquant de son vocabulaire de gamin. Il va très certainement répliquer et t'insulter. On compte sur lui pour trouver encore un truc bien débile. C'est à ce moment-là que tu lui montres que ça ne te touche pas et tu recommences : « Ah ! T'as oublié que je suis… hum comment c'était déjà ?… » et tu lui ressors ses plus belles répliques ! Il sera sidéré que tu oses le remettre à sa place devant tout le monde !

Zayan pince ses lèvres et semble évaluer ma proposition.

— Je peux pas faire ça.

— Pourquoi ?

— Parce que j'ai peur.

— Je comprends… Mais c'est pour ça qu'il continue. Il sait que tu ne diras rien parce que tu as peur. Il en profite. Et pendant ce temps, ta peur, elle, grossit. Regarde, aujourd'hui, elle t'a même empêché d'aller à l'école…

Je me demande depuis combien de temps ça dure.

— Fais-moi confiance. Je sais comment il fonctionne, le Aaron. Le plus terrible pour lui, c'est que tu lui fasses perdre la face. Tu dois le surprendre.

— T'as sûrement raison.

Je prends un petit chat dans la main gauche et saisis sa patte entre les doigts de ma main droite. Je lui fais prendre une posture militaire peu conventionnelle.

— Alors, agent Zayan ! Vous avez une mission ! Demain matin, vous devez neutraliser la cible Aaron ainsi que ses acolytes ! Débrief demain soir ! Miaou !

Cette fois Zayan éclate de rire et c'est un vrai soulagement que de le voir plus léger et revigoré.

— Je compte sur vous !

Ma jeune recrue se relève et adresse un salut à son commandant poilu miniature.

— Je ne vous décevrai pas, agent Minipatounes !

* * *

Lorsque je traverse la rue, le jour est déjà tombé. Je ne peux m'empêcher de repenser à Anna. À ce que je lui ai fait subir. À son pardon. À son aide et à notre belle amitié. Je l'appelle toujours « ma chérie » et elle, « ma petite peste », comme un témoignage du passé. Elle m'a pardonné mais elle n'oublie pas pour autant. J'ai appris ce qu'était l'amour quand elle seule m'a tendu la main alors que j'étais à terre. Pourtant, elle aurait eu des raisons de m'enfoncer la tête dans la boue. Zayan me la rappelle beaucoup. Cette bonté véritable et cette douceur. Pas besoin d'être une grande gueule pour être fort. Au contraire.

Joshua est au salon, en plein appel téléphonique. Il a son air sérieux avec ses sourcils froncés. À bien y réfléchir, je ne crois pas lui connaître une autre expression. Pendant qu'il fait les cent pas, l'air préoccupé, je remarque ce léger boitement. Lorsqu'il s'aperçoit de ma présence, je lui adresse un petit signe avant de monter à l'étage.

Devant mon miroir, j'hésite, puis me lance.

> Tu avais raison, on a tous un côté sombre. On peut le cacher ou choisir de le laisser sortir. Mais je suis sûre qu'on peut aussi changer. Noyer l'ombre dans la lumière…

Mes pieds battent la cadence. Je ne me résous pas à rester sur le ton de ses dernières paroles. C'est cette phrase qui était anormale, pas la gentillesse dont il a fait preuve pendant toutes les heures précédentes.

Je soupire devant Robert qui, lui, reste imperturbable. Je regarde plusieurs fois les messages. Rien. Je me rends compte que je tourne en rond depuis une heure en attendant que Miles se manifeste. J'attrape mon carnet et décide de mettre à profit mon excitation pour poursuivre mon récit. C'est ce moment-là que mon miroir choisit pour se réveiller.

Encore faut-il faire le choix de la lumière. Choisir, c'est abandonner. J'ai repensé à ton père. Demande à William de se charger de l'affaire.

Un regain d'espoir. Miles me répond. Je réfléchis avant d'écrire. Demander de l'aide à William est une chose, régler ses honoraires en est une autre.

William a autre chose à faire. Et je n'ai pas les moyens de le payer.

William le fera pour toi. Demande-le-lui.

Je suis touchée mais même s'il acceptait, personne ne mettra autant d'énergie que moi à défendre mon père. J'ai vu ce que ça a donné avec l'avocat en qui il avait pourtant confiance. Dès que papa n'a plus eu d'argent ni une image suffisamment reluisante, son « défenseur » a pris la poudre d'escampette.

Tu connais mal William. Sous ses airs déconneurs, c'est un tueur. Il ne perd pas ses procès. À la fin de tes études de droit, tu ne seras jamais aussi bonne qu'un avocat expérimenté. Tu pourrais même apprendre bien plus que tous les cours du monde en étant à ses côtés.

J'hésite à aborder le sujet. Mais je ne crois pas qu'il soit possible de faire autrement.

On pourrait reparler d'hier soir ?

…

Des points de suspension s'affichent puis disparaissent. Contrariée, je me relève. Je prends mon carnet et me dirige dans le couloir. Kendall est habillé comme s'il allait pratiquer un sport et m'adresse un salut rapide.

— Bonsoir Kendall, tu vas à la salle à cette heure-ci ?

— Je vais courir.

Je l'observe de biais. Courir ? À 11 heures du soir. OK…

Je m'installe à la bibliothèque pour poursuivre mon écriture. Par la fenêtre, je le vois charger de gros sacs dans le coffre du SUV noir. Il me cache vraiment quelque chose, celui-là. Mes employeurs sont décidément ma meilleure source d'inspiration…

CHAPITRE 17

J'ai écrit pendant un certain temps dans la nuit. Il devait être 3 heures du matin lorsque j'ai éteint. L'air est frais, moi, beaucoup moins. J'ai parlé à mon père, il avait l'air sobre, c'est déjà ça. Il m'a assuré qu'il avait les moyens de payer l'hôpital. Je ne sais pas si je dois le croire, mais en pensant à la conversation que j'ai eue avec Miles, j'ai fait semblant. Pour lui, et pour moi aussi.

Ce matin, le soleil est radieux, j'ai donc ouvert les fenêtres des chambres. Mes écouteurs sur les oreilles, je profite de la musique. Je massacre Nina Simone qui chante les premières paroles de *Feeling Good.* Je ne chante pas faux, mais ma voix et ma dignité se portent bien mieux en privé.

J'entre dans la chambre de Joshua. Je commence à la connaître maintenant que je suis ici depuis plusieurs semaines. J'observe les photos de ski et les médailles accrochées au mur. C'est étrange, elles sonnent comme des vestiges du passé. Je le reconnais sur un cliché où il pose avec deux autres personnes. Il paraît plus jeune, plus heureux aussi. Loin de l'air sérieux que je lui connais. C'est la seule fantaisie de la pièce. Il n'y a pas de bibelot, pas d'élément de décoration, pas d'autre photo.

Après avoir terminé le ménage, je referme derrière moi, dubitative. Pourquoi Joshua est-il si différent du jeune homme de cette photo ?

La chambre de William est tout autre. Il y règne une atmosphère particulière. J'aime bien m'en occuper, elle me fait voyager. Il y a plusieurs pièces d'art primitif tout à fait remarquables. Des masques et des sculptures étranges, venus d'ailleurs. Je reste un long moment à les admirer, hypnotisée par leurs regards et leurs formes qui traversent les siècles. Je dépoussière l'énorme cristal dans un coin : une améthyste tout en hauteur qui m'arrive aux épaules, lorsque je remarque un magnifique jeu de Tarot sur le côté. Étrange personnage que William…

En remettant l'un de ses tableaux droit, je remarque que l'angle bouge anormalement. Alors que je décroche le cadre pour comprendre ce qui ne va pas, une trappe dans le mur se dévoile. Je pose le tableau au sol et l'ouvre. Elle cache un coffre-fort encastré. Je siffle. William y range sûrement ses dossiers les plus sensibles. Il est certain qu'il a des clients dont les informations sont convoitées… Ce qui me fait penser qu'il y a forcément un système de surveillance dans la maison. Des caméras ou autre chose. Mais cela voudrait dire qu'ils contrôlent le dispositif à distance sans m'en avoir jamais parlé. Je n'aime pas bien cette idée.

Il reste une dernière chambre encore ouverte. Ma

préférée. Celle de Miles, justement. Je laisse l'aspirateur dans le couloir et m'introduis dans l'antre du grand méchant loup avec une drôle d'excitation. Pourtant, ce n'est pas la première fois que j'y ai accès. Je ferme les yeux et respire le parfum de la pièce. Un mélange d'effluves boisés et épicés, très viril. Je mc déplace religieusement, veillant à ne rien déplacer. Il faut dire qu'ici, il règne souvent un certain chaos. Au sol, il y a des feuilles griffonnées ou raturées, des piles de livres et de papiers. Des dessins et des croquis entassés dans un équilibre précaire. Le mobilier est dépareillé et il y a du fouillis partout. De toute évidence, Miles ne se soucie pas beaucoup de l'ordre, ce qui ne me simplifie pas la tâche…

Le bureau près de la fenêtre croule sous le même bazar. J'avise la toupie en acier à côté d'un grand bougeoir sur le côté. Elle est toujours là.

Je me demande s'il s'installe de temps en temps ici pour poser les idées de ses futurs best-sellers. Est-ce que l'inspiration lui vient en observant l'effervescence du monde extérieur depuis cette place ? J'ai bien envie de tester quelque chose…

Je vais chercher mon carnet et m'installe à la place du maestro. J'ébouriffe mes cheveux, je capture mon stylo entre mes lèvres et mon esprit s'en va promener sur des sentiers coquins. J'ouvre mon carnet et retranscris les pensées qui me viennent.

Métal se tient avec désinvolture devant son bureau. La lumière de la lune éclaire les contours de son torse nu. Sous ses sourcils broussailleux, deux pupilles intenses me détaillent. Entre son index et son pouce, il fait jouer sa toupie de titane. Il est tourmenté. Ses démons le dévorent peu à peu…

J'hésite à le rejoindre. Il me fait peur même s'il m'attire irrésistiblement. Je veux savoir ce qui se trouve sous cette carapace d'acier, ce bloc froid et impénétrable.

Je veux goûter au feu qu'il dissimule à l'intérieur de lui-même. L'espace d'un instant, je veux toucher du doigt l'exception. Je me rapproche et soutiens l'assaut de ses prunelles, qui me pénètrent telle une lame. Il sait.

Je frémis. Sans cesser de caresser sa toupie, son regard glisse le long de mes courbes et s'attarde sur mes seins.

Il me déshabille silencieusement, avec une audace hallucinante. Il ne se cache pas l'effet que je lui fais, le métal ne connaît pas de subterfuge.

Je suis nue et sans défense. Je désespère de savoir ce qu'il va se passer. Je tremble mais je n'ose pas bouger.

Je suis comme sa possession, sa proie, et je suis sur le point d'être consumée par le feu qui brûle en lui…

Tout à coup, mon téléphone sonne et me fait sursauter. Je fais une rature sur mon écrit et peste après ma maladresse. C'est Anna !

— Eh ma chérie !

— Salut ma petite peste ! Ça va ? Tu as l'air tout essoufflée !

Je me relève gauchement et me détourne rapidement de l'objet de mes délires.

— Ça va, j'étais… euh… en plein ménage.

Je ne peux pas lui dire que j'écrivais une scène érotique sur mon patron. Sinon j'en entendrais parler jusqu'à ce que je sucre les fraises. Et même après.

— Tu es dispo ce midi ?

Je sors de la pièce et embarque mon aspirateur.

— Euh… oui… pourquoi ?

— Parce que je suis à New York pour une interview et j'ai deux heures à tuer. Je me suis dit qu'on pourrait les tuer ensemble…

Je pousse un cri de joie et sautille dans le couloir. *Anna est à New York ! Anna est à New York !* Cela doit faire des mois qu'on ne s'est pas vues !

* * *

Mon amie a choisi le restaurant. Un petit italien situé dans le quartier en vogue de Williamsburg, qui propose une cuisine authentique et délicieuse, avec des plats à partager. Je suis partie rapidement sans prendre le temps de me changer. Je ne voulais pas perdre une minute de mes retrouvailles avec Anna. Lorsque je l'aperçois sur le trottoir, nous crions de concert et je me jette dans ses bras. Nous sommes chaleureusement accueillies par le personnel du restaurant et nous nous installons à une table à l'arrière, à côté d'un joli olivier en pot et loin de l'agitation de la rue animée. Les tons chauds des peintures murales et le sol en terre cuite nous transportent tout de suite en Italie !

— L'autre jour quand tu m'as appelée, j'ai senti que ça n'allait pas fort. Comment va ton père ? Et toi ?

— Compliqué. Papa m'assure qu'il va bien, comme toujours. Et moi, je n'arrête pas de penser à ce qui peut arriver s'il me ment et continue à boire. Mais en même temps, je ne peux pas avoir la volonté pour lui…

Anna me lance un regard compréhensif.

— Tu sais quoi ? Je n'ai pas envie de parler de ça. J'ai envie que tu me parles un peu de choses positives ! Comment va Phil ? Et ton stage ? Et les préparatifs du mariage ?

— Waouh doucement ! Attends au moins qu'on nous dépose les antipasti ! Concernant les préparatifs, je sature ! Ma belle-mère ne comprend pas le concept des bottines sous la robe de mariée. Je me marie, je ne passe pas le concours de Miss Univers…

Nous éclatons de rire.

— Mon stage se passe à merveille. Mon boss est satisfait de mon travail. La preuve, il m'a confié cette interview avec Maxwell Sterling, tu sais, ce metteur en scène new-yorkais qui cartonne en ce moment. Et Phil va bien. C'est toujours cet homme gentil, drôle, brillant et un brin maladroit dont j'adore *encore* les petits défauts.

Je lève les yeux au ciel.

— Un jour, tu m'apprendras comment faire pour trouver un mec bien ?

— Ton Miles n'a pas l'air si mal. Il t'a accompagnée pour voir ton père. C'est exactement ce que font les mecs bien.

— Oui… si on omet le fait que c'est mon patron.

— Vous avez reparlé de ce qu'il s'est passé ?

— Non… pas pour le moment. Miles évite soigneusement le sujet.

— Et toi, tu y as réfléchi ? Qu'est-ce que tu vas faire si jamais c'est plus qu'une simple attirance ?

Je prends une grande inspiration.

— Aucune idée. J'ai besoin de ce job. Je ne peux pas me permettre de le perdre. Commencer quelque chose avec lui, c'est prendre le risque que les choses tournent mal. Mais de toute façon, je ne crois pas que ce soit sérieux de son côté.

— Et pourquoi ça ?

— Il me l'a bien fait comprendre. Comme s'il avait compris qu'il avait commis une erreur, son attitude a subitement changé.

Le visage d'Anna se teinte de sollicitude. Je décide de changer de sujet.

— Et sinon, ton stage au *Washington Post* ?

— Super ! Un max de taf mais je m'y plais beaucoup. J'espère juste décrocher un poste dans quelques mois, mais la concurrence est rude. Et toi, la fac de droit ? Des nouvelles de ta bourse ?

— Toujours pas… Je commence à me dire que c'est raté. Mais…

— Mais ?

Je me ravise tout de suite.

— Non. Oublie.

— Ah non ! Ne commence pas ! Je n'ai pas le temps de te tirer les vers du nez !

Je soupire et capitule.

— William, l'un des colocataires, est avocat. Miles m'a conseillé de lui parler de l'affaire de mon père. Il paraît qu'il est très compétent dans son domaine et Miles m'assure qu'il serait disposé à m'aider. En même temps, j'ai envie de lui demander aussi parce que j'ai repris l'écriture et… enfin, oublie ça…

Anna se redresse, les mains sur la poitrine, et écarquille grand ses yeux.

— Qu'est-ce que je viens d'entendre ?!

— Que l'un de mes employeurs est avocat… ?

Elle me fait signe de poursuivre en agitant la main.

— Que je me suis remise à écrire ?

— Voiiiilààààà ! Nous y sommes ! Mais c'est génial !

Génial ? Pas vraiment. Depuis que je me suis mis cette idée de roman en tête, je ne sais plus où j'en suis. Je ne suis plus sûre d'être dans la bonne direction. En fait, je ne suis plus sûre de rien…

— Cassie… Arrête de te poser mille et une questions. Pose-toi la bonne ! Qu'est-ce qui te fait vibrer ?

Je la fixe, silencieuse.

— OK, je te la fais autrement : plus tard, tu te vois devant un jury, à plaider dans une salle de tribunal ou devant une file de lecteurs, à signer tes livres ?

Je soupire, l'air désabusée.

— Tu connais très bien la réponse à cette question.

Anna affiche un sourire carnassier qui a le don de m'exaspérer. Je n'aime pas reconnaître qu'elle a raison lorsque ça ne m'arrange pas.

— Je veux l'entendre.

— L'écriture, bien sûr ! Mais je dois faire mes études de droit, pour aider mon père !

— Bon sang, arrête de vouloir aider ton père !

Je me renfrogne dans mon siège et croise les bras sous la poitrine.

— Tu parles comme Miles maintenant.

Nous restons quelques minutes sans bavarder, le nez dans nos assiettes.

— OK, excuse-moi Cassie… Mais ça me tue que tu t'entêtes à prendre un chemin qui n'est pas le tien. Ton père s'en sortira. Ça prendra du temps mais il remontera la pente.

— Il s'est remis à boire.

— Et alors ? Tu vas faire quoi ? Retourner à la caravane et réquisitionner ses bouteilles ? C'est à ton père de trouver la volonté de rebondir. Tu ne peux pas le veiller comme un gosse !

— Et qu'est-ce que je fais s'il se flingue la santé ? Mes sœurs s'en foutent. Il n'a que moi.

— Je sais Cassie… Mais tu ne peux pas construire ton avenir en fonction du sien. Tu as une vie à vivre, merde. Tu vas te punir combien de temps encore ?

Sa question me surprend. Les larmes me montent aux yeux. Anna s'en veut immédiatement et pose une main sur la mienne.

— Pardon…

Elle se penche un peu vers moi pour me parler plus bas.

— Tu as le droit d'avancer, Cassie. En plus, on dirait que l'univers t'envoie des signes. Entre ce William qui est avocat et Miles qui est écrivain, ce n'est pas un coup de pouce qu'ils te donnent de là-haut, c'est un coup de pied au cul !

Le serveur nous interrompt pour nous apporter le dessert.

— Je vais voir pour William. Dans un sens, s'il est redoutable comme le dit Miles, il sera toujours de bon conseil pour la suite.

Anna approuve. Je l'observe un instant. Je l'aime tellement. Je peux toujours compter sur elle pour avoir un conseil franc. Nous passons le reste du repas à discuter de son interview. Elle traite des sujets passionnants. J'adore l'écouter, ses histoires m'inspirent toujours énormément.

* * *

— Cassie, t'avais raison ! Ça a marché !

Jannet m'a appelée en fin d'après-midi. Elle a eu à peine le temps de me saluer que Zayan lui a pris le téléphone des mains. Il était pressé de me raconter sa journée. Installée sur mon lit, assise en tailleur, je l'écoute et déguste son récit.

— Raconte !

— Bah, comme prévu ce matin, quand ils sont montés dans le bus, Aaron s'est installé derrière moi, il a commencé à taper dans mon dos et à me balancer des méchancetés. Alors j'ai fait ce que tu m'as dit. Je me suis redressé et je l'ai regardé bien en face. J'ai cru que j'aurais pas la force, j'avais le cœur qui cognait super fort mais je te voyais dans ma tête. Toi et Petit Roux. J'ai dit : « Ah ! Voilà Aaron, il a sans doute un truc super intelligent à dire.

Après “t’es qu’un bouffon de merde”, je suis impatient de voir ce que tu vas imaginer d’intéressant ! »

— Waouh ! T’as eu du cran ! Et qu’est-ce qu’il s’est passé ensuite ?

— Bah sur le coup, il a bloqué. On aurait dit qu’il ne savait plus parler. Y en a même qui se sont mis à filmer ! Alors je ne pouvais plus reculer !

— T’as grave assuré ! Je suis trop fière de toi !

— Attends, c’est pas fini !

Zayan est essoufflé tant il est impatient de tout me raconter en détail.

J’ai envie de rire de cet enthousiasme excessif, mais je reste très sérieuse. Tenir tête à ce petit caïd lui a demandé beaucoup de courage.

— Dans l’après-midi, Aaron a essayé de revenir à la charge dans la cour. Seulement, la vidéo de ce matin circulait déjà partout ! Alors, je lui ai dit : « Ah ! Tu veux remettre ça ! Ben vas-y, ça fera encore plus de vues sur la vidéo de ce matin ! » Il a halluciné et il a arraché le téléphone de la main d’un de ses potes qui se marrait. Il a fait une de ces têtes ! Il est parti sans rien me dire. Et ce soir, dans le bus, rien !

— Oh waouh ! Je suis impressionnée ! Tu n’as rien à envier à tes héros, Zayan ! Tu l’as mis KO, le Aaron !

Je l’entends pouffer. Puis il reprend en murmurant :

— Il y a même une fille que j’aime beaucoup, Mia, qui est venue s’asseoir à côté de moi et qui m’a dit que j’avais bien clashé Aaron ce matin !

— Tu m’étonnes ! Tu les as tous impressionnés ! Il n’est pas près de t’embêter à nouveau ! Bon… Comment tu te sens ?

— Beaucoup mieux ! Ça m'a inspiré une scène pour ma BD.

— Parfait ! En plus, il te sert d'inspiration sans le savoir ! J'espère qu'il a le rôle du crétin de service.

— Pire que ça, tu verras.

Nous éclatons de rire. Le savoir soulagé me remplit de joie. Cet enfant est un bijou. Nous nous embrassons et nous promettons de nous voir vite. Jannet reprend le mobile.

— Je ne sais pas ce que vous avez comploté ensemble Cassie, mais… merci. Je n'avais pas vu Zayan aussi fier de lui depuis bien longtemps.

La voix de Jannet tremble d'émotion.

— Désolée, j'ai peut-être outrepassé mes attributions de voisine mais disons que j'avais quelques astuces à transmettre à Zayan pour se défendre contre les idiots. Comme disait ma maman, la meilleure arme, c'est l'humour.

— Tu as bien fait ! Viens vite nous voir. Petit Roux a presque ouvert les yeux !

— Je n'y manquerai pas !

Je viens à peine de raccrocher, le sourire encore imprimé sur les lèvres, que Robert me notifie d'un nouveau message. C'est Miles, il veut me voir au rez-de-chaussée.

CHAPITRE 18

Miles est en pleine séance de peinture. Il travaille sur la pièce du gorille. Je devine le dessin sur la toile grâce aux contractions de ses muscles. À le voir dans cette transe étrange, en parfaite symbiose avec la matière et les sons qui hantent l'espace, je constate que son travail n'est pas seulement l'expression de son imaginaire, il est aussi celui de son être tout entier.

Je suis troublée à la vue de ce corps à moitié nu qui se donne à son art. Son dos se contorsionne et se contracte sous l'effort, laissant échapper quelques gouttes de sueur. Les grognements sauvages qui sortent du lecteur CD rendent la scène plus animale encore. Miles ne m'a pas entendu arriver et j'ai tout le loisir de contempler l'artiste à l'œuvre.

Lorsqu'il se retourne et qu'il m'aperçoit, il s'est reconnecté à la réalité et son regard s'assombrit. Il coupe le son, essuie ses mains sur un torchon, puis me tend quelque chose, sans même m'adresser un regard.

Je m'approche sans bruit et reconnais l'objet. Il s'agit de mon carnet de notes. Une fraction de seconde me suffit pour prendre conscience que je l'ai oublié sur son bureau, ce matin, lorsque je me suis précipitée pour rejoindre Anna.

Oh non…

— Je vois d'où tu tires ton inspiration.

Miles m'observe désormais de toute sa hauteur, un sourire narquois aux lèvres. Je lui retire le livret des mains et relève le menton pour lui tenir tête.

— Tu as lu ?

Il essuie son front du bras puis se retourne vers ses pinceaux. Je me rapproche, le frôle presque, et lui colle le carnet sous le nez.

— Tu as lu mes écrits sans mon autorisation ?

— Ce n'est pas ce que tu voulais ?

Je hausse les sourcils.

— Non ! Bien sûr que non !

— Alors pourquoi l'avoir laissé sur mon bureau… ?

À ce moment précis, je me rends bien compte que Miles est en droit de se poser des questions sur mes intentions.

— C'était une erreur. Je faisais le ménage dans ta chambre.

— Avec ton carnet ?

— Non, avec un aspirateur, Miles !

Il me dédie un sourire insolent, bien conscient que je m'empêtre dans une explication impossible. Je balance les bras d'agacement !

— OK ! Lorsque je suis arrivée dans ta chambre, j'ai voulu voir ce que ça faisait d'être toi !

— D'être moi ?

— Oui, tu sais bien, d'être un auteur à succès !

Un sourire en coin prend naissance sur son visage tandis qu'il nettoie méticuleusement un pinceau.

— Je suis allée chercher mon carnet et je me suis installée à ton bureau pour voir si l'inspiration venait.

Miles éclate de rire. Pas un rire moqueur. J'y sens une forme de tendresse.

— Tu penses qu'il suffit de s'installer à mon bureau et d'être touché par une forme de grâce, Cassie ?

— Je ne sais pas… Pourquoi pas, après tout ? Arrête de faire comme si tu ne représentais pas une forme de fantasme pour tout écrivain en herbe ! Combien expérimentent un jour l'estime que tu connais aujourd'hui ?

— Peu. En revanche, il n'y a aucun succès sans travail acharné. Mais si tu crois à l'inspiration tombée du ciel, je peux te prêter mon bureau…

Il n'est pas loin d'être hilare tandis que je me décompose.

— Ce n'est pas gentil de te moquer de moi. J'essaie de me relancer dans l'écriture et cela me demande une bonne dose de courage. Savoir que tu as lu ce que j'ai écrit me pétrifie.

Vexée, j'amorce une retraite mais Miles me retient doucement par le bras.

— Ne te fâche pas, Cassie. En réalité, je trouve ça plutôt mignon.

Je bloque un instant sur sa main tachée de peinture, enroulée autour de mon bras nu. Ce contact m'électrise plus qu'il ne le devrait et c'est la dernière des bonnes idées.

— Il y a quelque chose qui me pose question, cependant…

Miles a murmuré ces mots à mon oreille, les lèvres tout près de mon visage. Les battements de mon cœur se sont accélérés et je perds franchement de mon aplomb. L'intensité avec laquelle ses yeux me capturent me désarme.

— « Métal » est un être froid et impénétrable. L'idée m'a quelque peu vexée. Cela dit, tu n'as pas tort sur un point.

Je déglutis difficilement. Il a lu ce passage, il a donc lu tout le passage… Ma voix s'éteint dans un murmure à peine audible.

— Lequel… ?

— Le métal ne connaît pas le subterfuge.

Ses yeux se posent sur mes lèvres et sa mâchoire se contracte imperceptiblement.

— Miles…

Nous restons tous deux silencieux, plongés dans un moment en suspension, dans cet espace devenu trop étroit pour nous deux.

— Je ne peux pas continuer à faire semblant. Je n'ai pas cessé de penser à notre baiser.

Les lèvres de Miles frôlent les miennes et je ferme les yeux une seconde. Je pose une main sur son torse et réprime cette envie qui se déploie dans mon bas-ventre.

— Tu sais comme moi que si nous franchissons cette limite, tout changera…

— Les limites sont faites pour être franchies.

Miles me prend le carnet des mains et le dépose sur son établi. L'attraction que nous ressentons l'un pour l'autre est bien trop forte pour être contenue. Elle finira par jaillir, tôt ou tard. L'œuvre qu'il a peinte pour moi me revient en mémoire.

Cela fait bien longtemps que je n'ai pas fait confiance à un homme. Pourtant, avec Miles, tout est différent. Nous avons cette connexion spéciale qui nous relie. Plus qu'une passion commune, nous nous comprenons.

Une lueur fugace passe dans l'immensité de ses yeux gris. Indéchiffrable. Il se rapproche un peu plus de moi, me contraignant à reculer contre le mur. Ses lèvres effleurent la peau de ma joue, il semble tendu à l'extrême, pris dans les mêmes conflits intérieurs que moi.

— Putain Cassie. Tu me rends fou…

Tout à coup, il se courbe et passe les mains sous mes fesses pour que j'entoure sa taille de mes jambes. En une seconde, il nous délivre du doute en aspirant mes lèvres entre les siennes. Elles sont douces, puissantes et gonflées de désir. Le métal s'est fondu dans un feu brûlant. Il nous fait pivoter et amorce quelques pas vers l'établi où il me dépose sans cesser de m'embrasser. Il souffle entre mes lèvres :

— C'est vraiment ce que tu veux ?

Comme réponse, j'attrape sa nuque de mes deux mains et écrase ma bouche contre la sienne. Ma langue s'enroule autour de la sienne. Je pousse un soupir de satisfaction et je constate, à la dureté de sa virilité contre mon bassin, qu'il est tout aussi excité que moi.

Il soulève mon T-shirt et libère ma poitrine de mon soutien-gorge avant de l'écraser de son torse dur. Peau à peau, nos souffles liés, nos gestes sont empressés, désespérément avides. Il capture un de mes seins dressés dans sa large paume et en aspire le téton durci. Frissonnante, je plonge les mains dans les boucles larges de ses cheveux et le presse plus encore contre ma poitrine. Sa bouche remonte le long de mon cou et retrouve la mienne pendant qu'il dégrafe les boutons de mon jean et les fait glisser, lui et ma culotte, sur le sol. Entièrement nue, je l'admire, fébrile. Il balaie les outils derrière moi et, dans son mouvement, il heurte le déclencheur du lecteur CD.

L'artiste caresse mes courbes, les découvre et les goûte. Il y a en lui un empressement farouche, un instinct bestial troublant qui le rend animal et terriblement sexy. Il vient de tomber le masque et il m'offre l'expression de son désir. Sans filtre. Un esprit animal exacerbé par les cris des animaux accompagnant notre étreinte.

Les vagues de plaisir montent et redescendent au rythme des dessins qu'il crée sur mon corps. Il défait sa braguette et libère son membre. Après avoir enfilé un préservatif, il saisit mes fesses et s'enfonce en moi d'un mouvement de bassin ample et sec. Mes lèvres s'ouvrent et happent l'air. Mon corps entier s'arque sous l'offensive. Il me complète, me possède totalement. Un frisson d'une rare intensité m'emporte dans un lieu inconnu, dans la moiteur d'une jungle inexplorée, où nos deux corps s'ébattent dans un ballet sauvage. Je pousse des gémissements à chaque fois qu'il me pénètre plus fort, qu'il repousse encore la vague de plaisir.

Plusieurs fois, j'en frôle le sommet, à bout de souffle. Dans un ultime gémissement, je parviens au point culminant. Les sens décuplés, le corps tendu, la respiration coupée, je sais que l'orgasme sera puissant. Et c'est le cas. Le plaisir m'arrache un cri indescriptible qui se mêle à ceux de la nature alors que tout se fend autour de moi. Je n'ai jamais ressenti pareille sensation. Une explosion de volupté.

Miles me regarde jouir de ses yeux brûlants. Son regard se voile tandis qu'il ralentit le rythme pour épouser le mien. Plus lent, plus sourd. Je soutiens l'assaut de son regard, de ses hanches qui se fondent entre les miennes, les yeux mi-clos.

Miles me maintient contre lui. Il pétrit mes fesses d'une main et, de l'autre, il attrape l'arrière de mon crâne pour me presser contre lui. Mes lèvres épousent la peau de son cou et je souffle de plaisir lorsqu'il recommence ses pressions en moi. Je me cramponne, les cuisses fermement verrouillées autour de sa taille.

Les mouvements sont profonds, bestiaux. Nos râles couvrent à présent les bruitages du disque. Miles accélère le mouvement, faisant trembler l'établi et tomber plusieurs outils au sol. Mon corps vibre entièrement sous le sien. Je l'entends gémir dans mes cheveux, je le sens perdre pied et le plaisir me transperce à nouveau. Il me soulève et vient me plaquer contre le mur. Il exhale un cri rauque dans mon cou, agrippe mes cheveux et donne un dernier coup de bassin avant de jouir fort contre ma bouche. Le son de sa voix me fait chavirer. J'explose en mille morceaux, emplie d'un sentiment de plénitude délicieux, le corps de Miles encore frémissant sur ma peau…

* * *

Lovés dans les bras l'un de l'autre, nous reprenons notre respiration. Nous sommes trempés de sueur et nos corps tremblent encore. C'est la première fois que je prends autant de plaisir avec un homme. Je ne pensais pas que ce serait possible à nouveau un jour…

Miles dépose quelques baisers sur mon épaule et dans le creux de mon cou. Je me drogue de son odeur, du sentiment que me procure son contact. Je frissonne. Miles se détache de moi pour attraper un grand drap qu'il glisse délicatement sur mes épaules. Je ne me lasse pas de contempler son corps sculptural. Il m'embrasse avec tendresse puis replace une mèche de mes cheveux derrière mon oreille.

— Tu es décoiffée.

Je lui souris. Il ramasse son jean et se rhabille. Il me dédie un regard amusé avant de me lancer :

— Tu aimes ce que tu vois ?

Mutine, je regarde les toiles dans le fond.

— Oui, c'est pas mal…

Miles me retourne un sourire avant de déposer un baiser sur mes lèvres.

— J'ai presque fini. Encore quelques retouches et je pourrai aller les coller.

Emmitouflée dans mon drap, je me rapproche du gorille. Plus je m'avance, plus je découvre des détails cachés.

— C'est magnifique… Mais d'où est-ce que tu sors tout ça ?

Miles me rejoint et m'entoure de ses bras. Le contact de son corps dans mon dos et contre mes fesses ravive tout de suite la chaleur entre mes cuisses. Je laisse tomber ma tête contre son torse.

— Aucune idée. Mais peindre me permet de rester dans la lumière. C'est cette force de création qui me sauve.

Je retrouve cette douceur, cette vulnérabilité que j'avais déjà entraperçue. Je savais qu'elle était bien là et que ce n'était pas une erreur. Miles n'est pas ce qu'il donne à voir.

Il me serre un peu plus fort et murmure à mon oreille :

— Ton texte était plutôt bien écrit. J'aime beaucoup la façon dont tu fais passer les émotions. Tu as un don pour ça. Pour ça et pour la curiosité…

Je ricane. Il chuchote, espiègle :

— Ah et… je savais que tu fantasmais sur moi. Si tu veux des conseils en écriture, tu peux m'appeler maître…

— Tu peux toujours rêver !

Il me retourne un sourire railleur :

— Je m'en doutais. Mais je ne plaisante pas sur le reste. Ton récit est bien construit. En changeant quelques noms et références, tu pourrais le publier sur une plateforme d'écriture. C'est comme ça que j'ai commencé.

Je me défais de lui et viens me hisser sur l'établi.

Ses mains se posent sur mes jambes tandis que ses lèvres se faufilent sur mon cou.

— Je ne crois pas que je sois légitime pour ça.

— Et comment le sais-tu ? Le seul juge, ce n'est pas toi Cassie. C'est le lecteur.

— Je n'ai pas envie de sortir de l'ombre…

— Et pourquoi ça ? De quoi as-tu peur ?

Si tu savais…

— Et toi, monsieur l'artiste anonyme ? Tu pourrais très bien dévoiler qui tu es. La ville est ouverte au street art, et ton travail suscite l'engouement.

Miles s'amuse de ma comparaison.

Il essaie de me faire taire en me volant un baiser, mais je le repousse doucement.

— Ça, c'est trop facile. Réponds.

Il se recule et penche la tête de côté.

— Tu ne lâches jamais l'affaire, n'est-ce pas ?…

— Jamais.

Il ouvre les bras en croix tandis qu'il recule de quelques pas.

— L'essence du street art Cassie ! Cultiver le mystère. Transgresser les règles. C'est ce qui est excitant. Et te concernant, tu peux très bien publier ton texte sous un pseudonyme.

Je l'observe, amusée.

— Et c'est moi qui ne lâche rien ?

Miles joint les mains, un air canaille dans les yeux.

— Quelle est la dernière fois que tu as fait quelque chose pour la première fois ?

— Mmh… maintenant. M'envoyer en l'air au milieu de toiles et de peinture. Jamais fait !

Il se rapproche et glisse les mais le long de ma taille.

— Gagné. Mais je te propose autre chose. Dans deux jours, je vais coller le gorille. Accompagne-moi et tu comprendras l'excitation dont je te parle.

— Vous me proposez de participer à un acte de vandalisme, monsieur Greene ?

Un sourire carnassier illumine son beau visage.

— Pour ta première fois au milieu des toiles, on recommence quand tu veux.

Je me presse contre lui et glisse la main dans son jean.

— Tout de suite… ?

CHAPITRE 19

La villa est calme. Les garçons ne sont pas là ce soir, mis à part peut-être Joshua qui est rentré plus tôt. Je cherche ma vieille valise dans le placard, mon ordinateur portable est encore à l'intérieur. Jusqu'à présent, je l'avais pris pour mes études de droit, mais… il s'est passé quelque chose. Miles m'a convaincue.

Miles.

Ce qu'il s'est produit dans l'atelier était complètement fou mais depuis que l'excitation est retombée, que mon corps a quitté le sien, la réalité est revenue sur le devant de la scène. Et avec elle, son petit lot de questions désagréables…

Que va-t-il se passer maintenant ? Miles est mon patron, je travaille pour lui et chez lui. Si nous nous engageons dans quelque chose de sérieux, est-il seulement possible de rester son employée ? Mais est-ce que je dois espérer une vraie relation ? Est-ce vraiment ce que je veux ?

Je grogne. Le meilleur moyen de cesser mes ruminations est d'écrire ! Je m'installe sur le lit, l'ordinateur sur les genoux, et place mes notes à côté de moi. Mine de rien, j'ai gratté pas mal de feuilles et pour tout retranscrire, il me faudra sûrement des heures. Le point positif, c'est que j'ai toute la nuit. Demain, c'est mon jour de repos.

J'ouvre mon navigateur, le pauvre souffle au démarrage. Une fois connectée, je tape l'adresse de la plateforme d'écriture sur laquelle de nombreux auteurs en herbe tentent leur chance. J'ai lu beaucoup d'histoires ici, et déniché de nombreuses pépites, en nourrissant le rêve secret de me retrouver un jour de l'autre côté. Je prends conscience qu'éditer son texte, c'est se mettre à nu.

Mon enthousiasme est coupé dans son élan. Je reste un moment à réfléchir devant mon curseur clignotant. Je fais tourner le soda dans sa canette tout en maugréant sur la difficulté de la tâche : trouver un pseudonyme qui me convienne.

Je pense à mon prénom : Cassie. En réalité, c'est un diminutif. Il m'a été donné en hommage à mon arrière-grand-mère qui s'appelait Cassandra. Je bois une gorgée. Et pourquoi pas Sandra ? Mais Sandra quoi ?

Je grogne en jetant ma canette vide dans la poubelle à papier. Je pense soudain à maman, comme si elle venait de me chuchoter une idée à l'oreille. Elle était joaillière, et elle me comparaît toujours à la pierre de lune car j'avais constamment la tête dans les étoiles, captivée par le satellite argenté. Elle avait même imaginé et designé un bracelet qu'elle avait nommé « Le Rêveur ». *Moon Stone*...

En y repensant, ses marques d'affection devaient être mal perçues par mes sœurs qui n'en avaient pas autant.

Mes sœurs... À la mort de maman, d'anciennes jalousies et rancœurs ont fait voler en éclats nos relations. Ce fut une double peine, je n'ai pas compris ce qu'il s'est passé. J'ai perdu ma mère et mes sœurs. Elly et Tessa ont disparu un beau jour, prenant la poudre d'escampette avec leurs mecs respectifs. Je sais qu'elles vivent plutôt aisément, aux crochets de leurs maris, et qu'elles n'ont pas levé le petit doigt lorsque je galérais avec papa, dans la caravane…

Il lui arrive de réussir à avoir quelques nouvelles mais il sort de ces appels plus déprimé qu'avant. Elles ne fréquentent pas des types bien, beaucoup de choses ont changé dans leur discours. Notamment, leur haine grandissante pour les immigrés. Papa a lâché l'affaire depuis longtemps, considérant que sa seule fille chérie, c'est moi. De quoi entériner définitivement une possibilité de réconciliation avec mes sœurs…

Il m'arrive de penser que maman doit être bien déçue si elle nous regarde de là-haut. Cette famille qu'elle tentait de garder unie au prix de tant d'efforts et qui s'est déchirée à la première tempête.

Je soupire et secoue la tête. *Concentre-toi Cassie !*

Je tape : « Sandra Moonstone ». Je relis mon nom d'autrice plusieurs fois à haute voix. Je dois dire que c'est plutôt pas mal !

— Que penses-tu de ça Robert ? Sandra Moonstone, la prochaine autrice à succès !

J'éclate de rire. Je suis la meuf désespérée qui parle à son miroir, faute de mieux.

Titre : Secret Existence ; Tome 1 : MÉTAL.

Je souris. C'est un moment particulier. Le début d'une nouvelle aventure et, je l'espère, d'une vie plus épanouie.

Je place mes écouteurs sur mes oreilles, lance ma playlist préférée et commence à taper. J'en profite pour faire quelques corrections de style et quelques coupes de passages qui me paraissent inutiles.

C'est amusant comme mon écriture a évolué elle aussi au fil des pages. Amusant encore de remarquer que j'avais besoin de sortir des choses, plus pour moi que pour servir l'intrigue.

Lorsque j'arrive à la fin du document, je regarde l'heure. 5 heures du matin. Waouh ! Je n'ai pas vu le temps passer ! Magie de faire ce que l'on aime…

Je cligne plusieurs fois des yeux, les lettres sont troubles. Fébrile, le cœur battant, je copie-colle mes trois premiers chapitres sur la plateforme en ligne.

C'est le moment de sortir de l'ombre. Je respire un bon coup, relis l'ensemble une dernière fois, et je clique sur le bouton « Publier » ! La page se charge.

Et voilà.

Fière de moi, j'envoie un message à Miles et à Anna : « Je l'ai fait ! J'ai publié mon texte ! » puis, l'esprit totalement vidé, je m'endors presque aussitôt.

* * *

Je termine mon thé en poussant un petit soupir de bonheur. À l'extérieur il fait moche mais à l'intérieur, je rayonne. Il n'était pas loin de 13 heures lorsque j'ai émergé de mon sommeil de plomb. Cela faisait des années que je n'avais pas aussi bien dormi. Revigorée par mon audace d'hier soir, mon inspiration roule à fond la caisse ! C'est mon jour de repos mais je compte y mettre du mouvement.

Il m'est venu des tas d'idées sous la douche et pas moins pendant que l'eau chauffait dans la bouilloire. Je me suis juré de ne pas aller voir les commentaires sur mon texte. Ni aujourd'hui, ni demain, ni pendant plusieurs jours. Premièrement parce que je ne veux pas être déçue ni gâcher cette belle énergie naissante, deuxièmement parce que je ne veux pas rester pendue aux réactions et dévier de mon objectif.

Ce texte, je l'ai écrit avant tout pour me prouver que j'en suis capable. Si les lecteurs l'aiment, c'est un bonus !

Je remonte à l'étage, traverse le couloir et me rends dans la salle de sport. J'enclenche le tapis de marche et commence à vive allure. Mes pas avalent les mètres sans effort, alors que mes pensées s'envolent déjà sur mes prochains chapitres. Ceux qui clôtureront mon roman. Je réfléchis à plusieurs rebondissements et je les note dans un coin de ma tête, un sourire aux lèvres.

— Ça, c'est pas mal du tout, chère Mme Moonstone. De quoi relancer l'intrigue !

Je remarque le grand bâton japonais et le kimono sur ma droite. Je suis à peu près certaine qu'ils appartiennent à William. Je repense à ce que m'a dit Miles : « Demande à Will. » Je fais la moue, le regard perdu sur le sac de frappe pendu à ma gauche.

Moi aussi, il va falloir que j'enfile les gants, et c'est un avantage non négligeable d'avoir un allié expérimenté pour mieux porter les coups.

Je sens bien qu'un cycle se termine, que l'heure est venue d'avancer, de choisir ma direction… Tout en marchant d'un bon pas, je pianote sur mon portable un message pour Will. Après tout, je ne risque qu'un refus.

Tu sais ce qu'il s'est passé la dernière fois que tu as cherché de l'aide, Cassie.

Ma poitrine se comprime. C'est vrai. Mais tous les hommes ne sont pas comme *lui*.

Je continue de marcher. La pente s'incline, mes mollets chauffent. Mon cœur, lui, s'accélère sous l'effort et les souvenirs.

Je me revois, ce soir-là, foulant le bitume à vive allure, les bras croisés et grelottante. Nous sommes pourtant en plein été, les températures frôlent les 40 degrés. Mais la honte, la douleur, l'incompréhension aussi ouvrent un abîme gelé sous mes pieds. Je marche sans savoir où je vais. Je marche sans savoir si j'aurai la force de retrouver mon chemin. Je marche avec l'impression de porter une ombre. Une ombre qui me répète : « Tu as peur. »

Je n'ai rien connu de plus violent qu'être trahie par celui que j'aimais. Confier son âme, sans artifice, sans masque, s'en remettre à une autre personne, pour finalement être humiliée, bafouée, saccagée. *Saccagée.* C'est le mot. *Il* m'a saccagée.

C'était un samedi soir comme tant d'autres. Comme tant d'autres si tout n'avait pas changé. Je n'étais plus la Cassie admirée et jalousée. Je n'étais plus celle que tout le monde voulait inviter pour maximiser son nombre d'invités. J'étais la fille d'un médecin trop zélé, jugé coupable de la mort d'une jeune fille par négligence. Coupable, voilà que je l'étais moi aussi. Mes « amies » m'avaient tourné le dos, je n'étais plus la bienvenue dans leur groupe ni à leurs soirées. Des chuchotements à peine étouffés venaient me coller aux basques dès que je foulais les couloirs du lycée. J'avais basculé du côté de ceux que l'on moque, de ceux que l'on montre du doigt, de ceux en marge, du côté d'Anna. Voire pire. Les hyènes n'ont aucune pitié, d'autant plus entre elles.

Ce soir-là, j'ai voulu me réfugier chez *lui*. *Lui*, dont je n'arrive même plus à prononcer le nom tant son évocation m'est insupportable. Il était mon seul refuge. Je n'ai pas voulu voir que son regard, aussi, avait changé. Continuer de sortir avec moi, c'était risquer de ternir sa précieuse réputation de golden-boy. Lorsque je suis arrivée chez lui, il n'y avait pas de fête. Juste ses potes. Tout ce que je voulais, c'était être avec lui. Tout ce que je voulais, c'était de l'affection.

De l'affection...

J'ai rapidement avisé les bouteilles d'alcool et les canettes de bière vides dans le salon. En le voyant, je me suis jetée dans ses bras pendant que ses amis ricanaient grassement. Ils jouaient à un jeu vidéo dont le but était d'exterminer tout ce qui bouge. Je lui ai dit que je voulais du calme, que j'avais besoin de lui parler, de passer un peu de temps seule avec lui. Il m'a adressé un sourire étrange et il m'a attrapée par la taille pour m'entraîner à l'étage. Le piège se refermait sur moi sans que j'en aie encore conscience. Comment pouvais-je m'attendre à ça... ?

Une fois dans sa chambre, que je connaissais par cœur, je me suis blottie contre lui. Il a d'abord posé une main dans mon dos et je me suis laissée aller. J'ai pleuré. Mais tout à coup, il m'a repoussée. Je suis tombée sur son lit et avant que je comprenne ce qui lui prenait, il a fait peser son corps moite contre le mien. Je lui ai dit qu'il m'écrasait, que j'avais de la peine à respirer. Et puis il a commencé à caresser mes seins sous mon T-shirt. Je n'avais pas envie de ça, je voulais juste parler. Lorsque j'ai refusé ses avances, il a poussé un rire détestable tout en ouvrant sa braguette. Je lui ai dit non à nouveau mais il a posé sa grosse main contre mes lèvres. Il a fait glisser mon short et ma culotte, et sans tendresse aucune, il s'est introduit violemment en moi. Je me souviens avoir crié. Mais au lieu de s'arrêter, il m'a donné une claque et m'a pénétrée plus fort.

Les yeux mi-clos et embués, j'ai vu la silhouette de son pote dans l'encadrement de la porte. J'ai ressenti un bref espoir à l'idée qu'il allait l'arrêter mais tout s'est brisé lorsqu'il a refermé derrière lui pour retourner jouer à la console. Ce qu'il s'est passé ensuite est confus, j'étais à moitié inconsciente. J'imagine que mon cerveau avait activé le mode survie.

Je ne garde que des sensations très singulières. Son haleine aux relents d'alcool. La morsure de la douleur dans mon bas-ventre. La pression de ses mains contre mes poignets. Les exclamations de ses potes au rez-de-chaussée.

Pour lui, je n'étais qu'un objet. Un objet qu'il se donnait le droit de salir et de briser sans vergogne… La noirceur de ses yeux ne m'a plus jamais quittée. Ce soir-là, j'ai su que les monstres existaient et qu'ils étaient bien plus terrifiants que dans les livres.

Une fois sa besogne terminée, il a attrapé un billet dans sa commode et me l'a jeté. Il s'est allongé à côté de moi et il s'est allumé une clope. Je me souviens être restée sidérée, pétrifiée. En lâchant une taffe, il a prétexté que j'avais eu ce que j'étais venue chercher. Que je pouvais revenir quand je voulais. Que je pouvais rester sa petite pute. Et que s'il me prenait l'envie de parler, personne ne s'intéresserait à la parole de la fille d'un raté, d'un menteur, « la petite salope d'un condamné ».

Je reprends de l'air. Mes yeux rougis se posent sur le kilométrage de l'appareil. La peur est devenue ma première conseillère depuis ce jour. Elle s'est insinuée dans chaque pore de ma peau et a envahi toutes mes cellules. Elle m'a convaincue que plus jamais je ne ferais confiance à nouveau. J'ai bien failli laisser tomber, la laisser m'engloutir pour de bon, mais je devais tenir bon, pour mon père.

Aujourd'hui, comme l'héroïne de mon récit, je prends conscience qu'au-delà de m'accompagner ou de me protéger, la peur a fini par décider à ma place. J'ai peur de *lui*, j'ai peur pour mon père, j'ai peur d'échouer, j'ai peur de ce que pourraient penser les autres, j'ai peur de vivre une relation amoureuse, j'ai peur de perdre le contrôle, j'ai peur, peur, *peur*.

— Putain !

Je saute du tapis et attrape une serviette pour essuyer mes larmes et la sueur. Je ne peux pas continuer ainsi. Il serait temps que j'arrête de me cacher. Il serait temps que ce qui me consume de l'intérieur sorte une bonne fois pour toutes !

C'est moi qui ai peur alors que ce devrait être *lui* et son salopard de pote ! C'est *lui* le coupable. C'est *lui* le monstre ! Personne ne mérite ce qu'*il* m'a fait.

Tout comme Zayan, je dois arrêter de me laisser abîmer. Je dois arrêter. Ici et maintenant.

Je vais exorciser ce démon en écrivant ce que j'ai vécu à travers les yeux de mon héroïne. À défaut de me venger, l'écriture, elle, me soignera.

CHAPITRE 20

Kendall est posté devant moi et affiche des yeux de bulot cuit. Les bras chargés de sangles et de mousquetons, il s'attendait à tout croiser, sauf ma personne. Il faut bien reconnaître que ce n'est pas tout à fait ma place d'intendante. Je suis censée faire le ménage ou préparer le petit déj, pas aller coller des toiles, en pleine nuit, avec lui… Est-ce que Kendall est au courant de ma relation naissante avec son ami ? Est-ce que je dois dire quelque chose ? Laisser Miles gérer la situation ?

— Elle vient avec moi.

La bouche de son ami s'arrondit tandis que Miles roule ses œuvres. Je m'avance vers l'artiste, surprise.

— Elles n'étaient pas sur des toiles au départ ?

Il m'adresse un regard rapide, concentré sur sa tâche.

— Les toiles servent seulement de support pour fixer le papier sur lequel je dessine. Une fois les œuvres sèches, il me suffit de les en retirer pour les encoller au mur.

— C'est malin.

Il m'adresse un sourire en coin.

— Le plus compliqué, c'est de gérer les jonctions. Un collage raté et c'est tout mon travail qui est fichu !

En effet, je me souviens que le gorille est travaillé en plusieurs pans. Sacré boulot !

Kendall, qui a écouté d'une oreille notre conversation, lui lance, railleur :

— Le plus compliqué, c'est surtout de hisser tes fesses tout là-haut !

Après quoi, il passe tout près de moi et murmure :

— Il ne te l'avouera pas, mais sans moi, il ne s'en sortirait pas !

— Sans toi ?

Il me montre le matos dans ses bras.

— J'ai imaginé un système d'accroche qui le sécurise pendant qu'il colle. Il peut escalader des murs de plusieurs dizaines de mètres. Il doit pouvoir aller vite tout en gardant sa mobilité. Ce n'est pas comme s'il avait tout son temps !

— Oh… Du coup, tu colles avec lui ?

Kendall éclate de rire.

— Sûrement pas. J'ai une réputation à tenir. Et moi, mon truc, c'est plutôt de m'envoyer en l'air.

Miles surgit et lui retire l'attirail des mains, moqueur.

— Arrête de lui faire ton numéro et aide-moi à charger, Casanova.

Kendall pose la tranche de sa main contre sa joue et me souffle :

— Tellement grognon…

J'observe les deux hommes en pleine organisation. Clairement, ces deux-là ont l'habitude de travailler ensemble. Chaque objet a sa place dans le van. Leurs gestes ne manifestent aucune hésitation. Je n'aurais pas pensé que Kendall et Miles étaient si complices.

Le street artist ferme le van et le bruit de la porte coulissante me fait sursauter. Il s'avance vers moi, tape dans ses mains et avise ma mine déconfite. Ses yeux me fixent avec une lueur qui me déstabilise. Il pose une main derrière ma nuque et dépose un doux baiser sur mes lèvres. J'aimerais que ce contact s'éternise mais il se défait de moi, un sourire mutin sur le visage.

— Ne stresse pas.

Kendall ne fait aucun commentaire quant à notre proximité. Il se contente de nous souhaiter bonne chance tout en grimpant sur sa moto. Avant de fermer la visière de son casque, il nous lance :

— Je tiens à mes pancakes et aux sourires de Cassie, Miles. Alors évite de merder.

Je ne sais pas si Kendall fait uniquement référence au collage de ce soir… Miles lui retourne un salut désinvolte et ne me laisse pas le temps de trop y réfléchir. Il prend ma main dans la sienne et m'invite à monter dans le van. Son regard pétille de malice.

— Tu vas voir, c'est génial.

Une fois à l'intérieur, il me tend un sweat-shirt noir à capuche.

— Enfile ça dès maintenant. Tu vas devoir passer inaperçue et tu joueras le rôle de ma sentinelle.

— C'est-à-dire ?

Mes lèvres tremblotent. La dernière fois que j'ai commis un délit, c'est lorsque j'ai pénétré sur la propriété de mon voisin en catimini pour récupérer mon ballon de piscine. J'avais sept ans et j'avais peur que « les messieurs policiers » débarquent à la maison pour me jeter en prison.

— Tu me préviendras s'il y a quoi que ce soit. Des flics, par exemple.

— Des flics ?

— Oui, Cassie. Tu te souviens que ce que je fais n'entre pas exactement dans le cadre de la légalité ?

— Oh je t'en prie ! Bushwick, c'est le temple du street art !

— Qui te dit que nous allons coller dans Bushwick ?

Je reste interdite une seconde.

— On va où ?

Miles fait démarrer le véhicule, un sourire énigmatique sur les lèvres.

— L'art est là pour faire passer des messages, Cassie. Pour dénoncer et faire bouger les consciences. Alors, on va là où ça dérange.

Au passage, il est sacrément craquant lorsqu'il est passionné…

* * *

Tandis que nous roulons, je pose mille et une questions à Miles sur son processus de collage.

— Je fais du repérage plusieurs jours à l'avance. J'observe le lieu, les habitudes de passage, le rythme des patrouilles de police. Je dois agir au moment opportun et, parfois, la fenêtre de tir est mince.

— Il ne t'arrive jamais de te tromper ?

— Si. Une fois en particulier. Mais c'est rare. Je fais en

sorte de ne rien laisser au hasard. Mais tu sais combien la vie aime nous mettre à l'épreuve…

Il coule un regard en ma direction. Je ne peux qu'approuver. J'observe les panneaux. Nous sortons du quartier et prenons la direction de Greenpoint.

— Il y a deux semaines, je prenais les mesures et m'assurais du format. Je posais mes repères sur le mur que je dois encoller. Ce soir, je n'ai plus qu'à agir !

— Et le collage, c'est long ?

— Tu as vu la taille de mes rouleaux ? Je dois tout enduire et cela, quatre fois. Cela prend au moins une demi-heure.

J'ai donc une demi-heure à tenir. Mon estomac se noue. Pourquoi me suis-je embarquée là-dedans ? Faire l'amour avec mon patron au milieu des toiles, c'était déjà bien assez subversif comme ça !

Nous arrivons sur les docks, côté est, tout près de l'entrepôt de Cogimart, un marchand très connu.

— Je ne comprends pas. Ici ?

— Ils cautionnent les agissements d'importateurs peu scrupuleux qui participent à la déforestation en Afrique centrale. Leur commerce détruit l'habitat des gorilles, rendant leur survie encore plus précaire…

— D'où ton gorille humanisé qui hurle sa colère.

— C'est ça.

Je me penche en avant et regarde les lourdes grilles.

— Tu comptes faire comment pour accéder au mur de l'entrepôt ?

Miles fouille à l'arrière du van et sort une pince coupante.

— Avec ça !

Je lève les yeux au ciel.

— Bon sang ! Tu es sérieux !

— On ne peut plus sérieux !

— Tu sais, j'aimais bien la version de l'écrivain taiseux.

Miles se penche vers moi et dépose un baiser sur mes lèvres.

— Ce n'est pas l'impression que tu m'as donnée. Si tu veux, tu peux faire demi-tour. Je ne te force à rien.

Je repense à ma bonne résolution : ne plus écouter mes peurs. Si je renonce, elles gagnent encore.

— Non, c'est bon. Qu'est-ce que je dois faire ?

— Prends ça.

Il me tend un talkie-walkie.

— Tu restes ici et tu me préviens au moindre mouvement suspect.

— OK…

Il m'adresse un clin d'œil, descend du van, embarque tout son matos dans un large sac à dos avant de se diriger vers l'enceinte. Mon sang cogne fort dans mes tempes. D'un geste sec, il défait le verrou et pénètre à l'intérieur. Je le vois filer dans l'ombre comme une panthère. Très vite, il disparaît. Après un moment, le talkie-walkie s'anime.

— Tout va bien Cassie ?

— Oui.

— OK, je suis en place. J'en ai pour trente minutes environ.

Il est parti il y a à peine quelques minutes et j'ai l'impression que ça fait déjà des heures. Je regarde devant, derrière et sur les côtés à peu près toutes les secondes. Si quelqu'un se pointe, je ne peux pas le rater ! En revanche, je me demande bien ce que je pourrais lui dire : « Quand j'ai des insomnies, je fais un tour en voiture sur les docks, et j'aime bien me mettre sur le siège passager. »

Tout à coup, j'aperçois la silhouette de Miles qui grimpe le long du mur. Je prie pour qu'il fasse vite mais le processus est long. Il doit positionner correctement le papier sans l'abîmer et passer la colle uniformément sur toute la surface. Je me rends compte que j'ai le privilège de voir l'un des street artists les plus talentueux à l'œuvre. Je me dis que Miles doit me considérer un peu pour me faire entrer ainsi dans son monde. Et si je comptais pour lui ? Je veux dire, vraiment ? Cette idée me donne le tournis…

Des lumières à droite me sortent de mes voyages sentimentaux. Je reste immobile, aux aguets. Fausse alerte, c'est juste une voiture qui passe son chemin.

Je descends du van pour respirer l'air frais. À trop rester à l'intérieur, je vais suffoquer. À cette heure-ci, le port est désert. L'atmosphère ressemble à celle d'un vieux polar des années 1950. Il doit s'écouler au moins vingt minutes sans que j'aie de communication avec mon complice. J'espère que tout va bien et je meurs d'envie de le lui demander, mais je préfère ne pas l'interrompre pour ne pas lui compliquer la tâche. *Et pour filer au plus vite !*

Soudain, j'entends une sirène de police au loin. Sans attendre, je communique l'information dans le talkie-walkie :

— Miles ! J'entends une sirène tout près ! Les flics seront là d'un moment à l'autre !

Pas de réponse. Juste le crachat de l'appareil. Je regarde l'objet, les yeux remplis de désamour. Je regarde du côté de l'entrepôt et aperçois Miles qui se balance dix mètres au-dessus du sol. Il colle le dernier pan de papier.

Dans mon dos, la sirène se rapproche et mon cœur est au bord de l'implosion. Qu'est-ce que je dois faire ? Attendre ? Cacher le van ?

Je tente de le joindre à nouveau, je lui hurle de se dépêcher mais toujours rien ! Je suis sur le point de faire une syncope lorsqu'une main m'attrape le bras.

— Monte !

— Putain, Miles ! Qu'est-ce que tu fichais ?!

Nous grimpons à toute allure dans le van, l'artiste balance son matériel à l'arrière et démarre en trombe !

Je crie lorsqu'il prend un virage très serré pour gagner une rue perpendiculaire. Les sangles se percutent dans le fond de la camionnette et valdinguent en tous sens.

Je me raccroche à la poignée et traite Miles de tous les noms d'oiseaux lorsqu'il emprunte une ruelle qui me paraît bien trop étroite pour la largeur de notre véhicule ! Il va nous tuer !

— Bordel Miles, ça ne passe pas !

— Accroche-toi !

— C'est ce que je fais !!!

Le van se faufile miraculeusement et Miles continue sur quelques mètres avant de couper le moteur et la lumière des phares.

— Couche-toi !

Nous sommes plongés dans le noir et le silence. On n'entend que nos souffles. La patrouille de police passe dans la rue en face de nous mais ne s'arrête pas.

Miles soupire.

— Waouh ! C'était chaud ! Tu as géré, Cassie !

Je balance mon poing contre son torse.

— Putain ! J'ai eu la peur de ma vie ! Pourquoi tu ne m'as pas répondu ?!

— Tu n'es plus obligée de chuchoter, tu sais. J'étais suspendu au-dessus du vide, tu te souviens ? Et mon talkie-walkie a glissé, je t'entendais t'égosiller à réveiller un mort.

Je lui lance un regard noir. Miles se redresse et jette un coup d'œil dans le rétroviseur central.

— En tout cas, je note que tu m'as attendu.

— Bien sûr ! Hors de question de te laisser seul !

Miles me détaille.

— J'apprécie. Viens là…

Il m'attrape la taille et murmure à mon oreille.

— Dites-moi que vous n'avez pas trouvé ça excitant, mademoiselle Cooper ?

Il empoigne mes fesses tandis que je le chevauche.

— C'est le truc le plus fou que j'aie jamais fait, monsieur Greene. Mais vous me pervertissez !

Sans lui laisser le temps de la repartie, j'écrase mes lèvres contre les siennes. C'est le meilleur moyen de le faire taire et de profiter de lui. Il accueille mon baiser avec fougue et la grosseur qui gonfle entre mes jambes me prouve qu'il est aussi excité que moi.

Miles attrape mes cheveux et fait basculer ma tête en arrière.

— Je crève d'envie de te faire l'amour dans ce van mais je n'ai pas envie de me presser… Laisse-nous le temps de rentrer, je te promets que la nuit est loin d'être terminée…

— Et si je te donnais un avant-goût ?

J'humecte mes lèvres et retourne sur le siège passager. Ma main se balade sur sa virilité prisonnière de son jean. Je défais les boutons de sa braguette et libère son sexe, durci par le désir. Je le serre dans ma main et en détaille les contours et les nervures. Je plante mes yeux dans ceux de Miles, devenus sombres.

— Cassie…

Je le caresse puis dépose une pluie de baisers le long de sa verge avant de le prendre dans ma bouche. Il pousse un juron lorsque je l'enfonce jusqu'à la garde. Ses mains se crispent contre mon crâne pendant que je remonte et glisse lentement les lèvres le long de son membre. Je gémis avant d'accélérer le mouvement. Je le prends de plus en plus vite puis je ralentis un instant. J'aime jouer avec lui. J'aime sentir son armure s'effriter sous mes caresses. Ses râles rauques me font perdre la tête, tout comme les mouvements de son bassin qui témoignent qu'il en veut toujours plus. Mon entrejambe en devient douloureux.

Je glisse les mains sur ses abdominaux qui se contractent sous mes assauts. Avant de basculer, il m'entraîne alors à me hisser à nouveau sur lui. Il prend ma bouche avec fougue et glisse une main dans mon jean, jusque sous ma culotte trempée. Je gémis contre ses lèvres lorsque ses doigts me pénètrent et exercent de douces pressions en moi. Il cherche à reprendre le contrôle mais c'est compter sans ma main, qui coulisse sur son sexe chaud. Je sens son sourire sur le mien. Nous continuons nos caresses jusqu'au précipice et nous jouissons à l'unisson, remplissant le van de nos gémissements de plaisir. Nos sexes palpitent dans un rythme accordé, nos deux âmes flottant dans cet espace suspendu, hors du temps. Nous restons l'un contre l'autre pendant quelques minutes, cherchant à reprendre notre souffle. J'embrasse son cou, puis les contours de sa mâchoire, avant de m'abandonner sur ses lèvres. Je lui murmure, joueuse :

— Je n'avais pas envie d'attendre…

Miles soupire et me regarde, une lueur coquine dans les yeux.

— J'ai cru voir ça. Mais ne crois pas que j'en ai fini avec toi pour cette nuit.

J'arque un sourcil et lui adresse un sourire mutin.

— C'est une menace ?

— Non. C'est une promesse.

CHAPITRE XXI

Journal de Morgan Thompson, 15 novembre 2022

Je joue avec le feu. Je sais. Mais avec elle, c'est différent. Je prends des risques, ce qui rend mon processus créatif plus exaltant ! Rien n'est plus bête qu'un homme qui se contente de ce qu'il a, n'est-ce pas ?

Je ne chasse plus. J'apprivoise. Je ne mets plus à distance. Je m'attache presque. Elle a partagé une partie de mon univers. Un morceau de moi. Elle a aimé ça et j'ai aimé ça.

C'est troublant, cette complicité qui s'installe. On m'avait dit que ça arriverait, je n'avais pas écouté.

J'ai découvert les lignes de son corps. Le goût de sa peau. Je l'ai sentie frémir sous mes doigts. J'ai été le chef d'orchestre de ses soupirs. Et le guide qui l'emmène dans les détours de son esprit. Je suis accro. Comme un petit chiot réclamant sa présence. C'est un peu dérangeant et je n'aime pas bien ça.

Je regarde la lune depuis sa fenêtre. Elle s'est endormie. L'ardeur qui a été la mienne l'a épuisée. Pauvre petite chose. Si mignonne, si candide. Si fragile. Et pourtant si surprenante.

Mes yeux se détournent de l'astre pour observer le profil de ma belle endormie. Elle me plaît ainsi. Immobile. Bercée par les vagues de sa respiration. Je me déplace à pas de loup pour ne pas la réveiller. Je remonte un peu la couverture.

Une fois purifiée, nettoyée de tout ce qui l'empêche d'être elle-même, elle sera prête pour le passage ultime. Je ne sais pas encore si elle est l'une d'entre eux. On me dit que non. Mais le doute m'obsède. Ils savent se rendre invisibles.

Je me retire de la pièce et ferme la porte sans faire de bruit. Sourire aux lèvres. Frisson d'excitation. Une intuition de réussite. Oui. Ce sera ma pièce maîtresse. Elle sera parfaite. Elle sublimera mon travail. Mes autres œuvres me lassent. Non pas qu'elles soient des recherches grossières. Mais… mon art évolue. Il prend d'autres chemins. Il se fixe d'autres buts. Je me rapproche de ma voie. Je la touche du doigt.

Je déambule dans l'ombre, déverrouille la porte en acier. L'accès est bien gardé. Personne ne me pose de questions. Mes guides me mettent en garde. Elle pourrait bien changer ça, si je joue encore.

J'allume les moniteurs. Rien d'inhabituel. Je me mords la joue. Une envie me tiraille. J'ai envie de les voir. Je bascule sur un autre réseau. Entre mon mot de passe. Tremble d'anticipation. Je vais les contempler. Mes chefs-d'œuvre. J'en ai besoin.

Les caméras me les montrent. Mes anges. Celles que le monde a oubliées. Celles à qui j'ai redonné leur place. Celles qui m'appartiennent.

Depuis ma console, j'active les spots lumineux l'un après l'autre. Mes sculptures uniques s'illuminent, telles des êtres de lumière. Je m'imagine marcher d'un pas lent entre elles. Comme elles sont belles, mes immortelles, fixées sur leurs immenses toiles. Figées dans une danse qui leur est propre. Je ne connais rien de plus beau.

Ce sont mes trésors. Et bientôt, elle sera l'une d'entre elles. Elle sera ma reine.

J'éteins les moniteurs, repu. Comblé. Je prends soin de refermer. Du bruit à l'extérieur. Je remonte. La rejoins. Je soulève la couverture et me glisse contre son corps chaud. Elle se love contre moi et épouse mon corps. Je m'endors ainsi, le nez dans ses cheveux. Ils sentent bon. Je soupire comme un petit chiot qui retrouve l'odeur de son panier…

CHAPITRE 22

Je me réveille lentement, enveloppée dans les draps chauds de Miles… Je me tourne vers l'autre côté du lit, mais il n'y a personne. Je me remémore cette nuit, ses gestes, sa sensualité, et toutes les sensations éprouvées. À ce souvenir, mon bas-ventre se contracte de désir… Je soupire et me relève. J'avise un mot posé sur la table de chevet. Un sourire aux lèvres, je m'en empare et commence à lire tout haut : « Je pars quelques jours pour écrire, ça nous permettra de réfléchir. »

Je sens une boule se former dans ma gorge. Miles est si complexe. Pourquoi cette chaleur et tout à coup cette mise à distance ? Est-ce la situation qui l'effraie ? Il faut dire que je suis assez perturbée moi aussi. Me réveiller dans le lit de mon patron n'est pas vraiment ce que j'avais prévu…

Je rassemble mes affaires éparpillées un peu partout puis rejoins ma chambre. Je me dirige vers la salle de bains pour prendre une douche et me rafraîchir. Je regarde mon reflet dans le miroir, la mine creusée par les ruminations.

Comment est-ce que j'ai pu en arriver là ? J'étais impressionnée par son talent d'écrivain et son succès, bien sûr, mais je n'aurais jamais imaginé nourrir une telle attirance pour lui, et surtout éprouver des sentiments…

En sortant de la douche, je me sens un peu mieux mais je ne peux m'empêcher de me poser des questions sur Miles et notre relation. Est-ce qu'il me considère comme un divertissement, une aventure ? A-t-il de vrais sentiments ? Et moi, y a-t-il autre chose, de plus profond que l'écrivain et l'artiste, qui me fascine chez lui ? Qu'est-ce que je connais vraiment de cet homme… ? Suis-je sûre de vouloir m'aventurer sur ce chemin ?

J'enfile un peignoir et retourne dans ma chambre. Je prends mon téléphone et cherche le numéro d'Anna. Celle-ci décroche à la première sonnerie.

— Eh Cassie ! Comment tu vas ?

— Moyen… Tu es dispo pour parler un peu ? Je ne te dérange pas ?

— Pas du tout, j'allais prendre ma pause !

J'entends des bruits de pas et de porte.

— Bah alors, qu'est-ce qui t'arrive, ma petite peste ?

Je me laisse tomber sur le lit et me masse l'arête du nez.

— Je viens de me réveiller dans le lit de Miles.

— Oh…

— Comme tu dis. Je ne sais pas ce que je fabrique Anna… Je déconne complètement…

— Du calme. Tu n'es pas la seule à déconner sur ce coup-là. Vous êtes deux.

— Peut-être. Mais un seul de nous deux a besoin de ce job pour survivre. Et franchement, continuer à faire le ménage de mon mec, je trouve ça super bizarre !

— OK, respire ! Un problème après l'autre.

— Il m'a laissé un mot disant qu'il partait écrire quelques jours et en profitait pour réfléchir…

— C'est plutôt bon signe.

J'arque les sourcils et manque de m'étouffer.

— Bon signe ? Non, bon signe, ça serait qu'il se réveille à mes côtés et qu'il m'apporte le petit déj au lit.

Anna ricane.

— Ça, tu ne le vois que dans tes bouquins. Sinon, plus sérieusement, qu'il veuille réfléchir, ça veut dire qu'il prend la mesure de ce qu'il se passe entre vous. Et puis, un écrivain qui s'isole pour écrire, ça n'a rien d'inhabituel.

— J'ai tellement de questions Anna ! Je ne comprends pas pourquoi il agit de cette façon. Il est si contradictoire. Tantôt à l'écoute, tendre, drôle, tantôt froid, distant et sombre.

— Tu sais, les hommes ne sont pas toujours faciles à comprendre. Mais il est important de se rappeler que c'est toi qui décides de ce que tu veux dans une relation. Tu mérites quelqu'un qui te respecte et qui soit clair sur ses intentions. Peut-être que ces quelques jours vous permettront de réfléchir tous les deux à ce que vous voulez vraiment.

* * *

Je dépose les assiettes sur la table du salon. Zayan trottine à côté de moi en apportant les fourchettes tandis qu'il enchaîne les questions. Depuis que je leur ai parlé de mon projet d'écriture, il est monté sur ressort.

— Mon cœur… Laisse un peu Cassie respirer !

Le petit garçon grogne pendant que sa mère ébouriffe ses cheveux blonds.

— Mais maman, moi aussi un jour je ferai comme elle ! Je publierai mes histoires !

— Tu feras mieux que ça ! Tu publieras tes propres bandes dessinées ! je lui réponds.

Zayan me tape dans la main et se gorge de fierté. Jannet observe la scène avec tendresse.

— Et si on passait à table, mes deux artistes ?

— Ne bouge pas, je vais chercher le plat.

Je pose une main tendre sur l'épaule de la cuisinière avant de me diriger vers la cuisine. Alors que j'attrape la marmite, quelque chose attire mon attention au-dehors. Une voiture de police est garée dans la rue, juste devant le portail de la maison. Mon sang ne fait qu'un tour. Et s'ils étaient au courant pour les activités nocturnes de Miles ?

Son initiative a probablement déjà fait son effet lorsque les employés du marchand sont arrivés sur le site ce matin. Je me demande si Miles obtiendra une réaction de la part des dirigeants.

Je pose le plat fumant sur la table.

— Je n'avais encore jamais vu de patrouilles de police stationner dans le coin…

Jannet hausse les épaules. Zayan suit mon regard et court devant la fenêtre pour faire son curieux.

— Ils sont devant la maison de M. Collins ! Ils travaillent sur une affaire ensemble, c'est sûr !

Jannet lève les yeux au ciel avant de me retourner un regard affectueux.

— Ou ils sont simplement en pause repas ! Allez, viens manger au lieu d'imaginer tout et n'importe quoi !

Je ne suis pas bien fière, mais en même temps, un sentiment d'excitation se ravive dans ma poitrine. C'était fou mais génial ! Le collage comme…

Je me racle la gorge avant de servir mes hôtes.

— Qu'as-tu décidé pour la fac de droit, Cassie ?

Jannet a posé sa question avec une innocence désarmante. Je lui sers une louche de pâtes et tends la main vers Zayan pour faire de même avec son assiette. Un peu plus et je me sentirais en famille, partageant mes doutes du moment autour d'un repas chaleureux.

À vrai dire, c'est assez inédit.

— Eh bien… c'est plus confus que je ne le pensais au départ. Pour l'instant j'attends toujours une réponse concernant ma bourse. Le droit m'intéresse vraiment, j'ai à cœur de défendre les innocents, de réparer les injustices. Avocate, c'est un métier qui fait sens. Je sens que je peux apporter ma pierre à l'édifice. Mais, dans le même temps, écrire est ma passion. Lorsque je couche mes idées sur le papier, j'ai l'impression de faire exactement ce pour quoi je suis faite… Le problème, c'est qu'on ne peut pas vivre de la vente de ses livres !

Jannet pousse un petit rire malicieux.

— Parles-en à J. K. Rowling ou à James Patterson !

— OK… mais ils ne font pas partie de la norme, loin de là. La plupart des écrivains ont un travail à côté, qui leur assure un revenu.

Mon interlocutrice approuve.

— Je sais que beaucoup d'auteurs se lancent à leur compte. Le monde de l'édition évolue. Jackson l'avait senti. Il me disait souvent qu'il lui suffirait d'un peu d'audace pour oser quitter son confort et tenter d'être son propre éditeur. Mais il avait une sacro-sainte frousse de l'administratif !

Zayan relève le nez de ses coquillettes.

— C'est vrai, maman ?

— Oui mon chéri. Les derniers temps, ton père n'était plus en accord avec la direction prise par son éditeur mais il n'était pas à l'aise dès qu'il s'agissait de traiter des papiers. C'était un rêveur, tout comme toi.

Le petit garçon affiche un grand sourire, plutôt content de la comparaison. Il faut dire que dans cette famille, la créativité est encouragée.

Jannet boit une gorgée d'eau et reprend :

— J'ai un ami à l'hôpital, qui écrit des romans policiers en autoédition. C'est amusant de voir mes collègues chercher des éléments inspirés de notre travail dans ses récits. Il a réussi à se constituer un petit cercle de lecteurs fidèles, et il hésite sérieusement à se consacrer entièrement à l'écriture.

Je fixe la photographie dans le dos de Jannet. Je pense à Jackson. À sa vie trop brève. Je n'ai pas envie de me réveiller un jour en me disant que j'ai suivi la voie de la sécurité.

— Ce serait mon rêve…

— Alors donne-t'en les moyens, Cassie.

— Ouais ! Montre-leur que t'es la meilleure !

Zayan me dédie son plus beau sourire d'encouragement. Cet enfant est mon soleil. Jannet se lève pour remplir la carafe d'eau.

— Je ne cherche pas à l'être, tu sais.

Il vérifie que sa mère soit à bonne distance et me lance, comme un secret :

— Je sais que tu vas réussir ton rêve, c'est papa qui me l'a dit lorsque je lui ai parlé de toi.

* * *

La soirée est bien entamée lorsque je termine de repasser et de ranger le linge. J'ai à peine quitté mon tablier et fermé la porte de la buanderie que William entre dans la cuisine. Le jeune homme a défait sa cravate et les premiers boutons de sa chemise, ce qui lui donne un côté négligé très sexy. Des cernes creusent ses yeux mais n'enlèvent rien à l'intensité de ses prunelles irisées.

— Salut Will, tu rentres du travail ?

— Affirmatif ! On peut discuter du sujet de ton message ?

— Oui, bien sûr.

Le jeune avocat ouvre la porte vitrée du vaisselier et en sort deux verres à whisky. Il attrape une bouteille de bourbon, se déplace jusqu'au salon pour se laisser tomber dans le sofa avec lassitude. J'observe sa mine défaite. Est-ce qu'il va m'annoncer qu'il n'a pas le temps de m'aider ?

— Alors. Explique-moi.

Je m'avance, les mains jointes, pendant que William remplit nos verres. Je n'ai pas le choix, je dois lui livrer une partie de ma vie. Et pas celle que je préfère.

Je m'installe dans le fauteuil en face de lui, prenant une grande inspiration pour me donner du courage avant de me lancer dans mon explication.

— Ce n'est pas pour moi, mais pour mon père. Si je veux faire des études de droit, c'est pour tenter de prouver son innocence.

William fronce les sourcils en marmonnant un « OK » concentré.

— Mon père était neurochirurgien. Il y a deux ans, il a perdu une de ses jeunes patientes, Samantha Hills. Tu as peut-être entendu parler de cette tragédie, elle a fait le tour des médias.

Mon interlocuteur reste impassible. Si c'est le cas, il n'en montre rien.

— Pendant l'opération, elle a commencé à saigner de manière anormale. Mon père n'a pas réussi à stopper l'hémorragie. La famille de la patiente a porté plainte. Au procès, l'accusation a eu raison de l'avocat de mon père. Sans preuves, nous n'avions rien et mon père a tout perdu, tout ce qu'il avait.

— Ton père est innocent ?

— J'en suis sûre !

Je bois une gorgée et grimace lorsque l'alcool imprime sa brûlure âcre dans ma gorge.

— Ce qui est arrivé, il ne pouvait pas le prévoir. Il a toujours plaidé qu'il s'agissait d'une erreur à cause de la désorganisation du Capitol Medical Center de Washington D.C. pendant la crise sanitaire. Les tests préalables ont été soit mal effectués, soit non analysés. Il est probable que Samatha Hills ait eu une maladie sous-jacente qui aurait pu expliquer une telle hémorragie. Elle n'a pas saigné uniquement dans le cerveau mais également dans les intestins. Mon père n'a jamais réussi à obtenir de preuves, malgré ses efforts. L'hôpital a nié en affirmant que les analyses de sang n'ont rien révélé lors de l'autopsie. Nous sommes convaincus qu'il se couvre et cache sciemment des informations pour protéger sa réputation plutôt que de reconnaître ses erreurs.

— C'est tout à fait possible. Ton père n'a pas réussi à obtenir un témoignage en sa faveur ?

— Si… Il y a bien eu l'infirmière de bloc qui voulait témoigner pour lui, affirmant qu'il était un docteur professionnel et méticuleux, qu'il avait suivi les règles ce jour-là, comme d'habitude, mais…

— Mais ?

— Elle s'est rétractée au dernier moment.

— L'hôpital a sûrement fait pression sur elle.

— C'est ce que je pense.

William reste silencieux, les neurones tournant à plein régime. Le cœur battant, j'attends son verdict.

— Je ne te cache pas que ça va être compliqué. Les hôpitaux sont armés juridiquement. Ils ont l'habitude d'être attaqués. De plus, tu t'en prends à une grosse institution. Qui plus est, qui a largement souffert ces dernières années. Je ne veux pas te donner de faux espoirs, ton père est en mauvaise posture. Mais, dans mon métier, j'ai été témoin de retournements de situation assez incroyables.

Mes épaules s'affaissent et je fixe le liquide ambré au fond de mon verre.

— Ton père a de la chance de t'avoir, Cassie. Tu te bats pour lui, ça force le respect. En revanche, si tu me permets…

Il fait la moue. Je l'invite à poursuivre.

— S'il est ta seule motivation pour te lancer dans des études de droit, je pense que tu fais erreur. C'est un métier difficile, certes passionnant, mais pour ceux que ça intéresse vraiment, ceux que ça prend aux tripes. Tu vas devoir travailler dur, apprendre à encaisser les coups et à en rendre pour te faire une place.

Je hoche la tête.

— J'en ai bien conscience William, et ma motivation va bien au-delà. Tu penses que c'est foutu d'avance pour mon père ?

— Ce n'est pas ce que j'ai dit. Laisse-moi y réfléchir, OK ? Je n'accepte jamais une affaire à chaud.

— OK !

L'avocat prend une grande inspiration.

— Putain de journée ! Je rêve de m'exiler quelque temps sur une île déserte !

Je rigole. On en est tous là ! Enfin, il y en a, dans cette maison, qui ne se font pas prier pour disparaître du jour au lendemain…

— Tu aimes les voyages, non ? En faisant le ménage, j'ai eu plusieurs fois l'occasion d'admirer les pièces d'art primitives exposées dans ta chambre.

— Je me passionne pour les cultures ancestrales et les tribus primitives. Ces peuples ont beaucoup à nous apprendre sur notre rapport au monde et à la spiritualité. Je fais très attention à ce que j'apporte ici. Les objets sont chargés d'une énergie qui nous dépasse.

Je l'observe, dubitative. William ne s'en offusque pas.

— Depuis tout petit, j'ai certains dons. Je n'ai pas été dans une famille qui a fait en sorte que je les développe. Alors aujourd'hui, je rattrape le temps perdu ! Le monde est bien plus complexe que nous le pensons et il y a des choses incroyables dans l'invisible.

— Oh, waouh ! C'est fascinant ! Mais pour tout t'avouer, je ne suis pas très à l'aise dès que l'on parle de ce genre de choses. J'ai un peu la frousse des fantômes et de tous ces trucs ésotériques.

William pousse un rire franc.

— Pourtant, crois-moi, tu as bien plus à craindre des vivants que des morts !

Il est déjà tard lorsque je regagne ma chambre. Ma conversation avec William m'a un peu secouée. Je n'ai pas envie de me coucher tout de suite.

J'attrape mon ordinateur et me cale sur le lit. Je me connecte à la plateforme d'écriture et crois à un bug lorsque s'affiche à l'écran le nombre de lectures et de commentaires sur mon récit. Il y a des dizaines de messages me félicitant et me demandant la suite avec impatience ! Je n'en crois pas mes yeux ! Comment est-ce possible ? En si peu de temps ?

CHAPITRE 23

Ce matin, j'ai décidé de m'atteler à la piscine intérieure. Miles m'a fourni la marche à suivre pour m'assurer du bon équilibre chimique de l'eau. Mais je ne vais pas me contenter de ça. J'ai chargé mon seau de produits désinfectants afin de bien nettoyer les moisissures qui apparaissent dans les recoins de la faïence. Lorsque je pousse la porte, je suis surprise de voir Joshua, allongé sur l'un des transats. Ce dernier m'adresse un regard agacé lorsqu'il m'aperçoit.

— Pardon ! Je pensais que tu étais au travail.

Il marmonne un « moi aussi », avant de poser ses yeux de jais sur la surface de l'eau et de se cacher derrière les boucles noires de ses cheveux. Il n'est pas en tenue de bain, il porte un pantalon en lin et un débardeur noir.

— Tout va bien ?

— Oui. Merci.

Comme à chaque fois que je lui parle, j'ai le sentiment de l'agacer.

— Je devais aller faire quelques courses. Je m'occuperai de la piscine un autre jour.

Joshua lève une main et chasse l'air.

— Oui, oui.

Je referme la porte, préférant ne pas l'irriter davantage. Dans la buanderie, je range mon seau et attrape ma liste de courses, songeuse. Que Joshua soit désagréable, ça ne me surprend pas. Mais qu'il soit en train de chiller autour de la piscine, ça, ça me pose question.

* * *

Il est 13 heures lorsque je rentre des courses. Je remonte l'escalier, les bras chargés de sacs bien remplis, en tentant de reprendre mon souffle. Je trouve Joshua en train d'ouvrir le cellophane d'un sandwich peu appétissant. Je m'abstiens de tout commentaire et commence à ranger les marchandises. Je le regarde en biais préparer son déjeuner avec peu d'entrain. Il me fait de la peine.

— Je vais me cuisiner un vrai repas. Ça te dirait de le partager avec moi ? Quitte à être ici tous les deux, autant passer un moment agréable.

Joshua me considère un instant. Je m'attends à ce qu'il se débarrasse de ma proposition de façon peu délicate mais c'est tout l'inverse qui se produit.

— Je veux bien.

Il se relève en esquissant une grimace, ouvre la poubelle et y balance son atroce sandwich. Je le félicite.

— Tu prends une sage décision, ton corps te remercie !

Il me semble qu'un fin sourire se dessine sur ses lèvres. Joshua ajuste ses lunettes et me regarde étrangement.

— Excuse-moi Cassie. Je ne suis pas de très bonne compagnie.

— C'est rien, on a tous nos mauvais jours. Tu aimes l'avocat ?

Il approuve d'un signe de tête.

— Je connais une recette toute simple mais délicieuse, tu vas voir, ça va te remonter le moral !

Joshua m'adresse un sourire désabusé qui me fait mal au cœur.

— C'est gentil. Mais je crois que l'avocat ne suffira pas.

Je le vois à nouveau grimacer lorsqu'il entreprend de se hisser sur le tabouret de bar.

— Tu es sûr que tout va bien ?

Il soupire. Mince, je l'agace à nouveau avec mes questions.

— Pardon, je te laisse tranquille.

— Non, ce n'est pas toi, Cassie. C'est… ce genou.

Il me monte ledit genou, l'air dégoûté.

— J'ai eu un accident de ski il y a trois ans. Une belle fracture qui a mis fin à ma carrière.

Les photos dans sa chambre me reviennent en mémoire. Le jeune homme souriant à côté de ses deux acolytes.

— Mécaniquement il fonctionne mais la douleur est devenue chronique. Et il y a des jours, comme aujourd'hui, où je ne peux pas marcher plus de quelques mètres.

Je pose la planche à découper et l'observe, désolée. J'ai conscience que la dernière chose dont il a besoin, c'est que je m'épanche sur sa souffrance. J'imagine aussi qu'en trois ans, il a fait le tour de la question et sait très bien comment traverser ces périodes difficiles. Je me contente donc de l'écouter.

— La plupart du temps, travailler pour ma start-up m'occupe suffisamment l'esprit pour ne plus y penser.

Je comprends mieux. Ce que je prenais pour une addiction au travail n'était en réalité qu'un mécanisme de sauvegarde.

— Tu développes quoi exactement ?

— Je travaille avec l'intelligence artificielle pour créer un programme de réadaptation physique et mentale personnalisé pour chaque athlète blessé. En utilisant les capteurs de données pour suivre les performances physiques et les progrès des athlètes, l'IA pourrait identifier les besoins individuels de chaque personne et adapter un programme de récupération en conséquence.

Non, en réalité, c'est un mécanisme de reconstruction.

— Waouh ! C'est une idée brillante. Mais ça doit être pointu !

— Ça l'est. Je bosse avec un groupe d'ingénieurs afin que l'IA utilise des algorithmes d'apprentissage automatique pour identifier les tendances et les modèles dans les données des athlètes, et ainsi aider les entraîneurs et les thérapeutes à comprendre les facteurs qui contribuent à la récupération ou au soin des blessures.

— C'est magnifique. Bravo.

— Ce que j'espère, c'est qu'avec cette application, les athlètes puissent atteindre leurs objectifs de récupération plus rapidement et efficacement, tout en obtenant les outils nécessaires pour se réinventer et explorer de nouvelles opportunités professionnelles ou… personnelles.

— C'est un beau projet !

— On verra. Qu'est-ce que tu vas préparer alors ?

— Oh ! Beaucoup plus simple que ton application ! Je coupe l'avocat en deux, je retire une partie de la chair avec une cuillère et puis je casse un œuf dans chaque moitié. Quelques épices, un peu de sel, du poivre, et au four. Accompagné d'une salade verte et de quelques pommes de terre sautées.

— Simple mais délicieux.

Je lui retourne mon plus beau sourire.

— Exact !

Pendant que notre repas cuit, Joshua va s'allonger un peu sur le sofa. J'en profite pour envoyer un message à Miles. J'ai vraiment envie de partager avec lui la bonne nouvelle de l'engouement sur mon texte. Il avait raison, ce que j'ai fait a trouvé son public. Je lui envoie le lien, accompagné d'un petit smiley.

— Tu sais si Miles lit ses messages lorsqu'il s'isole pour écrire ?

— Généralement, il s'exile dans sa cabane quand il est sur la fin d'un roman. Dans ces cas-là, il est dans une phase obsessionnelle et il ne les regarde que très peu.

J'espère que Joshua a raison et que Miles ne réfléchit pas plutôt à comment m'éjecter de sa vie et de sa maison…

Je m'assois à ses côtés et lui tends un petit bol de cacahuètes.

— Vous vous êtes connus comment, tous les cinq ?

— On fréquentait le même club de sport quand on était gamins.

— À New York ?

— Non, nous venons tous de la même petite ville dans

l'Ohio. Chacun de nous a pris un chemin différent, mais, finalement, on est toujours resté unis.

— C'est beau d'avoir une amitié qui traverse le temps.

— Oui, c'est précieux… J'ai pu vraiment compter sur les gars quand tout a basculé pour moi. C'est Miles qui m'a proposé d'aménager ici. Il m'a dit : « Mec, à New York, tu peux devenir qui tu veux », à une époque où j'avais justement besoin de me réinventer. Sans leur soutien, je ne sais pas si je serais encore là.

Je prends la mesure de sa confidence. Les mains tendues, en effet, sont de vrais cadeaux. Surtout dans notre monde…

— Miles est vraiment quelqu'un de bien. En m'offrant ce job, il m'a donné une possibilité d'avenir.

Joshua me lance un regard énigmatique.

— Il y a quelque chose entre vous.

Mon corps se tend et ma poitrine se comprime.

— Kendall t'en a parlé ?

Le jeune entrepreneur fronce les sourcils.

— Kendall ? Non. Miles, oui. Et il suffit d'avoir des yeux pour voir comment vous vous regardez tous les deux.

Cette révélation me laisse muette. Si Miles parle de moi à son ami, c'est que je dois être plus qu'un coup d'un soir ou une erreur.

— Pour tout t'avouer, je ne me sens pas sereine. Je ne voudrais pas que l'un de vous imagine que je profite de la situation, ou quelque chose comme ça.

— Je ne crois pas qu'aucun d'entre nous pense ça de toi, Cassie. À vrai dire, on t'aime plutôt bien.

Je lui retourne un sourire timide. C'est vraiment la dernière personne avec qui j'aurais pensé partager des pensées aussi intimes. Finalement, Joshua est bien plus intéressant et gentil que ce que je m'imaginais.

— Au début, je pensais que tu ne m'aimais pas.

Joshua m'adresse une moue adorable. Je commence à le voir sous un jour différent et je dois dire que je l'apprécie de plus en plus sous ce nouvel éclairage.

— Je suis assez méfiant. Je ne donne pas ma confiance facilement. Mais tu m'as converti. Peut-être que tes pancakes y sont pour quelque chose… On ne peut pas être mauvaise et cuisiner aussi bien !

Nous éclatons de rire. La sonnerie du four interrompt notre échange.

— Ah ! C'est cuit ! J'espère que je ne vais pas gâcher cette belle confiance naissante avec des avocats à l'œuf ratés !

— Un entrepreneur n'a pas peur de prendre des risques…

— Ce n'est pas sympa ça, Joshua.

Ce dernier s'esclaffe avant de se faire plus sérieux.

— Merci Cassie.

Je penche la tête de côté et lui renvoie une moue amusée.

— Ce n'est pas une grande recette, tu sais.

— Non. Merci de prendre du temps pour moi et de me faire rire. Ce n'est pas dans ton contrat, il me semble.

Un peu plus et il me tirerait une larmette, cet idiot…

* * *

Je balaie les feuilles mortes qui envahissent l'allée, la musique de Norah Jones dans les oreilles. Les paroles de

Turn Me on m'enveloppent et se frayent facilement un chemin vers mes émotions du moment…

Like a flower waiting to bloom
Like a lightbulb in a dark room
I'm just sitting here waiting for you
To come on home and turn me on
Like the desert waiting for the rain
Like a school kid waiting for the spring
I'm just sitting here waiting for you
To come on home and turn me on[1]

Je sais ce que m'a dit Anna, je sais qu'elle a raison. C'est à moi de décider de ce que je veux. Mais je ne peux m'empêcher de rester dans l'attente que Miles se manifeste. J'ai besoin de le voir, d'entendre sa voix, de sentir sa peau…

Je charge les feuilles dans l'incinérateur de jardin. J'en profite pour me réchauffer les mains en les laissant quelques secondes au-dessus du couvercle. Au début, le métal était gelé. J'ai eu du mal à amorcer la combustion mais dès que les premières feuilles ont pris sur plusieurs centimètres, la chaleur est montée très vite.

J'en connais un autre qui était froid et qui est devenu un feu brûlant.

Le souvenir de ses mains sur mon corps, de ses gestes lents et sensuels, de sa façon unique de me faire l'amour me revient en tête et une envie sournoise se fait sentir dans mon bas-ventre. Je m'en veux d'être aussi faible. Je m'en veux qu'un homme puisse à ce point me faire tourner la tête. Je m'étais promis de ne plus jamais me sentir dépendante de qui que ce soit. Je n'ai pas vu arriver la tempête et, avec elle, cette déferlante de sentiments contradictoires !

Je fais la grimace, il va falloir que j'arrête de trouver des liens avec Miles à chacune de mes activités ! Est-ce que je vais seulement parvenir à me l'ôter de l'esprit ? Est-ce qu'il a le même problème que moi dans sa cabane isolée ?

À quoi penses-tu, Miles ?

Mes yeux se posent sur le cabanon. Je repense à Petit Roux, nostalgique. Il aurait pu ne pas vivre, mais maintenant le voici, tout occupé à s'épanouir dans une famille aimante, avec de l'amour à revendre. Zayan m'a demandé s'il pouvait le garder. Le petit garçon s'est attaché à cette boule de poils, si différente des autres chatons. Je n'ai pas eu le courage de le lui refuser même si les garçons avaient accepté de l'adopter. J'avoue que j'ai eu un petit pincement au cœur en lui disant oui…

Finalement, je me demande si la normalité a un sens. Toute mon enfance, j'ai voulu être celle que l'on voulait que je sois, je voulais entrer dans les cases que la société valide. Mais aujourd'hui, je me rends compte que ce sont mes aspérités, mes difficultés, mes choix, mes peurs, ma vérité qui parlent aux gens. Qu'il n'y a rien de normal ou d'anormal. Que les émotions et l'amour ne se commandent pas. Et que Miles et moi ne faisons rien de mal.

Une fois à l'intérieur, je quitte mes habits qui sentent la fumée et prends une douche rapide. J'enfile une tenue confortable ainsi que mes pantoufles licornes adorées. Je sèche mes cheveux et m'assois en tailleur sur mon lit pour les peigner. Tandis que je démêle méticuleusement ma crinière, je me connecte vocalement à Robert, espérant un signe de Miles.

— Miroir, quels sont mes nouveaux messages ?

— Bonjour Cassie. Vous avez un nouveau message,

reçu aujourd'hui à 16 h 45, intitulé « Proposition de collaboration ».

Interloquée, je suspends le mouvement de mon peigne.

— Lire le message.

— Très bien, voici le message intitulé « Proposition de collaboration », envoyé par madeline.flores@jopublishing aujourd'hui à 16 h 45.

Cette fois, c'est ma respiration que je suspends.

— « Chère Sandra Moonstone,

Je suis Madeline Flores, éditrice aux éditions J&O Publishing. Je ne connaissais pas votre travail. L'engouement autour de votre texte *Secret Existences* a attiré l'attention de la maison.

Votre récit est prometteur ! Je suis sûre que nous pourrions travailler ensemble. Je serais ravie d'échanger plus amplement avec vous !

Voici mon numéro : 213-5… »

La voix de Robert me parvient désormais de très loin. La pièce semble se mettre à tourner autour de moi. L'une des maisons d'édition les plus réputées du pays est intéressée par mon roman ? Non, ça ne peut pas être possible…

---

1. Telle une fleur attendant d'éclore / Telle une ampoule dans une pièce obscure / Je suis assise ici, attendant que tu reviennes et me ravives. / Tel le désert attendant la pluie / Tel un écolier attendant le printemps / Je suis assise ici attendant que tu reviennes et me ravives.

CHAPITRE 24

Je me prépare à sortir pour mon jour de repos. James m'a proposé de le retrouver en ville pour boire un verre mais j'ai poliment décliné l'invitation.

J'ai besoin de prendre l'air et d'être seule. Je vais sûrement aller à Central Park. J'enfile mon manteau et saisis mon sac à main lorsque la porte s'ouvre.

Miles est là, debout devant moi. Mon cœur s'accélère. Est-ce qu'il est là pour m'annoncer que c'est fini entre nous ?

— Salut Cassie. Tu partais ?

— Salut. Oui, c'est mon jour de repos aujourd'hui.

— Ça te dit de faire un tour à la plage avec moi ?

Mon *ego* s'écrie que j'ai d'autres plans et que je n'ai pas envie d'aller à la plage avec quelqu'un qui m'a laissé mijoter pendant des jours. Mon cœur, lui, meurt d'envie de passer du temps avec ce quelqu'un. C'est pourquoi je m'entends dire :

— D'accord.

Nous sortons de la villa et Miles me tend un casque.

— Tu as déjà fait de la moto ?

— Oui.

Non.

— OK.

Miles enfile son casque, enfourche l'engin. Je m'installe derrière en prenant soin de ne pas le toucher. Il défait la béquille. Le mouvement me surprend et je me cramponne immédiatement à lui.

Il tourne la tête vers moi.

— Tu es sûre que tu es déjà montée sur une moto ?

— Non. C'est juste que je n'avais pas envie de te parler.

Je l'entends rire, ce qui a le don de m'agacer.

— Tu peux t'agripper. Pense bien à te pencher du même côté que moi lorsque je me penche dans les virages et tout ira bien.

Il fait vrombir le moteur puis s'arrête une seconde.

— Et pourquoi tu n'as pas envie de me parler ?

— Parce que tu as disparu pendant des jours… ?

— C'est une bonne raison.

Sans autre commentaire, il démarre. Nous sortons de la propriété et je laisse mon petit cœur au bord du chemin…

* * *

Après une bonne demi-heure de route, nous arrivons en bord de mer et Miles gare la moto. À cette période de l'année, les attractions colorées et les arcades animées sont désormais silencieuses et désertes. On croise peu de promeneurs, pourtant la plage de Coney Island est plus belle que jamais. Les eaux froides de l'océan Atlantique se brisent doucement sur le sable, créant une symphonie apaisante. Les gratte-ciel de Manhattan se dressent comme des sentinelles derrière nous, offrant une toile de fond à ce paysage côtier. Les mouettes jouent dans les vents forts, tandis que les surfeurs défient les vagues. Je les observe. Je me sens comme eux, sur le point d'être retournée par un immense rouleau.

— Cassie ?

Je tourne mon attention vers Miles. Il me tend la main pour m'aider à descendre. Je perds un peu l'équilibre et il me retient, une main contre ma taille. Une lueur passe dans ses yeux gris lorsque nous sommes serrés l'un contre l'autre. Mais elle ne s'attarde pas. M'a-t-il amenée ici pour me dire ce qu'il ressent ?

Nous marchons en silence pendant un moment.

— Qu'est-ce qu'on fait ici, Miles ?

— Je ne sais pas. J'avais besoin que l'on se parle ailleurs qu'à la villa.

— Pourquoi ?

— Ça fausse les choses.

Je crains la suite de la conversation…

— Cassie, je sais que tu m'en veux parce que j'ai été distant ces derniers jours.

— Tu n'as pas à te justifier ! Tu avais un roman à finir.

Il me regarde en biais et m'adresse un beau sourire.

— C'est vrai. Mais c'est aussi parce que j'avais besoin de réfléchir sur ce qu'il se passe entre nous.

Tiens, la vague arrive. À moins que ce ne soit un tsunami.

— Et est-ce que tu as pu le faire ?

Le regard de mon bel écrivain se perd sur l'horizon. Le vent marin fouette son visage et le rend encore plus ténébreux.

— Je ne sais pas gérer ça, Cassie.

Je l'observe en silence.

— Tu viens mettre le bazar dans ma vie. Si on continue comme ça, comment les choses vont-elles se passer ?

Miles s'arrête et plante ses yeux dans les miens. Dieu qu'ils me déstabilisent…

De son index, il remonte mon visage vers le sien, pour me pousser à le regarder. Ses lèvres se rapprochent et frôlent les miennes. Mes mots se perdent dans un murmure.

— Je ne sais pas…

Sa mâchoire se contracte, je sens qu'il me désire tout autant que je le désire. Nous oublions les surfeurs au loin et les rares promeneurs autour de nous. Sa bouche glisse le long de ma joue et s'approche de mon oreille, où il murmure :

— Tu es mon employée, tu vis à la villa. Je ne peux pas nourrir de tels sentiments pour toi, supporter de te croiser tous les jours sans pouvoir te toucher, t'embrasser, te faire l'amour…

Je ferme les yeux. L'envie de lui me torture en même temps que les larmes me montent aux yeux. Il ne me parle que d'attirance, j'espérais tellement plus que ça. Je pose une main sur son torse et m'éloigne d'un pas.

— Je ne peux pas me passer de ce travail, Miles.

Et je ne peux pas me passer de toi.

Nous reprenons notre marche, abattus. Notre silence ponctué par le bruit de l'océan me devient vite insupportable. La colère s'intensifie et prend le dessus sur la tristesse. Je serre les poings avant de lui cracher ma frustration.

— Il aurait fallu réfléchir à tout ça avant de commencer.

Sans m'adresser un regard, Miles encaisse le coup.

— Je n'avais pas prévu. J'ai essayé de garder mes distances mais je n'y suis pas parvenu…

J'entends un groupe de surfeurs crier. Une vague de trois mètres s'apprête à déferler sur eux. Une chance inespérée de prendre un shoot de sensations. Je fixe à nouveau le sable sous mes pieds.

— J'ai réfléchi moi aussi. S'il y a vraiment quelque chose de sérieux entre nous, on peut trouver des solutions. Encore faut-il le vouloir. Maintenant, ramène-moi à la villa, s'il te plaît.

Sur le trajet du retour, je me tiens à lui comme si c'était la dernière fois. Les larmes finissent par couler et la buée envahit mon casque. Les hoquets secouent mon corps mais je tente de les contenir pour ne pas alerter mon conducteur.

Tout à coup, Miles prend une sortie inattendue.

Je lui demande où nous allons mais il ne m'entend pas. Après quelques minutes, il s'arrête à l'entrée de Highland Park. Il reste muet de longues secondes, les mains tendues sur le guidon. Je ne comprends pas pourquoi il m'emmène ici, dans un des lieux les plus doux et romantiques de New York. Il me demande de descendre. Tremblante, je mets les pieds au sol et défais mon casque.

— À quoi tu joues, Miles ? Je n'arrive pas à te suivre. Tu cherches à me faire souffrir, c'est ça ?

C'est sorti tout seul. Comme un relent de trahison, de violence, par le seul homme que j'aimais.

— Quoi ?

Miles quitte son casque et le jette à terre. Il saute de la moto, s'avance vers moi et prend mon visage entre ses mains.

— Qu'est-ce que tu racontes, Cassie ? Jamais je ne te ferais souffrir, tu m'entends ? Je me suis arrêté ici parce que…

Je fixe la moto derrière lui, hagarde. J'ai l'habitude d'être déçue.

— Parce que j'ai des sentiments très forts pour toi, Cassie. J'ai appris presque toute ma vie à refouler mes émotions et toi, toi tu as fait une sacrée entaille dans l'armure que je me suis construite. Je te veux Cassie. Tu me plais. J'ai envie de tenter quelque chose avec toi. Mais, justement, je ne veux pas te faire souffrir. Je ne veux pas t'imposer ma noirceur. Je sais combien ta situation est compliquée et je ne veux pas être celui qui la complique davantage. Je veux être celui sur qui tu peux compter.

Ses yeux me disent « Viens » quand sa raison me dit « Sauve-toi ». Mais moi, je n'ai pas envie de m'enfuir. J'ai envie que nous soyons de ces couples qui s'installent sur ces bancs en pierre, à l'abri des grands arbres. Pleine d'espoir, je pose mes mains sur les siennes.

— Alors, sois simplement l'homme que tu veux être. Moi, je te prends, avec toute ta noirceur et toute ta beauté. Et pour le reste, on trouvera une solution.

Il se détourne de moi.

— Tu ne sais pas qui je suis, Cassie.

— Bien sûr que si. Tu es…

— Tu ne vois que l'écrivain, l'artiste… C'est lui qui te plaît.

Je fais un pas vers lui.

— Non. Je vois celui qui m'a tendu la main quand personne ne le faisait. Je vois celui qui m'a accompagnée lorsque j'étais vulnérable. Je vois celui qui me fait entrevoir que, oui, je compte. Que, oui, je peux enfin trouver ma place.

Ma main vient à nouveau chercher la sienne.

— Tu es quelqu'un de bien, Miles. Le masque que tu portes, je le porte aussi, nous le portons tous.

Ma dernière phrase fait mouche. Miles se rapproche et me prend par la taille.

— Et si j'enlève ce masque, est-ce que tu voudras encore de moi, de nous ?

— Tu te rends compte que je peux te poser la même question ?

Silencieux, nous ne nous quittons pas des yeux. Peut-être que, dans l'invisible, nos âmes se parlent en ce moment même. Peut-être qu'elles se retrouvent.

Je glisse les mains contre sa nuque et lui vole un baiser. Mon envie de lui est trop forte pour être contenue. Je me défais, et me noie dans son regard, à bout de souffle. Miles ne laisse pas de place au doute et plaque ses lèvres contre les miennes pour m'embrasser passionnément. Il y a une ardeur dans son étreinte, un empressement presque désespéré. Il me pousse contre la moto et glisse ses mains sur mes fesses. Je passe une main dans ses cheveux et l'autre sous sa veste. Je me délecte de ce que je sens sous mes doigts. Des abdominaux, chauds et durs. Il sourit dans ma bouche.

— Tu sais qu'il y a des passants ici. De plus, tu as les mains gelées…

Ses doigts remontent le long de mes reins et glissent sous mes vêtements. Je frissonne de surprise.

— Toi aussi.

Son souffle chaud épouse mon cou et il me murmure d'une voix rauque :

— Je sais comment te réchauffer.

Il me soulève et vient m'asseoir sur le siège de la moto.

— Cela dit, il serait dommage de finir au poste pour atteinte à la pudeur…

Il se plaque contre moi tandis qu'il goûte avidement mes lèvres, comme un délicieux prélude…

* * *

Miles nous a servi deux verres de vin. Je profite du moment, heureuse d'être dans ses bras. Je caresse sa peau, tandis que les notes de jazz emplissent la pièce. Nous avons mis la villa sens dessus dessous lorsque nous sommes rentrés de la plage. Le sexe avec Miles n'a rien de comparable avec ce que j'ai pu vivre auparavant. Avec lui, je me sens vibrante, respectée, femme et libre. Il y a une connexion entre nous, presque spirituelle.

Nous n'avons pas reparlé des conséquences de notre relation au quotidien ici. Mais je sais que les choses vont être différentes à partir de maintenant.

— Une éditrice m'a contactée. Elle est intéressée par mon récit et… elle veut me rencontrer.

Il dépose un baiser contre ma tempe.

— Je ne suis pas étonné, ça devait arriver.

— Je ne sais pas encore si je vais lui répondre. J'ai peur de sortir de l'ombre. Si jamais je publie un roman, je vais devoir me montrer, faire des dédicaces, rencontrer des gens, et je crains de ne pas être à la hauteur…

Miles caresse tendrement mes cheveux.

— Rien ne t'oblige à faire quoi que ce soit qui te mette mal à l'aise. Tu as le droit de choisir ce que tu veux faire. Et si tu préfères rester discrète, je te comprends. Moi-même, j'ai cultivé le mystère, pour protéger mon jardin secret.

Je sens une boule se dissiper dans ma gorge. Je me rends compte que Miles est prêt à me soutenir, quel que soit mon choix. Il me comprend aussi.

Je me blottis contre lui.

— Merci.

Nous restons ici, assis sur le canapé, à écouter la musique et à siroter le vin. Avec lui, je me sens en sécurité, en paix.

— Tu as toujours été cet animal sauvage qui aime se couper du monde ou c'est la vie qui t'a appris à tenir les autres à distance ?

Miles soupire doucement. Je prends conscience que ma question manque de douceur, j'espère ne pas l'avoir froissé.

— J'ai toujours ressenti les choses plus fort que la normale. Les sons, les lumières, les odeurs, mais aussi les émotions des personnes qui m'entourent. Je me suis toujours senti différent. Comme si je comprenais le monde d'une autre façon. C'est compliqué à expliquer, mais parfois, je me sens saturé par toutes les informations qui me parviennent.

— Tu es hypersensible ?

Miles sourit doucement.

— Et si je le suis, qu'est-ce que ça change ?

— Juste le fait de le savoir. Tu n'as jamais essayé de te faire diagnostiquer ?

— Pour quoi faire ? Pour qu'on me range dans une case ? Pour que je justifie mes comportements ? Que je me rétrécisse à cette particularité ? Je ne sais pas Cassie. Je crois que j'ai simplement appris à contrôler cette part de moi-même. Mon empathie et ma sensibilité au monde me rendaient trop vulnérable. J'ai décidé de coucher mes peurs et mes angoisses sur le papier. Comme je te l'ai déjà dit, une fois écrites, elles ne peuvent plus me toucher.

Je l'avais compris, Miles s'est construit une carapace épaisse, une armure de métal. Il m'est apparu comme le plus ténébreux des garçons alors qu'il y a en lui une grande tendresse et une belle générosité.

Il faut du temps pour réussir à se frayer un chemin jusqu'à son cœur mais quand on y parvient, on découvre un trésor.

— Tu m'as dit que ton oncle connaissait mon père… Mais tu ne m'as jamais parlé de ta famille.

— Je suis fils unique. J'ai été élevé par des parents aimants et soutenants. Je sais qu'ils se sont inquiétés lorsque je leur ai annoncé que je voulais faire des études d'art alors que mes potes se lançaient dans des cursus beaucoup plus classiques. Pourtant, ils m'ont toujours encouragé à considérer le travail comme une source de bonheur et de réalisation de soi et pas comme une obligation ; l'argent, comme un moyen et pas comme un but. Je n'ai jamais entendu : « Tu dois réussir ta vie », mais plutôt : « Qu'est-ce qui te rend heureux ? » Je crois que c'est grâce à eux que j'ai eu le courage de me lancer en tant que romancier.

— C'est beau, en effet.

— J'ai beaucoup de chance. La vie m'a fait de sales coups mais pas celui de naître dans la mauvaise famille.

Sécurisée par ce moment de partage, je décide de faire une chose que je n'ai jamais faite auparavant. Je me tourne vers lui et lui demande, sans préambule :

— Tu as lu la suite de mon texte publié sur la plateforme ?

Miles hoche la tête et me répond :

— Oui, je l'ai lue. C'est vraiment bien. J'ai aimé la façon dont tu as travaillé ces garçons et les « masques » qu'ils portent. Le lecteur ne sait jamais qui ils sont vraiment. Ton héroïne, elle aussi, est intéressante, car elle agit comme un révélateur. Et plus encore, tu amènes le lecteur à comprendre que c'est elle, à travers ses blessures et son courage, qui fait tomber leur masque. Ton récit parle de courage et de résilience. De s'accepter tel que l'on est. Si tu veux mon avis, l'éditrice ne se trompe pas.

Je lui souris, le cœur battant. Il a tout compris, ce qui me conforte dans ma décision : je vais me lancer. Mais je n'ai aucune protection en cas de chute. Juste la confiance que je lui porte. Après une grande inspiration, les mots s'enchaînent très vite.

— Ce que l'héroïne a vécu dans mon roman avec ce garçon qui a abusé d'elle… Je l'ai vécu également.

Voilà, c'est dit. Et je pensais que ce serait bien plus difficile. Je laisse traîner un silence et observe sa réaction. Miles me regarde, les yeux remplis de tendresse et de tristesse.

— Je suis désolé, Cassie.

— Tu es le seul à connaître cette partie de mon histoire, je n'en ai jamais parlé à personne.

— Je suis honoré que tu me fasses confiance en me la partageant.

Soulagée, je dépose un baiser sur ses lèvres et me love un peu plus contre lui.

— Ça risque de te paraître idiot, mais je suis terrorisée à l'idée qu'en publiant ce livre il puisse me retrouver…

Miles se redresse et pose son verre de vin sur la table. Il croise les mains et semble réfléchir un moment à ce qu'il va dire.

— Je comprends. Et ça n'a rien d'idiot. La peur, au-delà du mécanisme de défense archaïque, n'a rien de rationnel. Elle est au centre de mes romans. Je l'étudie et la décortique depuis des années. Je lui donne toute forme d'apparence. Sûrement parce qu'elle m'a accompagné pendant de longues années.

Son regard se perd sur la toile face à nous. Il se tait un instant, prenant la mesure de ses prochaines paroles.

— Pour être tout à fait honnête avec toi, elle n'a jamais vraiment quitté le navire… Crois-moi, elle n'est souvent qu'une piètre conseillère. Elle nous rend vulnérables, elle nous rétrécit.

Ses yeux se posent à nouveau sur moi.

— Alors que tu as beaucoup de force, Cassie. Le pouvoir est en toi. Et tout comme l'héroïne de ton roman, tu dois le reprendre.

Je reste dubitative. Dans la fiction, je peux donner un grand courage à mes personnages, justement parce qu'il s'agit de fiction. Ils parviennent sans doute à faire des choses dont je me sens incapable dans la vraie vie.

Je fais la moue et lui souffle entre mes dents :

— Plus facile à écrire, qu'à faire…

Miles me détaille. Il pose sa paume sur mon genou.

— Je n'ai pas dit le contraire. Mais en te privant de vivre pleinement tes rêves à cause de ce salopard, tu lui donnes du pouvoir.

Je prends une grande inspiration, méditant ses paroles. Miles cherche à capter à nouveau mon regard qui s'est échappé sur mes mains. Sa voix s'est adoucie et il murmure presque :

— Tu n'as pas choisi ce qu'il t'a fait mais… tu peux choisir comment tu réagis par rapport à ça. « L'important, ce n'est pas ce qu'on a fait de nous, mais ce que nous-mêmes, nous faisons de ce qu'on a fait de nous. »

Je lui souris timidement.

— Sartre ?

Miles opine de la tête.

— C'est toi qui lui donnes du pouvoir. Et c'est à toi que tu fais du mal. Pas à lui. Lui, ce n'est qu'une crapule de la pire espèce qui finira là où est sa place.

Il prend appui sur ses cuisses et se relève.

— Tu veux bien m'attendre ici une seconde ?

— Bien sûr.

Il se déplace jusqu'à l'escalier et disparaît. Il réapparaît après quelques minutes, les mains chargées d'une pile de feuilles A4. Il me la tend.

Sur la première page, je peux lire : « Les poupées de chair ». Je me saisis des feuilles et le regarde, pleine d'enthousiasme.

— C'est ton prochain roman ?

Miles hoche la tête avec un sourire en coin.

— Oui. Tu es la première à le tenir entre tes mains.

— Oh waouh ! Merci. Je suis touchée, Miles.

Il s'assied à mes côtés et sa main reprend sa place sur mon genou.

— J'aimerais que tu le lises et que tu me donnes ton avis. Je ne m'attends pas à ce que tu le fasses tout de suite, tu as tout ton temps. Je veux juste que tu me dises ce que tu en penses, en toute franchise.

J'arque les sourcils, tout à coup impressionnée par la confiance qu'il me porte.

— Je vais te dire un secret, Cassie. J'ai toujours ce syndrome de l'imposteur en moi. Mais avoir peur, c'est normal, ça peut même être positif car cela te pousse à donner le meilleur. Ce qui n'est pas bon, c'est lorsque la peur devient un frein à ta création.

CHAPITRE XXV

Journal de Morgan Thompson, 29 novembre 2022

Je l'ai regardé un instant, me délectant de ce que je m'apprêtais à faire. J'étais sur le point d'accomplir un acte divin.

La pièce était faiblement éclairée. La seule source de lumière était la lune, à travers les stores. L'homme était allongé sur le lit, inconscient. Sa poitrine se soulevait et s'abaissait à un rythme régulier.

Sans cette purification, mon œuvre serait inachevée. Je dois la libérer de cette vermine. Mon art ne tolère aucune souillure. Je vise la perfection, pas l'approximation.

J'ai planifié mon intervention pendant des semaines. J'ai étudié sa routine. J'ai appris tout ce que je pouvais sur lui. Comme le jour et l'heure où il se fait livrer sa poudre. Dans le voisinage, on a vite fait de confondre un livreur avec un dealer. Mais jamais de pizzas dans le carton. À la place, plusieurs sachets de came. Ces nouveaux riches nous prennent vraiment pour des cons.

Il m'a ouvert, un peu contrarié de ne pas reconnaître son dealer. Ce dernier a eu un malheureux accident de scooter. Il s'en remettra. Peut-être. Mais revenons à notre vermine. Je n'ai pas eu à tergiverser longtemps. En un mouvement, je lui ai planté une aiguille dans la gorge. Avec le curare, une brève injection suffit. Ce petit bijou est un toxique extrêmement puissant avec lequel j'aime travailler. Les Amérindiens l'utilisaient sur leurs flèches pour paralyser les animaux. La beauté de ce produit ? La victime est paralysée mais consciente.

La saleté a ouvert grands ses yeux. Il a tenté d'articuler quelque chose. Sa respiration est devenue pénible. Comme un poisson en pleine asphyxie. Puis il s'est écroulé sur le sol, pétrifié. Je l'ai traîné jusqu'à sa chambre. La décoration était ostentatoire. J'ai avisé le tableau à son effigie. J'ai pensé : un monstre de narcissisme.

J'ai ouvert ma mallette. J'en ai retiré la précieuse drogue. Et puis ma seringue, bien désinfectée. J'aime le travail propre. Soigné. C'est important. Je ne suis pas un sauvage. Je suis le représentant des sphères divines.

J'ai rempli la seringue à son maximum. J'étais vraiment satisfait. J'ai lu la peur dans ses yeux. Évidemment. Je ne m'en suis pas délecté. Ce qui doit être fait doit être fait. Je n'en retire pas de plaisir. Après lui avoir adressé une moue égale, j'ai piqué sa veine et injecté toute la drogue. Je tuais cette chose infâme et je m'offrais enfin la possibilité de terminer mon chef-d'œuvre !

Je ne l'ai pas quitté des yeux. J'ai admiré l'impassibilité de son visage. Après quelques minutes, sa respiration est devenue superficielle. La vie le quittait. Il s'effondrait sous mon contrôle. Le corps était étendu là, immobile. Ils sont venus le chercher. Ce n'est plus qu'une enveloppe vide.

J'ai rangé méticuleusement mes affaires, effacé mes traces, vérifié une dernière fois que tout était à sa place, puis j'ai quitté la pièce en refermant la porte derrière moi.

Le cadavre sera bientôt découvert par la police. Ils ouvriront sûrement une enquête. Je ne suis pas inquiet. Eux me protègent. Et puis, aucun moyen qu'ils remontent jusqu'à moi. Je l'ai appelée tout à l'heure. Elle va venir. J'ai tout préparé. J'en tremble d'anticipation. Pour elle, ce sera magistral.

CHAPITRE 26

— C'est merveilleux Cassie, fonce !

L'enthousiasme d'Anna me fait chaud au cœur. Nous discutons pendant sa pause. J'ai mis mon portable en haut-parleur, tandis que je change les draps des chambres. J'ai commencé par celle de Joshua et me voici dans celle de William.

— J'ai beaucoup réfléchi et je crois que je vais le faire…

— Comment ça « tu crois »… ? Dès qu'on raccroche, tu réponds à ce courriel, sinon je te jure que je fais un aller-retour express depuis Washington pour te botter les fesses !

Je ricane.

— Je suis sérieuse mademoiselle !

— Je sais. Mais pour l'instant j'ai un travail pour lequel je suis payée et qui me prend tout mon temps…

Je fais la grimace lorsque je ramasse du linge roulé en boule au pied du lit et qu'une odeur de tabac froid agresse mes narines.

— Arrête de procrastiner. Je te connais… tu trouveras toujours une excuse pour éviter de te lancer.

Je lève les yeux au ciel. Elle m'agace de me connaître aussi bien.

— Miles m'a convaincue lui aussi.

— Je n'en doute pas. Ce jeune homme a des arguments que je n'ai pas… Vous avez pu discuter de votre relation ?

— Hmm oui… Je ne sais pas encore ce que ça va donner. Pour l'instant, on prend les choses comme elles viennent.

Et on s'envoie en l'air.

Les bruits de la ville s'élèvent derrière Anna. Une pointe de nostalgie s'insinue dans ma poitrine. J'aimerais passer plus de temps avec elle.

— Je pensais que lui et moi, ce n'était que physique. Mais c'est plus fort que ça. On se comprend.

— En effet, de ce que tu m'en dis, vous avez beaucoup de choses en commun tous les deux.

J'attrape le téléphone et retire le haut-parleur. Je le cale entre mon épaule et mon oreille tandis que je tapote l'oreiller.

— Hier, il m'a proposé de relire son prochain roman en avant-première. J'étais très touchée.

Anna siffle à l'autre bout du fil.

— Classe ! Tu vas m'en parler ou tu vas me faire mijoter ?

— Je n'ai pas encore tout lu. Par moments, j'ai l'impression d'être l'héroïne du roman, c'est perturbant.

— Tu es sa muse maintenant…

— Je n'espère pas, vu ce que cette pauvre fille s'apprête à vivre !

— Il est fort… À chaque fois que je lis un de ses bouquins, je vibre avec les personnages. J'ai besoin de me coller à Phil et ça le fait râler. Il se demande toujours pourquoi j'achète des thrillers si c'est pour avoir aussi peur !

Je remets le haut-parleur et pose le téléphone sur la table de nuit.

— Est-ce que ton futur époux sait que sa mère est plus effrayante que le pire des serial killers ?

Nous rions de concert. La belle-mère d'Anna est un vrai cliché. Toxique sur les bords et chiante sur le milieu. Le genre qu'on souhaite à sa pire ennemie. Cependant, comme mon amie est facile à aimer, elle a su se faire accepter. Barbara a arrêté de mordre lorsqu'elle a compris que son fils avait trouvé la femme de sa vie et que pour le coup, il avait sacrément de la chance. Et beau-papa ne manque pas d'éloquence pour parler de sa future belle-fille.

— J'ai cru mourir lorsqu'elle m'a montré ses idées de décoration pour les tables. Du rose partout. J'ai cru qu'on allait marier les Barbapapa.

— Tu vois, c'est pour cette raison que je ne me marierai jamais.

— Ouais, je disais pareil…

La lassitude dans sa voix m'alerte. Anna est géniale, elle m'écoute et me conseille. Mais rares sont les fois où elle se confie sur ses soucis. Je me laisse tomber sur les fesses, sur la moquette moelleuse, et reprends le téléphone en main.

— Ça va, toi ?

— Je ne sais pas. Il m'arrive d'avoir des doutes.

— Par rapport au mariage ?

— Tout est allé si vite, Cassie ! J'ai vingt-trois ans,

j'aime Phil, je m'éclate au *Washington Post*, je suis vraiment confiante dans la voie que j'ai choisie, mais ce mariage, toute cette pression pour des serviettes, des fleurs ou des nappes, ce n'est vraiment pas pour moi ! Ça m'ennuie magistralement ! Tu n'imagines pas quelles proportions ça a pris ! Moi, j'aurais voulu quelque chose de plus simple, de plus… spontané !

— Tu en as parlé avec Phil ?

— J'ai essayé, mais c'est compliqué. Tu sais comment il est. C'est un grand romantique, et c'est aussi pour ça que je l'aime. Je ne veux pas le blesser.

— Je comprends… Mais tu ne dois pas t'oublier pour autant ma chérie.

Gros soupir. Un silence. Puis, tout à coup, des sanglots !

Oh non…

— Lui et moi, on se connaît depuis l'école de journalisme, on est encore si jeunes et pourtant il me semble que la routine étouffe déjà notre couple ! Nous avions des conversations passionnantes, on pouvait philosopher pendant des heures sur des sujets politiques, sociologiques, et maintenant…

J'ai de la peine en sentant sa détresse. Elle n'avait rien laissé paraître jusqu'à présent. Je me rends compte que je ne lui ai pas demandé comment elle allait vraiment depuis des mois…

— Anna, vous travaillez tellement tous les deux ! Entre ça et le fait que les parents de Phil sont sur votre dos en permanence… Ce qu'il vous faudrait, c'est partir un peu, vous retrouver loin de votre quotidien !

Mon amie renifle au bout du fil, peu convaincue.

— Quand tu me parles de tes histoires avec Miles, je

me dis : « Waouh, c'est passionnel, c'est sexy ! Pourquoi je ne vis pas ça avec mon mec ? » Ça me fait rêver. Mais clairement, je ne m'enverrai jamais en l'air au milieu des toiles avec Phil !

— Et pourquoi pas ? Tu peux t'envoyer en l'air au milieu de sa collection de figurines si tu en as envie.

Anna ricane entre deux sanglots.

— Je suis sérieuse ! Pourquoi tu te bloques ? Tu peux le surprendre, ton chéri ! Je suis sûre qu'il ne serait pas contre l'idée que sa future femme lui propose des choses indécentes et inattendues…

— C'est certain.

— Ben alors ! *Let's go girl !* Ravive cette flamme ! Tu as un mec génial et vous faites un couple magnifique ! Il faut juste remettre un peu de piment.

Nous restons silencieuses quelques secondes. Mes yeux se posent sur un jeton de casino, abandonné sous le lit de Will. Je me contorsionne pour l'attraper et le faire glisser entre mes doigts. Un sourire se dessine sur mes lèvres.

— J'ai bien une idée pour ton mariage…

* * *

Les mains crispées sur mon sac à main, les jambes chancelantes, je guette l'attitude de chaque femme qui entre dans le café.

Madeline m'a répondu presque aussitôt en me proposant de nous réunir dans un bar cet après-midi même, après un rendez-vous dans le quartier. Je n'ai pas réfléchi, j'ai dit oui. Et depuis, je me maudis. Je n'ai rien préparé et je déteste improviser.

Mon portable sonne, c'est Madeline, elle est devant. En un regard, je la repère. Bon sang, elle est super classe ! Brune, grande, lunettes noires et port de tête altier. Elle m'adresse un large sourire lorsque je lui fais signe.

— Cassie ! Enchantée !

— Ravie de vous rencontrer également, Madeline !

J'essaie de dissimuler ma nervosité mais il me semble que je tremble comme une feuille. Nous nous asseyons et commandons des boissons chaudes.

— Vous êtes de New York ?

— Non, pas du tout ! Je viens de Washington. Mais j'ai trouvé un travail ici pour financer mes études.

Mon interlocutrice hoche la tête. Elle défait son écharpe et se frotte les mains pour se réchauffer.

— C'est super. Ça te va si on se tutoie ?

Je hoche la tête avec un sourire. Je préfère largement les relations plus chaleureuses. Elle croise les bras et se penche en avant. Ses yeux émeraude emprisonnent mon regard.

— Cassie, je ne vais pas y aller par quatre chemins. On adore ton texte ! Il a le potentiel de faire un excellent roman. On devra le lire en intégralité, bien entendu, mais la maison voudrait te publier.

— Je suis très touchée. Merci beaucoup !

— Tu n'as pas à me remercier ! Je sais reconnaître une pépite lorsque j'en vois une.

Le serveur place les tasses fumantes sur notre table. Je pose mes deux mains autour de mon cappuccino et fixe le cœur dessiné dans la mousse. Je n'ai pas l'habitude de recevoir des compliments.

— Je suis ravie que tu aimes *Secret Existences*. Mais je dois t'avouer que je ne l'ai pas encore terminé.

L'éditrice me sourit avec bienveillance.

— Ce n'est pas un problème. Combien de caractères te reste-t-il à produire ?

Mon cerveau turbine à vive allure. Je ne me suis pas posé cette question. Sur la plateforme, j'ai écrit sans plan précis en tête.

— J'ai couché sur le papier les trois quarts du récit à peu près.

— Parfait.

Elle laisse traîner un silence et boit une gorgée de son café serré.

— Cassie, nous voulons vraiment signer avec toi. Si c'est un problème financier, nous pouvons te faire une avance sur signature. En contrepartie, je te donne un mois pour livrer une première version du manuscrit. Nos auteurs participent au Salon des mots au mois de mars et je veux te présenter comme l'autrice émergente de l'année.

Je prends un moment pour assimiler cette offre inattendue. C'est une opportunité en or. Ce salon littéraire est un événement incontournable pour tous les amoureux des lettres et de la culture. Il a lieu chaque année au Lincoln Center ou au Metropolitan Museum of Art. Les auteurs y rencontrent leurs lecteurs, mais il y a aussi des conférences et des débats, des ateliers d'écriture, des masters class… Suis-je seulement capable de terminer la rédaction en si peu de temps ? J'écris selon mon inspiration, au gré de mes envies. Cette fois, c'est différent, on me demande de tenir un délai. Mais hors de question de passer à côté de cette chance.

— D'accord. Je pense que je dois pouvoir y arriver.

— Génial Cassie !

Nous discutons ensuite des détails. Comme les étapes de validation et de correction, les conditions financières et les grandes lignes du contrat.

Je comprends à la clarté des propos de Madeline que la maison d'édition est rodée et fonctionne de la même façon depuis des années, ce qui, d'une façon, me rassure.

— La maison t'enverra un contrat par courrier à nous retourner dans les jours qui viennent.

Je vais signer mon tout premier contrat d'édition, je n'en reviens pas !

— En revanche tu vas devoir arrêter de publier sur la plateforme de lecture pour plus de cohérence. Cela évitera toute confusion pour les lecteurs.

— Oui, bien sûr, je comprends. Je préviendrai les personnes qui me suivent.

— Super ! Je préfère t'en parler tout de suite. Cela peut parfois représenter un problème pour certains écrivains. Je ne veux pas que tu aies des « surprises » une fois que nous aurons signé. J'aime travailler en toute transparence et confiance avec mes auteurs.

Je hoche la tête.

J'aime l'énergie de cette femme, sa franchise me sécurise et son enthousiasme me rebooste. Et je comprends parfaitement ses raisons.

— Je te conseille de créer dès à présent une page dédiée à ton travail d'autrice pour la communication. Aujourd'hui, les lecteurs apprécient d'être proches de leurs auteurs favoris. Avant la parution, tu pourras les tenir informés de ton parcours d'écriture, partager ton processus de création… toutes ces choses qui leur donnent envie de te découvrir et de te suivre.

— Oui, je suis assez familière avec tout ça. J'ai une page côté lecteurs, sur laquelle je poste mes avis lecture.

— Alors je ne t'apprends rien !

Madeline m'adresse un grand sourire.

— Bon, eh bien je crois que nous avons fait le tour ! Je ne t'ai pas demandé quelles études tu comptais entreprendre.

— Je me suis inscrite à la fac de droit mais j'attends de savoir si ma bourse sera acceptée.

Le regard de Madeline se rétrécit légèrement. Elle penche la tête de côté.

— Tu dois bien comprendre qu'en signant avec nous, ton avenir peut prendre une nouvelle direction.

— C'est-à-dire ?

— Nous avons lancé plusieurs auteurs. Lorsque le public est au rendez-vous, tout peut aller très vite. Ce que je veux te dire, c'est qu'il y aura probablement un moment où tu devras faire un choix. Je te l'ai dit, je ne me trompe jamais lorsque je vois une pépite…

* * *

J'observe les passants, les pieds dans ce café et la tête encore dans ma conversation avec Madeline. Je pensais que pour moi, la roue était restée bloquée. Alors j'ai du mal à me faire à l'idée qu'il puisse en être autrement.

J'ai appelé papa et Anna pour leur annoncer la nouvelle. Mais j'y croirai vraiment lorsque je tiendrai le contrat entre mes mains. Ne pas m'emballer pour ne pas être déçue. Anna m'a répété que je m'en faisais pour rien, que cette femme n'aurait pas pris de son temps si ça avait finalement été pour ne pas donner suite.

Je soupire. J'ai repris un café en attendant Miles. Il m'a promis de me rejoindre lorsque je lui ai envoyé un message. J'ai envie de le lui dire en vrai.

Tout à coup, mon téléphone sonne. Je reconnais immédiatement le numéro et tout s'emballe. Mon palpitant, mes pensées. Mon ventre se noue immédiatement. Je décroche et écoute mon interlocuteur.

Lorsque Miles me rejoint, il voit tout de suite que quelque chose ne va pas.

— Cassie ? Tout va bien ?

— Oui, beaucoup trop bien, en fait.

Mon bel écrivain fronce les sourcils et se glisse sur la banquette à côté de moi.

— Je viens de recevoir un appel de la faculté. J'ai obtenu ma bourse d'aide. Ça y est, je vais pouvoir commencer mes études…

— Et c'est une bonne nouvelle… ?

Je me retourne vers lui.

— Justement, je n'en sais rien.

CHAPITRE 27

— Je pense que je peux t'aider.

Le poids sur mes épaules semble s'alléger. Je me tiens devant le jeune homme, les bras ballants, ne sachant pas quelle attitude adopter.

Dois-je lui serrer la main, le prendre dans mes bras ou lui préparer une tonne de pancakes ?

— Merci, Will.

— Ne me remercie pas tout de suite.

Il m'adresse un sourire en coin et croque dans sa crêpe.

À ce rythme-là, ces garçons vont développer du diabète. Le sort a voulu que nous ne soyons que tous les deux ce matin.

William m'a réclamé des pancakes comme un gosse. Mais depuis que nous discutons de mon père, j'ai devant moi l'avocat.

— Tu as un plan ?

Il prend le temps de boire une gorgée de café.

— J'ai un plan. On va faire appel.

Je le fixe, avide d'en savoir plus. Il s'essuie les lèvres avec sa serviette avant de relever ses coudes du bar.

— Cassie, je ne peux pas te révéler de quoi il s'agit. Je veux éviter les fuites et surtout, je veux te préserver. Sur ce coup-là, je serai intraitable. Il va falloir que tu me fasses confiance. Est-ce que tu es OK avec ça ?

Je grimace, frustrée.

— Est-ce que j'ai le choix ?

William se recule un peu et hausse les sourcils.

— Je ne t'impose rien. Mais si tu veux me confier l'affaire, ce sont mes conditions. Ton père n'a pas pu se battre à la loyale la première fois. Je compte bien rééquilibrer la balance pour la prochaine. On s'embarque dans quelque chose de complexe, je te préviens. Et parfois, même si on pense avoir fait le tour, il faut sortir du cadre pour trouver un nouvel angle d'attaque.

— J'en ai tout à fait conscience, Will.

— Il y a autre chose… À partir de maintenant, tu ne dois rien me cacher. Rien qui puisse être utilisé contre nous. Un témoin malveillant, un ennemi, une voisine indiscrète, n'importe qui susceptible de vouloir du mal à ton père ou à ta famille. De même qu'un fait, un secret de famille, tout ce qui pourrait être déterré pour affaiblir notre défense.

Ses yeux opalins plongent au fond des miens.

— Dans une cour, tous les coups sont permis, je ne t'apprends rien. Il est facile de semer les graines du doute chez le jury, de déstabiliser un témoin. Le doute est à la fois notre ennemi et notre ami. Avec de la préparation, nous pourrons éviter les pièges et même retourner les arguments de l'accusation à notre avantage. Un procès, c'est une partie d'échecs avec une dose subtile de bluff. Tu dois avoir tes coups d'avance et prendre des risques mesurés.

Mon cœur se serre et une barre bloque mon diaphragme. Je ne sais pas si je suis prête à parler de mon histoire à William.

— Mon père n'avait pas d'ennemis, mais son statut social devait susciter des jalousies. J'ai été effarée de voir comment tous ses anciens « amis », si enthousiastes à lever leur flûte de champagne pendant ses soirées mondaines ou les colloques, n'ont pas levé le petit doigt pendant qu'il était acculé. Ils auraient pu témoigner de son grand professionnalisme, mais au lieu de ça, ils se sont écharpés aux portes de l'hôpital pour prendre sa place…

— Ce genre d'épreuve permet malheureusement de faire le tri autour de soi. C'est un mal pour un bien.

J'ai vu le mal plus que le bien.

— Concernant ma famille, nous sommes loin du schéma américain parfait. Mes parents ne s'aimaient plus lorsque ma mère est tombée malade. Ils faisaient partie de ces couples qui font de l'amour une entreprise. Ils avaient signé un contrat et faisaient le nécessaire pour que la machine tourne.

Je prends une grande inspiration.

— À la mort de ma mère, mon père s'en est terriblement voulu, lui, le grand neurochirurgien qui n'avait pas été capable de diagnostiquer la démence précoce de sa femme.

— Ta mère est décédée avant ou après l'affaire de Samantha Hills ?

Je vois très bien où il veut en venir.

— Avant. Quelques mois avant… Entre la mort de

maman et son procès, mon père a totalement perdu pied. Une véritable descente aux enfers. Lors du procès, l'accusation a largement argumenté sur son état émotionnel au moment de l'opération. Si Samantha Hills était morte sur sa table c'est parce qu'il n'était pas en état de l'opérer. Il arrivait à papa de prendre ponctuellement des anxiolytiques, mais il m'a juré qu'il était en pleine possession de ses moyens ce jour-là. Il a des défauts mais pas celui de mettre la vie d'un patient en danger.

— C'est ce que je te dis. L'accusation, n'ayant aucune preuve, a semé un doute « raisonnable » dans l'assistance.

— Et comme coup de grâce, mes sœurs lui ont tourné le dos. Elles ne se sont pas manifestées. Elles avaient déjà quitté la maison, mais elles auraient pu être plus présentes. Je ne comprends toujours pas leur réaction, elles ont préféré faire l'autruche et s'exiler dans leurs prisons dorées plutôt qu'apporter leur soutien.

— Est-ce qu'elles représentent un danger ?

— Non, je ne pense pas. Il ne faut rien chercher de leur côté. Elles n'apporteront rien, elles n'interféreront pas. Tout ce qu'elles veulent, c'est ne rien avoir à faire avec cette histoire.

— Elles se manifesteront peut-être quand l'honneur de ton père sera lavé…

Je lui adresse un sourire entendu. J'imagine que dans son travail, il est témoin de toutes les bassesses de l'être humain.

— Est-ce que ton père a remonté la pente depuis ?

Je note que Miles a eu la délicatesse de ne pas ébruiter les raisons de notre aller-retour à Washington. Je lui en suis reconnaissante.

— Pas vraiment… Il vit dans sa caravane, il attend que les jours passent et je sais qu'il s'est remis à boire. Ses derniers examens médicaux n'étaient pas bons…

William décroise les bras. Il fronce les sourcils, l'air grave.

— Il faudra qu'il soit clean lorsqu'il passera devant le jury. Il n'aura pas d'empathie pour un alcoolique. Par contre, il sera sensible à l'histoire d'un homme qui se bat pour retrouver sa dignité. La résilience force le respect.

— Malheureusement, ça ne dépend pas de moi…

— Je m'en occuperai. Il faut que je le rencontre. Il est au courant ?

Je me mords les lèvres et triture mes doigts. Je ne crois pas que je puisse lui cacher cette information.

— Non… C'est un sujet tendu entre nous. Il veut absolument que j'arrête de vouloir le sauver.

— C'est normal, c'est ton père. C'est lui qui doit prendre soin de toi, pas l'inverse. Parle-lui. Le plus tôt sera le mieux. Un conseil, sois ferme et sûre de toi. Ne lui laisse pas entrevoir qu'il a le choix.

— Je l'appelle dans la matinée.

William pose ses deux mains sur le bar, me signifiant que nous avons terminé. Mais je me lance, certaine que si je ne le fais pas tout de suite, je ne le ferai jamais.

— Will… Il y a autre chose. Me concernant cette fois. Durant le procès, j'ai été victime d'une agression sexuelle de la part d'un garçon que je fréquentais au lycée. Je n'ai jamais rien dit… Tu es la deuxième personne à qui j'en parle.

Et là, je note le chemin parcouru !

— C'était mon petit ami, il connaissait mes parents et il

était venu plusieurs fois chez nous. Il était au courant de mes rapports conflictuels avec mon père, mes sœurs, et pas mal de monde au lycée… Je ne sais pas dans quelle mesure il pourrait interférer dans le procès mais je préfère tout te dire.

À nouveau, William ne fait aucun commentaire, se moulant dans l'habit de l'avocat.

— Merci Cassie. J'apprécie ta sincérité et la confiance que tu me portes. Tu fais bien de m'en parler.

* * *

— Est-ce que, comme toi, je m'apprête à renaître ?

En bas de l'échelle, je fixe le tilleul et lui dédie cette prière un peu étrange.

Ce qui est étrange, c'est surtout de causer à un arbre.

J'ai passé l'après-midi à terminer de le débarrasser de ses herbes envahissantes. Avant de m'y mettre, j'avais appelé papa, la boule au ventre. Je m'attendais à de la colère, ou au mieux à de l'ignorance, lorsque j'allais lui annoncer ce que j'avais élaboré ici, avec William. Je craignais que mon père soit fatigué de se battre et renonce avant même d'essayer. Mais j'ai eu droit à tout autre chose : un « merci ». Un merci qui nous a tous les deux émus aux larmes. Il faut croire que l'espoir répare les âmes blessées.

Je lui ai annoncé la bonne nouvelle pour la maison d'édition et la faculté de droit. Il m'a semblé entendre de la joie dans sa voix.

La nuit m'a porté conseil. Je pense pouvoir terminer mon roman et m'inscrire à la faculté de droit. Même si

Madeline est confiante et me vend du rêve, je garde les pieds sur terre. Ce serait de la folie de miser mon avenir sur ce premier livre. Et puis, pour la première fois depuis ma nouvelle vie, j'ai l'impression que plusieurs voies s'ouvrent à moi. Je me sens comme ce grand arbre. Solide, ancrée et prête à relever de nouveaux défis sans parasites sur mon dos.

Avant de me coucher, j'ai avancé la lecture du manuscrit de Miles. Comme toujours, je n'ai eu aucun mal à tourner les pages. Il sait convoquer la curiosité et cette étrange excitation à l'idée d'avoir peur. Son personnage principal est complexe, torturé et complètement timbré mais j'ai du mal à le détester.

Et puis, il y a la relation qu'il entretient avec cette fille, sa proie, qui est à la fois dérangeante et fascinante. On a envie d'en savoir plus, même si on se doute que l'issue n'aura rien d'un *happy end.*

Mon rythme cardiaque s'accélère un peu. Je ne sais pas si mon *ego* me joue des tours, mais il y a autre chose… J'ai parlé à Anna des similitudes troublantes entre la jeune femme de son récit et moi. Mais cette fois, j'ai eu de désagréables sensations de déjà-vu. Des petites choses, des situations anodines…

Au-delà d'une possible inspiration, l'idée de confondre Miles et Morgan Thompson m'a traversé l'esprit, ce qui est complètement idiot, l'un n'ayant rien à voir avec l'autre !

Je sursaute lorsque mon téléphone sonne, je quitte mes gants et je souris en découvrant l'identité de l'appelant. *Quand on parle du loup !*

— Miles !

— Tu voulais me parler ?

Le ton froid de sa voix me surprend mais je mets ça sur le compte de son aversion pour les conversations téléphoniques.

— Oui… J'ai vu William ce matin. Il accepte de défendre mon père.

— C'est une bonne nouvelle. Will ne prend pas une affaire s'il n'est pas sûr de la gagner. Il a sûrement réfléchi à un plan.

— Oui. Mais il ne veut pas m'en parler.

— C'est bon signe, Cassie. Ça signifie qu'il a une grosse carte à jouer. Tu dois le laisser faire et ne pas interférer.

— Il me l'a expressément demandé. Ton rendez-vous s'est bien passé ?

— On verra… Tu es disponible ce soir ?

Je passe une main dans mes cheveux, mutine.

— Vous m'invitez à dîner, monsieur Greene ?

— Non, pas possible. Je rentre d'Atlanta dans la soirée.

Miles laisse traîner un silence.

— Cassie, il y a des choses que j'aimerais te dire. Et je voudrais le faire dès que possible…

Je marmonne un « d'accord » fébrile. La dernière fois qu'il voulait me parler, j'ai failli le perdre.

— Mon taxi est là. À ce soir.

* * *

J'ai beaucoup de mal à me concentrer sur les paroles de Jannet. Je n'ai pas arrêté de me faire toutes sortes de scénarios depuis l'appel de Miles. Petit Roux a décidé que mes lacets étaient de parfaits jouets. Zayan rit aux éclats en regardant cette boule de poils tirer, perdre l'équilibre, rouler et retomber sur ses petites fesses rousses. Et réitérer inlassablement l'expérience.

— Cassie, tu m'écoutes ?

— Pardon Jannet ! J'ai tellement à gérer en ce moment que je n'arrive pas à déconnecter. C'est gentil de m'avoir invitée à dîner mais je ne suis pas de très bonne compagnie je crois…

Ma voisine m'adresse un sourire bienveillant.

— Je comprends, crois-moi… Tout se passe bien en face ?

— Oui, les garçons sont vraiment gentils. J'apprends à les connaître.

Je me garde bien de lui dire ce qui se trame entre Miles et moi. La petite tornade blonde à mes côtés aurait vite fait d'enclencher le mode « questions en continu ».

— Et ton projet d'écriture, ça avance ?

Je souris.

— Une éditrice m'a contactée.

— Non !

Zayan détourne son attention de Petit Roux et nous observe.

— Si. Elle dit que mon roman a du potentiel. J'ai accepté son offre. Si je parviens à le terminer dans les temps, il sera édité dans quelques mois.

— Waouh ! C'est trop la classe ! Tu auras ton roman dans les librairies, alors ?

— Je suppose…

Le regard de Zayan s'illumine puis se ternit aussitôt.

— Mais si tu deviens une star, comme M. Greene, on ne te verra plus jamais…

J'éclate de rire et le regarde tendrement.

— Tu sais, je ne pense pas devenir une star. Je serai déjà fière de moi si je parviens jusqu'au bout. Mais je suis touchée d'avoir une place si importante dans ton cœur.

Zayan rougit un peu.

— Moi je sais que tu vas y arriver ! Tu m'en dédicaceras un, hein ?

— Bien sûr, même si je ne suis pas sûre que ta maman soit d'accord pour que tu lises de la romance à ton âge…

Le regard que je lance à Jannet nous fait rire toutes les deux.

— Ton livre, c'est de la romance ? Avec des gens qui s'embrassent et tout ?

Je rigole de plus belle devant la mine dégoûtée de mon jeune ami.

— Alors, c'est un peu plus compliqué que ça mais dans l'idée… oui. Mes personnages portent des masques mais pas dans le sens de vrais masques. C'est une métaphore. Et quand ils parviennent à les quitter, ils tombent amoureux.

Zayan fronce les sourcils. Il prend Petit Roux dans ses bras.

— Je ne comprends rien à ce que tu dis… Et la dame qui veut prendre ton roman, elle trouve ça bien ?

La spontanéité des enfants est magique.

— Et oui ! Zayan, le monde compte sur toi pour écrire des histoires de super-héros trépidantes !

— Mais je ne comprends pas… Si tes héros quittent leurs masques, alors tout le monde les reconnaîtra, non ?

— Tout le monde les verra tels qu'ils sont, oui.

— Mais leurs masques leur permettent aussi d'être ce qu'ils sont et de se protéger des méchants.

Je reste bouche bée. Comme souvent, la finesse de raisonnement de cet enfant m'impressionne. Il en vient à me faire douter de mes propres réflexions.

En effet, doit-on faire tomber tous nos masques ? N'y a-t-il pas des choses qui doivent rester dans l'ombre ? Ne devons-nous pas nous protéger en dissimulant nos vulnérabilités, que les autres pourraient utiliser contre nous ?

— Tu as raison. J'imagine que dans certains cas, mettre un masque peut être utile. Dans mon roman, je cherche à montrer que ce n'est pas bien de le porter tout le temps, par peur d'être soi-même avec les autres.

Zayan médite mes paroles. On dirait que cette fois il comprend mieux mon point de vue.

— En fait, c'est un peu comme ce que tu m'as fait faire avec Aaron. Dans le bus, j'ai enfilé mon masque pour lui tenir tête alors qu'au fond de moi, j'avais très peur !

Je jette un coup d'œil à Jannet en espérant qu'elle ne s'inquiète pas trop de cette information.

— C'est ça ! Quand tu es face à Aaron, tu portes un masque. Mais quand tu es ici, avec ta maman et moi, tu peux le quitter, puisque nous t'aimons tel que tu es.

— J'ai compris !

— En effet, Zayan, tu as tout compris…

Le besoin qu'a Miles de me parler ce soir me revient en mémoire. Et si, lui aussi, il s'apprêtait à tomber le masque avec moi ?

CHAPITRE 28

La lumière des néons m'éblouit, je réajuste la laine sur mes épaules. Miles nous a conduits au rez-de-chaussée. Depuis qu'il est rentré d'Atlanta, il m'a à peine adressé la parole. De quoi veut-il me parler et pourquoi ici ? Je l'observe faire, avec son air soucieux. Nous dépassons l'atelier et nous arrivons devant la porte que j'avais repérée dans le garage. Il sort un trousseau de clefs de sa poche et déverrouille les trois loquets de sécurité. *Sésame, ouvre-toi.* Miles allume l'intérieur, puis me fait signe d'entrer la première.

— Après toi.

Je fronce les sourcils et reste silencieuse. Je m'avance prudemment. Mes yeux scannent rapidement l'espace, on se croirait dans l'antre d'un geek. Des murs gris, pas de décoration. Simplement une chaise, qui ressemble à celles des accros au gaming, postée devant une mosaïque d'écrans noirs. Il doit y en avoir une dizaine, accrochés sur plusieurs niveaux. Je me retourne vers Miles, mutine.

— Vous m'emmenez ici pour me montrer votre salle de jeux vidéo en réseau, monsieur Greene ? Je pensais que vous n'aviez pas le temps pour ces enfantillages mais je ne porte aucun jugement vous savez…

Mon beau ténébreux ne relève pas ma plaisanterie. Il se contente de faire rouler la chaise pour la présenter devant moi. Il commence à se comporter vraiment bizarrement. Quelque chose ne va pas.

— Assieds-toi.

— Pourquoi ?

— Assieds-toi, s'il te plaît.

Je m'exécute en maugréant. Miles ne s'en formalise pas et fait tourner le dossier de sorte que je me retrouve le nez face aux écrans. Il se penche pour atteindre une grande tour d'ordinateur. Le moteur de la machine se lance.

Au bout de quelques secondes, les écrans s'allument et une dizaine de curseurs blancs clignotent dans le néant numérique.

Est-ce que Neo va apparaître dans mon dos et me proposer d'apprendre le kung-fu ?

Miles pianote sur le clavier et ce que les écrans affichent me coupe immédiatement l'envie de rire.

— Qu'est-ce que…

Je me penche en avant, en plissant les yeux. Le cœur battant, je reconnais immédiatement les pièces de la villa. Le salon, la salle de sport, la chambre de William, celle de Joshua, la mienne, la piscine, le hall d'entrée… elles y sont toutes.

— Putain, Miles…

Je me redresse et m'échappe du siège.

— C'est quoi ?

Il évite mon regard.

— Ce sont des caméras.

— Des caméras… ?

Pour la première fois que je le connais, Miles prend les traits d'un enfant fautif.

— J'ai placé des caméras un peu partout dans la maison.

J'ouvre la bouche pour répliquer mais rien ne sort. Je suis sidérée.

— Tu n'es pas sérieux ?

L'écrivain reste muet. On dirait que si.

— Depuis quand ?

— Je ne sais plus… Plusieurs semaines.

Les battements de mon cœur s'accélèrent, mon estomac se resserre.

— Tu veux dire qu'elles sont là depuis mon arrivée ?

Miles s'avance mais je recule immédiatement. Je ne sais plus qui est l'homme en face de moi.

— Laisse-moi t'expliquer, Cassie.

Je place une paume face à lui, en guise de maigre protection.

— Reste où tu es.

Miles fixe un instant ses mains et je vois les muscles de sa mâchoire se contracter. Mon instinct de survie me hurle de déguerpir. J'évalue déjà la distance qui me sépare de la porte.

— Ce n'est pas ce que tu crois…

Je lance un regard aux écrans derrière moi. Tout à coup, une lame glacée me parcourt l'échine lorsque je pense à mes monologues devant Robert.

— Le miroir connecté !

Miles me lance un regard d'incompréhension.

— Le miroir connecté !! Il est relié à tout ça, lui aussi ? Tu écoutais mes conversations par son intermédiaire ?

— Non, bien sûr que non, Cassie !

Je pousse un hoquet moqueur.

— Tu as raison, pas besoin du son quand on a déjà les images, ça te suffisait pour m'espionner.

— Je ne t'espionne pas.

— D'accord… Admettons que tu aies fait ça pour assurer la surveillance de la maison, pourquoi ne pas m'en avoir parlé avant ?

— Il y a déjà une alarme intelligente dans les lieux. Ce n'est pas pour cela que j'ai mis des caméras.

Je me sens tellement bête de m'être fait avoir. Encore.

— OK Miles, je crois que j'en ai assez entendu.

Je fais mine de m'avancer mais il me barre le chemin.

— Avant que tu prennes une décision concernant la situation, est-ce que je peux au moins t'expliquer ?

Mes sentiments pour lui me poussent à lui donner une petite chance de s'expliquer.

— Tout ce que j'ai mis en place ici, c'était pour mon dernier roman, celui que je t'ai partagé.

Je l'observe maintenant comme s'il avait perdu l'esprit.

— Ton roman ?

— Oui… Je sais que ça peut paraître dingue mais j'ai voulu tenter quelque chose. Je voulais me plonger dans la tête de mon personnage, Morgan Thompson. Comment s'organiserait-il ? Que ressentirait-il ? Comment s'en cacherait-il au quotidien ? Qu'est-ce que cela provoquerait dans son esprit détraqué ? Crois-le ou non, mais c'était une source d'inspiration, une démarche créative. Je venais souvent ici, dans cette pièce, pour écrire les scènes du point de vue de ce personnage.

Voilà pourquoi j'avais cette impression de déjà-vu en lisant son roman. Tout s'éclaire ! Je crois que j'aurais préféré rester dans l'innocence de l'ignorance.

— Donc tu es en train de me dire que tu as observé la villa et ses occupants en secret pendant tout ce temps ? Tes potes sont au courant ?

— Non. Je ne leur en ai pas encore parlé. Je compte le faire. Je sais qu'ils vont me pourrir. Mais ils me connaissent, avec mes idées farfelues. Je sais de quoi ça a l'air Cassie. J'ai voulu croire que je pouvais prendre suffisamment de hauteur, que je pouvais sortir du cadre pour m'ouvrir à d'autres points de vue, comme si je réalisais une sorte d'expérience. Mais c'est devenu malsain. Je craignais de franchir une limite, de me perdre dans mon personnage.

— Permets-moi de te dire que tu as largement franchi la limite.

Miles balance ses mains en avant en remuant la tête.

— Cassie, je sais que j'ai merdé. Je ne suis pas fier de moi. Je suis allé trop loin dans mon délire, j'en ai tout à fait conscience. Je te promets que j'ai arrêté ce bordel dès que le truc m'a échappé, dès que j'ai eu des sentiments pour toi. J'ai tout arrêté. Sur le papier, avec une fille que je ne connaissais pas, ça restait une expérience. Mais quand je t'ai connue, tout a changé. Je n'ai plus jamais utilisé les caméras et je me suis isolé pour finir le manuscrit.

— OK…

Je prends une grande inspiration, essayant de ravaler l'angoisse qui pointe le bout de son nez.

— Cassie, je t'avais prévenue. Je ne suis pas celui que

tu crois. Tu voulais que je tombe le masque. Je voulais être sincère avec toi. Te montrer celui que je suis.

Ma lèvre inférieure se met à trembler, les larmes menacent.

— Ce n'est pas que tu tombes le masque qui me fait mal Miles. C'est plutôt que je pensais que tu me comprenais, qu'il y avait cette alchimie entre nous. J'avais le sentiment qu'en toi, j'avais enfin trouvé une personne sur laquelle compter. Mais en réalité, il n'y avait rien de tout ça. Tu m'observais en secret, te ménageant une petite longueur d'avance sur mes réactions…

Miles s'approche mais encore une fois, je garde une distance de sécurité.

— Cassie, cette alchimie existe. Ces caméras n'ont rien à voir dans tout ça et elles n'ont jamais été un moyen de te manipuler !

Je le fixe, dubitative.

— Tu sais ce qui est le plus douloureux… ? C'est que je pensais mériter un homme bien. Une belle relation. Tu m'avais laissé entrevoir une lueur d'espoir. Et tu viens de tout piétiner avec ton expérience à la con !

Les sanglots éclatent en même temps que je m'élance vers la sortie.

Je balance mon bras pour l'écarter de mon chemin et me précipite à l'étage pour récupérer mes affaires.

* * *

— Poussin ?

Mon père est surpris de me voir débarquer ici. J'ai pris le premier train de nuit que j'ai trouvé pour Washington.

J'observe le van, avec l'impression que ma vie me ramène au point de départ. Comme une malédiction.

Tout s'écroule d'un coup. Mes épaules s'affaissent et je m'effondre dans ses bras.

— Cassie, ma chérie… Qu'est-ce que tu fais ici ? Que se passe-t-il ?

Les sanglots me secouent et m'empêchent d'aligner trois mots compréhensibles. Mon père pose la main dans mon dos et me caresse doucement.

— Respire poussin, respire…

Je n'y parviens pas. Je n'y parviens plus. Inlassablement, mon père me répète de reprendre mon souffle. Petit à petit, je réussis à me calmer.

— Viens à l'intérieur, il fait froid dehors.

Il attrape la valise que j'avais lâchée à côté de moi et nous rentrons. La caravane sent le renfermé mais je suis soulagée de retrouver son intimité simple et rassurante.

Papa éteint la radio. Il attrape une vieille casserole et fait chauffer de l'eau sur une plaque à gaz. Je m'installe sur la banquette.

Rien n'a changé dans le décor. À part peut-être moi.

Mon père pose les tasses de thé fumantes sur la petite table et me laisse quelques secondes pour me réchauffer. Il s'assoit en face de moi et pose les bras sur ses genoux.

— Est-ce que tu vas me dire ce qu'il s'est passé, Cass ?

— J'avais besoin de rentrer. Je peux rester quelque temps ?

— Bien sûr. Tu es ici chez toi.

Mes yeux le remercient. Je suis contente qu'il ne cherche pas à en savoir davantage.

— Merci…

— Ton ami m'a appelé hier soir.

J'essuie mes yeux humides.

— William ?

— Oui. Il semble très investi et il était déjà au courant de beaucoup de choses…

— J'étais obligée, papa. On ne doit rien lui cacher. Ça va comment, toi ?

Mon père se relève, agacé.

— Je suis sobre si c'est ce que tu veux savoir.

Je me prends le visage entre les mains et ferme les yeux un instant. Je croyais que nous avions dépassé ça…

Aujourd'hui je n'ai pas la patience de supporter l'une de ses sautes d'humeur. Je prie intérieurement. J'aimerais tellement que les choses soient plus simples. Pas toujours mais juste de temps en temps. Je laisse mes mains descendre le long de mes joues en le dévisageant. Tout aussi dingo que puisse me paraître Miles aujourd'hui, il m'a prodigué de bons conseils. Et à vrai dire, je commence à en avoir assez de me laisser malmener par les hommes.

— Tu sais que c'est pour toi, quand même ?

Mon père se renfrogne de plus belle. La colère monte. La lassitude que je ressens n'aide pas.

— J'en ai marre de me faire remballer parce que tu n'es pas capable de te prendre en charge. Je ne suis pas ta mère, ni ta femme, je suis ta fille. Je peux faire tout ce que je peux pour t'aider mais je ne peux pas te sauver si tu ne veux pas te sauver toi-même.

Mon père balance ses mains devant lui.

— Oh Cassie ! Ne commence pas !

— Si je commence ! Tu ne te rends pas compte de la

pression que je me mets pour toi. Je dois te veiller comme un gosse. J'ai accepté ce travail à New York pour nous offrir un avenir !

— Je ne t'ai jamais rien demandé, Cassie !

Je me relève, embarquée dans ma colère.

— Non, bien sûr que non. Mais je fais comment, moi, papa, quand l'hôpital m'appelle pour me dire que tu t'es mis minable et me demande qui payera les soins ?

Mon père reste bouche bée.

— Je fais comment ? Dis-moi ! Je raccroche et je te laisse dans la merde ? Tu veux que je t'efface de ma vie comme Elly et Tessa ?

— Cassie, je…

— Je t'ai demandé comment tu allais parce que je m'inquiète pour toi. Tu comptes pour moi, papa. Tu es ma seule famille. Mais si j'ai appris quelque chose ces derniers temps, c'est que je dois commencer à penser un peu à moi.

Mon père pose ses larges mains sur sa taille et semble réfléchir. Finalement, il se déplace jusqu'à moi, enroule son bras autour de mes épaules et prend mes mains dans la sienne.

— Excuse-moi, ma chérie…

Je pose ma tête contre son épaule et ferme les yeux.

— J'ai besoin de toi papa… Je suis tellement fatiguée.

— Je sais mon poussin, je sais… Je suis un idiot… Au lieu de te remercier de ce que tu as fait avec cet avocat, je me comporte mal. Je vais faire des efforts, je te le promets.

— Oui, j'en ai vraiment besoin…

— Mais tu ne t'es pas mise en difficulté au moins… ? Comment allons-nous le payer, Cassie ?

— Ne t'inquiète pas pour ça, d'accord ? Je me suis entendue avec lui.

Tout à coup, l'inquiétude me gagne. Est-ce que William va aider mon père maintenant que j'ai quitté la villa ?

CHAPITRE XXIX

Journal de Morgan Thompson, 20 décembre 2022

Mon œuvre est achevée. Ma mission est accomplie. Dans mon fauteuil noir, une seringue à la main, je l'observe une dernière fois, trônant fièrement au centre de mes reines. Telle une créature céleste. Elle déploie ses bras, le visage tourné vers le ciel, le corps pur, débarrassé de toute souillure.

Je l'ai libérée du Mal. Et j'ai eu du mal. Lorsque j'ai paralysé son corps, j'ai ressenti cette étrange hésitation. Ce bref moment où la petite voix dans ma tête a voulu me faire douter.

Ma douce reine m'a lancé ce regard implorant. J'ai caressé sa joue. Elle était si jolie dans ce corps. J'aurais pu me laisser tenter. Choisir de vivre une vie simple. L'aimer ici et maintenant, dans cette cabane isolée des tourments du monde. Mais j'ai fait ce qui devait être fait. Sans y prendre de plaisir.

Nos âmes sont liées. Elle ne le savait pas encore.

Lorsque ses yeux se sont voilés, lorsque son cœur s'est arrêté de battre, j'ai prié. Ma foi m'a aidé. Et puis, le cœur lourd, j'ai commencé le rituel. J'ai embaumé son corps avec soin, comme si mes mains manipulaient la chose la plus précieuse au monde.

Ce que je fais est un art. C'est un rituel divin que je réalise avec le plus grand sérieux. Les étapes sont toujours les mêmes. Tout doit être parfait, millimétré.

D'abord, je remplace les fluides corporels par un embaumement et je place la dépouille dans une position convenable. C'est une phase délicate et primordiale. La rigidité cadavérique survient très vite et je dois déjà trouver la position adéquate. Je plante ensuite chaque crochet dans la chair. Je m'en tiens strictement à la feuille de route que j'ai dessinée. Un mauvais positionnement et le résultat sera bancal. Je recouvre le corps d'un drap et je le laisse reposer au moins trois heures pour que les muscles se rigidifient dans le bon mouvement.

Après cela, je redresse le corps et je le place quelques centimètres au-dessus du sol à l'aide de sangles. Aucun support ne doit venir exercer de pression. Le rendu pourrait être disgracieux… Ensuite, je lave la peau et je l'aseptise. Je nettoie les ongles, je coiffe les cheveux. Je prends ses yeux et les range dans mon coffre personnel. Puis je place deux orbes en cristal de roche. Cela sera utile à son âme pour emprunter le chemin juste.

Après ces étapes, je maquille le corps pour lui donner le teint que je souhaite. Enfin, vient le moment où mon œuvre prend forme. Je déplace précautionneusement le corps jusqu'à ma salle d'exposition et j'utilise les accroches du plafond pour le suspendre. Elle devient alors un ange, flottant au-dessus du sol.

Je souris. Ému et impatient. La mort. Elle n'est que la fin de cette vie-ci. Je me réjouis de retourner dans le plus grand. Le plus beau.

Je vais les retrouver, mes reines. Je vais les retrouver pour l'éternité. Dans un monde qui ne sera qu'Amour. Un monde sans dualité, sans souffrance. Léger, puissant, lumineux. Un monde dans lequel je vais me dissoudre.

Je les entends, les sirènes. Les enquêteurs n'ont pas eu de mal à remonter jusqu'à moi. La vermine avait caché une caméra connectée dans sa chambre. Elle lui servait à filmer ses ébats et à les partager avec ses amis.

Ce n'est rien. Je savais que ça arriverait un jour. C'est le signal. Le signal que j'ai accompli ma mission de vie.

Je prends une grande inspiration et je plante la seringue dans ma carotide. J'injecte le barbiturique et le paralysant. Je me laisse tomber en arrière, les yeux rivés sur mes œuvres, un sourire béat aux lèvres, figé pour l'éternité. Celui ou celle qui trouvera mon journal comprendra peut-être ce que j'ai entrepris de faire ici…

CHAPITRE 30

Assise dans le hall de l'hôtel, j'attends le journaliste avec mon éditrice. Je n'aurais pas pensé être ici, il y a encore plusieurs semaines. Quand je suis rentrée à Washington, en quittant Miles et la villa, ma vie a fait marche arrière.

Grâce à la présence de mon père, à mes soirées auprès d'Anna, au lien que j'ai gardé avec Zayan, Jannet et les garçons, et à nos échanges, je n'ai pas baissé les bras. Je me suis sentie entourée et soutenue, malgré tout. J'ai réussi à grimper tout en haut de la montagne, chapitre après chapitre, en mettant mes doutes au second plan. J'ai écrit dans le van, dans le métro, dans ma tête, en attendant Anna au café, à côté de papa, le soir avant de m'endormir. J'ai terminé mon roman et je l'ai livré dans les temps.

Ce matin, à la sortie de l'aéroport, j'ai ressenti une douloureuse piqûre de rappel. New York, c'est mon histoire avec Miles, c'est le lieu de tous les possibles. Ce serait me mentir que ne pas reconnaître que j'ai souffert de l'absence du beau street artist… Il m'a envoyé ses vœux pour la nouvelle année à la suite d'une longue liste de messages d'excuses. Je n'ai pas encore eu le courage de lui répondre…

Pendant mon séjour à Washington, j'ai eu le temps d'échanger avec William sur l'affaire de mon père. Ma démission n'a rien changé à sa décision mais depuis mon départ, je manquais à tout le monde, même à la villa.

Il n'a pas été tendre envers son colocataire, le traitant d'idiot, de petit génie difficile à suivre et des deux à la fois. Je ne connais pas les détails de leur mise au point sur le comportement de Miles mais j'ai compris qu'il y avait un lien très fort qui unissait ces garçons. Suffisamment fort pour qu'ils puissent entendre et accepter les motivations de leur ami écrivain. J'ai eu l'intuition qu'ils avaient tous, à un moment ou à un autre, franchi une limite, puis qu'ils ont pu compter sur leur groupe pour se relever. Les masques qu'ils portent deviennent inutiles lorsqu'ils sont entre eux.

Madeline et sa classe folle s'avancent vers moi. Elle fait partie de ces femmes qui dégagent une énergie d'enfer, même avec trois heures de sommeil au compteur.

— Le journaliste vient de m'appeler, il arrive d'ici cinq minutes ! Prête ?

— Comme toujours…

Je lui ai répondu, les lèvres pincées. Ce n'est pas la première fois que je parle de mon livre lors d'une interview mais le trac est toujours présent.

— N'oublie pas que tu es l'autrice qui a vendu son premier roman à 200 000 exemplaires dès le mois de sa sortie. Je ne veux pas voir de syndrome de l'imposteur dans ces jolis petits yeux, sinon je m'arrange pour qu'ils te fassent livrer des quenelles dans ta chambre pour le dîner. Sophia sait être très persuasive.

Sophia, c'est mon attachée de presse. Et c'est vrai, elle est très persuasive.

— Demain, on reçoit les exemplaires des membres VIP. Tu en as une centaine à dédicacer pour jeudi. Ça ira ?

— Jeudi ? C'est dans deux jours ? Moi qui pensais faire un peu de shopping chez Macy's…

Madeline m'observe par-dessus ses lunettes, visiblement, elle a un tout autre programme pour moi.

— Ça ira, Madeline !

* * *

— Votre travail connaît un grand succès. Votre premier roman est déjà un best-seller. Vous devez être très fière d'être parvenue à ce résultat !

Le journaliste est souriant et plutôt bienveillant. Après avoir échangé quelques banalités d'usage, il m'a mise à l'aise.

— Oui, j'en suis très heureuse. C'est un rêve qui est devenu réalité !

— Vous avez créé la surprise ! Depuis quand écrivez-vous ?

— Depuis que je suis toute petite. L'écriture était une sorte de refuge. À travers mes textes, je pouvais exorciser mes angoisses et devenir qui je voulais. Et depuis quelques années, je lis aussi énormément.

— Les lecteurs sont captivés par les personnages que vous avez créés et l'histoire qui s'articule autour de leurs secrets. Comment expliquez-vous ce phénomène ?

Je prends le temps de réfléchir. La question n'est pas facile. Il serait prétentieux de dire pourquoi mon roman parle aux gens. Il leur parle, c'est tout.

— Je l'ai écrit avec le cœur. J'avais besoin de coucher des pensées sur le papier. J'avais des choses à dire, des réflexions à partager. Mes personnages nous ressemblent, ils ne sont pas infaillibles. Mais, au lieu de traverser les épreuves seuls, ils s'appuient sur leur groupe pour convoquer leur force intérieure et avancer. Je suis convaincue que, plus que jamais, après ce que nous avons vécu, les gens ont besoin de croire en la résilience et à une certaine solidarité.

Mon interlocuteur hoche la tête, touché par ma remarque. Je jette un coup d'œil à Madeline qui s'éloigne pour prendre un appel.

Il y a encore quelques jours, je me serais sentie vulnérable sans sa présence, mais aujourd'hui, je me sens ragaillardie par ma prise de confiance.

— À ce propos, beaucoup de lecteurs s'interrogent. Vous êtes-vous inspirée de personnes réelles ? Est-ce que le confinement, par exemple, a été le point de départ pour imaginer ce huis clos ? Avez-vous des points communs avec l'héroïne ?

— Bien sûr. L'inspiration est tout autour de moi. Les gens que je rencontre, les discussions que je peux avoir ou que je peux entendre. Les lieux, les événements. Tout se mélange dans ce que je pourrais appeler mon « compost ». Ce qui en ressort n'est plus vraiment la réalité, mais pas tout à fait imaginaire non plus. Je crois que, comme pour un artiste, d'une certaine façon, les éléments de ma vie réelle ont nourri mon intrigue.

En disant cela, je me rends compte à quel point la vie à la villa, avec ces garçons, avec Miles, ma propre histoire m'ont largement inspiré ce récit.

— Je crois que plusieurs de vos lectrices seraient ravies de rencontrer l'homme qui a inspiré le personnage de Métal, il fait chavirer de nombreux cœurs !

Il éclate de rire sans savoir qu'il vient de provoquer une déflagration à l'intérieur de moi. Ma rencontre avec Miles a changé tant de choses… Mon rapport à l'autre, aux hommes. Mais également la vision que j'avais de moi-même. Cet homme m'a apporté bien plus que quiconque en quelques semaines… Alors oui, si mes lectrices connaissaient celui qui est à l'origine de Métal, elles en tomberaient sûrement amoureuses.

Je repense à notre séparation. À notre dernière confrontation dans sa pièce aux écrans. Après tout, suis-je bien différente de lui ?

Moi aussi, j'ai décortiqué sa vie et ses secrets. Moi aussi, je l'ai fait sans lui demander son avis. J'ai fait preuve de curiosité, d'audace. En m'offrant ce poste d'intendante, ces garçons me confiaient leur intimité. Mais l'ai-je totalement respectée ? Tout ce qu'il se passait dans la villa, tout ce qui était de l'ordre du fantasme, mes discussions rocambolesques avec Zayan à leur sujet, tout ce que j'ai pu observer… tout, absolument tout ce que j'ai vécu pendant mon travail chez eux, a d'une façon ou d'une autre influencé mon écriture.

Lorsque Miles a « découvert » mon carnet, il ne m'en a pas tenu rigueur. Ou tout du moins, il a entendu mes arguments. De mon côté, ne l'ai-je pas blâmé d'avoir eu une approche similaire ?

La méthode était inappropriée. Et… ne faut-il pas être un peu dérangé pour avoir une idée pareille ?

Je m'éclaircis la voix et réponds au journaliste, surpris que sa question innocente et rafraîchissante ne suscite pas l'effet escompté :

— Oui, la personne qui l'a inspiré est effectivement exceptionnelle.

Notre conversation le jour où mon père était hospitalisé me revient en tête : il nous arrive à tous d'avoir des pensées étranges, elles ne nous définissent pas pour autant… Dès lors que Miles a compris que son expérience dépassait les bornes, il a tout arrêté. L'esprit dérangé, lui, aurait continué, et y aurait pris du plaisir.

Que devrais-je dire de l'ancienne Cassie qui malmenait les autres élèves parce qu'ils n'étaient ni riches ni populaires ? Cela fait-il de moi un monstre aujourd'hui ? Anna m'a pardonné, elle m'a appris que l'on pouvait changer, elle m'a donné une chance. Et moi, quelle chance ai-je donnée à Miles… ?

Et puis, si de son point de vue la démarche était malsaine, il lui aurait suffi de garder cette pièce secrète ou de jeter son contenu discrètement. Rien ne le poussait à me révéler ce qu'il y faisait. Il a dû lui falloir une bonne dose de courage pour faire preuve d'une telle franchise. Il ne savait pas comment j'allais réagir.

— La question que tout le monde se pose maintenant est : y aura-t-il d'autres opus à *Secret Existences* ?

Je me concentre à nouveau sur mon entretien et débite un discours bien rodé.

— C'est prévu ! Il me reste beaucoup d'idées pour

développer cet univers ! Mes personnages et moi, nous avons encore tant à dire !

— Je n'en doute pas ! Comment allez-vous organiser votre vie maintenant que vous devenez une star de la littérature ?

Le terme me fait sourire, il y va fort.

— Je dois commencer mes études de droit dans quelques mois. La justice est un sujet qui me tient à cœur et m'offre un avenir plus sûr. Néanmoins, je continue de rêver en gardant les pieds sur terre. Je ne prends pas ce premier succès pour acquis. Je sais que dans la vie, on peut monter très haut et retomber très bas. L'un aussi vite que l'autre.

— C'est une vision bien sage. D'ailleurs, personne ne sait vraiment qui est Sandra Moonstone…

— J'aime maintenir un certain mystère. Comme dans mes romans…

Et cela me permet de garder ma vie privée.

— Et c'est très intéressant comme approche. Surprenant pour une jeune femme de cette génération qui partage sa vie sur les réseaux ! Pourriez-vous nous offrir tout de même une photographie ?

J'hésite un peu mais j'ai fait du chemin. Je crois que Logan n'a plus d'influence sur moi. J'arrive même, depuis peu, à dire son prénom.

* * *

— Quand ?!

— Demain. Je dois voir avec Sophia si ça rentre dans ton planning.

— Tu plaisantes ! Bien sûr que ça rentre !

Madeline pose une main sur la mienne.

— Cassie, dis-toi que si l'un te contacte, ils vont tous se bousculer à ta porte. Pourquoi crois-tu qu'il soit si pressé de te rencontrer ? Arrête de croire que ce qui t'arrive n'est dû qu'à la chance !

Je croque dans ma tartine de chèvre en haussant les sourcils.

— Ce n'est pas tous les jours qu'un producteur appelle la maison pour adapter un roman, si ?

— Non… Mais je connais leur façon de fonctionner. Alors *no stress*. La priorité pour l'instant, ce sont tes dédicaces et tes rendez-vous com. On le fera patienter jusqu'à la semaine prochaine, il ne s'évanouira pas dans la nature pendant ce temps. Et si c'est le cas, c'est qu'il n'était pas fiable.

— Mon Dieu… C'est dingue quand même !

Mon éditrice penche la tête de côté et m'observe de biais.

— Pas tant que ça. Tu insultes ma réputation de trouveuse de pépites !

— Tu imagines ? Mon roman adapté au cinéma ?

— Oui. C'est bien ce que j'avais en tête.

Madeline regarde sa montre.

— Dans une demi-heure on doit être à Greenwich Village pour visiter ton appartement.

J'approuve de la tête et avale la fin de ma tartine. Après l'interview de ce matin, mon estomac s'est délié et j'avais très faim.

J'observe l'assiette de mon interlocutrice. Elle n'a presque rien touché.

— Est-ce que tu te nourris uniquement de Prana ?

— Dieu merci, sûrement pas ! J'aime trop m'empiffrer d'Oreo dès la nuit tombée.

Nous rions de bon cœur.

Si on m'avait dit, il y a deux ans, que j'allais louer un appartement à Manhattan, j'aurais sûrement cru à une blague de mauvais goût.

Madeline pense que mon roman va se vendre à plus de 500 000 exemplaires dans l'année. Elle a connu suffisamment de lancements pour sentir les tendances à l'avance. Je dois reconnaître qu'elle est très douée dans son travail. Elle m'a convaincue de signer les autres opus avec sa maison. Entre-temps, j'ai été contactée par d'autres maisons d'édition mais c'est elle qui m'a donné ma chance, et c'est en elle que j'ai confiance. Parfois, elle se comporte avec moi comme si j'étais sa fille. Tout ce qu'il faut de bienveillance avec tout ce qu'il faut de coups de pied au derrière. Je pense souvent à maman ces derniers temps, et à combien elle aurait été fière de voir sa fille réaliser son rêve.

Madeline connaît beaucoup de monde à New York et elle m'a dégoté un bon plan. Nous avons rendez-vous avec son ami agent immobilier pour visiter un appartement en avant-première. Il ne l'a pas encore mis dans son catalogue.

Grâce à mon éditrice, il n'est pas regardant sur mon dossier. En temps normal, n'ayant encore rien touché à part mon avance, je n'aurais jamais pu prétendre à la location. Je sais déjà que je vais dire oui mais Madeline a insisté pour que je le visite avant. C'est sa manie de ne jamais rien accepter tout de suite. Parfois, je lui demande si elle aurait aimé que je fasse de même avec elle et la réponse est évidemment non.

— Après ça, je te redépose à l'hôtel et tu auras quartier libre jusqu'à 19 h 30. Un taxi passera te prendre pour la soirée dînatoire avec les organisateurs du salon littéraire. Tu as tout ce qu'il te faut ?

— Sophia a tenu à ce que je porte une robe de cocktail, elle s'en est occupée. Je dois la récupérer à l'accueil vers 18 heures.

— OK ! Le taxi est là. Je vais prendre des cafés à emporter. *Go !*

Je bois rapidement un verre d'eau tout en me levant. Mon éditrice trottine déjà vers la réception. Les journées avec Madeline se vivent à deux cents à l'heure, mais elles me laissent entrevoir une nouvelle vie faite d'opportunités géniales !

CHAPITRE 31

Il y a des choses que je n'avais pas prévues. Comme rencontrer des difficultés pour marcher avec des talons de treize centimètres, le corps enveloppé dans une longue robe de soirée. Il fut un temps où ça ne m'aurait posé aucun problème, c'est le genre de tenues qui remplissaient mon dressing.

Sophia admire fièrement son œuvre en me scannant de bas en haut.

— Meuf, tu es trop bonne !

— Tu te souviens que je vais à un dîner littéraire, pas à la fashion week ?

— J'avais envie de jouer à la poupée. Ne m'en veux pas.

Elle hausse les épaules et m'adresse cette moue adorable dont elle a le secret.

Mon attachée de presse a un côté femme-enfant qui m'attendrit. Résultat des courses, je l'adore et je lui passe toutes ses fantaisies.

Je lève les yeux au ciel en riant, j'attrape mon manteau, ma pochette, et nous sortons dans le couloir. La moquette étouffe nos pas jusqu'aux ascenseurs. Sophia consulte son téléphone pendant que les étages défilent.

— Le cocktail a lieu dans un hôtel particulier. On y sera dans vingt minutes. Madeline est déjà sur place.

Une fois à la réception, nous attendons quatre autres auteurs. Parmi eux, un jeune homme, vêtu d'un smoking un peu trop large pour lui et d'un nœud papillon, me regarde l'air amusé.

— Habillée par Sophia, toi aussi ?

— C'est ça, il faudra penser à lui offrir Ken et Barbie pour son anniversaire.

Nous ricanons et la coupable nous offre une belle grimace. Elle fait les présentations et nous nous engouffrons dans le van noir qui nous attend à l'extérieur. La nuit est tombée et les lumières des gratte-ciel éclairent les rues animées de la ville.

— La soirée se termine vers 22 h 30. Vous m'envoyez un message quand vous voulez rentrer. N'oubliez pas, vous dédicacez à partir de 9 heures demain. Donc rendez-vous à 8 h 30 à la réception de l'hôtel.

À l'entrée du bâtiment, un homme de deux fois ma largeur contrôle nos badges. Sophia lui fait quelques blagues et, sous ses airs de taiseux, il finit par nous adresser quelque chose qui s'apparente vaguement à un sourire.

Lorsque je pénètre dans le hall, mes yeux se posent sur les immenses lustres en cristal accrochés au plafond et les décorations somptueuses qui ornent les murs. Je sens la tension monter lorsque je me rapproche de la salle de réception. Des invités élégants se mêlent et discutent en petits groupes. Le bruit des rires et des conversations se mélange à la douce musique d'ambiance jouée par un orchestre dans le fond.

Je connais ce genre de soirée, mais cette fois, c'est différent. Je n'y suis pas pour accompagner mon père. J'ai été invitée pour mon travail.

Et tout à coup, dans cette atmosphère guindée, je me demande si je suis bien à ma place.

— Cassie ! Te voilà !

Madeline me tend les bras. Dans ma vie, elle tombe toujours au bon moment.

Elle adresse un regard entendu à Sophia pour lui indiquer qu'elle prend le relais puis m'invite à la suivre.

— Suis-moi, je vais te présenter…

Je marche dans les pas de mon éditrice. Elle me fait faire le tour de la pièce, échangeant des sourires polis et des poignées de main avec les autres invités.

Il y a sans doute tout le gratin de la littérature et de la presse new-yorkaise. Des auteurs, des éditeurs, des journalistes, il ne manque personne.

Nous sommes tout à coup apostrophées par un groupe un peu plus loin.

L'un des convives s'est retourné à la vue de Madeline et laisse glisser ses yeux sur moi.

— Madeline !

Mon éditrice colle son épaule contre la mienne pour me souffler quelque chose à l'oreille.

— Attention, requins en vue…

Elle reprend tout de suite une attitude professionnelle.

— Messieurs ! Je vous présente Sandra Moonstone, l'une de nos nouvelles autrices.

— Oh… La fameuse ! Votre roman fait de nombreux adeptes, mademoiselle. C'est un plaisir de vous rencontrer.

Madeline leur adresse un sourire carnassier qui pourrait se traduire par : « Approchez-vous encore de mon lionceau et je fais des origamis avec vos cravates. » Elle ne se doute pas que j'ai côtoyé ce genre d'individus durant de nombreuses années. Je sais les reconnaître à des kilomètres à la ronde, il suffit de regarder leurs yeux. Ils sont les fenêtres de l'âme. Et ceux-là sont visiblement de beaux spécimens.

L'un d'eux, plus grand et plus vieux que les deux autres, renchérit.

— Encore une écrivaine de talent que tu nous as débusquée, Madeline !

— Et bien trop brillante pour tes productions, Victor.

Le Victor en question reste bouche bée, coupé dans son élan et dans sa dignité. Je me raidis à la vue du franc-tireur. Miles se tient sur ma gauche. L'attraction que je ressens pour lui me surprend autant qu'elle me déstabilise. Il est encore plus beau que dans mon souvenir, avec des traits plus affirmés et une confiance en lui désarmante. Son look baroudeur détonne avec le dress-code ambiant. Le loup noir au milieu de la bergerie.

Cela fait maintenant des mois que nous ne nous sommes pas vus, des mois que nous ne nous sommes pas parlé, mais l'étincelle scintille encore.

Miles s'avance et s'excuse auprès de Madeline.

— Excusez-moi, je vous emprunte votre protégée.

Sa main exerce une douce pression contre mes omoplates pour m'inviter à nous éloigner. Madeline nous dévisage tous les deux et sa circonspection m'arrache un sourire.

Une fois à l'écart, Miles attrape deux coupes sur un plateau et m'en tend une.

— Tu es resplendissante dans cette robe.

Je ne me laisse pas déstabiliser par son compliment et enchaîne tout de suite.

— Tu as l'habitude de rembarrer tous les producteurs de cette façon ?

— Non, seulement les plus incompétents. Ce type a réussi à déposséder plusieurs artistes de leurs œuvres pour en faire des daubes indigestes.

Mes lèvres goûtent le champagne et les yeux de Miles se posent sur elles quelques secondes. Est-il seulement en train de se remémorer leur goût ? Je me racle la gorge pour reprendre une contenance.

— Miles, je ne savais pas que tu serais ici, ce soir.

— Je suis venu pour faire plaisir à mon éditeur. Et toi ? Je suppose que tu es là pour la même raison ? Ton livre a un succès incroyable.

Je souris, une bouffée de fierté dans le cœur.

— Merci. Ce qui m'arrive est énorme… Je crois que je peine encore à en prendre conscience. C'est incroyable de voir que les gens apprécient mon travail.

— Il n'y a rien d'incroyable à ça. Tu as un don pour désarmer les cœurs…

Son regard gris me pénètre tout entière. Miles parle sans détour et j'avais oublié ce que ça me faisait.

Nous bavardons un moment, évoquant nos vies et nos nouvelles aventures. Aucun de nous n'aborde à nouveau la raison de mon départ. Le temps s'arrête, comme si nous étions seuls au monde, enveloppés par cette alchimie qui n'appartient qu'à nous. Je suis étonnée de constater comme il est facile de discuter avec Miles, même après tout ce temps…

— J'ai été heureux d'avoir l'occasion de te parler, Cassie.

— Moi aussi, Miles…

Il prend ma main et y dépose un délicat baiser qui ne manque pas de me faire tressaillir.

— Si un jour tu es prête à me pardonner, tu sais où me trouver. Je serai là, Cassie.

Ma gorge s'assèche et mon cœur bat plus fort dans ma poitrine. Avant que j'aie le temps de dire quoi que ce soit, une dame l'apostrophe et il est happé par un groupe de convives. L'interlude Miles est terminé. J'ai l'impression d'avoir couru un cent mètres.

Madeline me rejoint après quelques minutes.

— Vous vous connaissez tous les deux ?

* * *

Les garçons se tiennent devant moi. William, James, Kendall et même Joshua. Je suis touchée qu'ils soient venus me voir. Ma voisine de table considère la scène qui se joue à ses côtés. Je n'ai pas le souvenir de l'avoir vue à la soirée littéraire, hier.

J'hésite à lui proposer un bavoir. Il faut bien reconnaître que les quatre beaux gosses ont fait impression en débarquant devant mon stand. Ce n'est pas tout à fait le public habituel de la romance.

— C'est trop mignon d'être passés me voir !

James pose plusieurs romans sur la table.

— J'en ai pris un pour ma sœur. Tu peux me le dédicacer aussi ?

— Bien sûr ! Vous l'avez lu ?

William m'adresse un regard mutin.

— Ouais ! Et il va falloir qu'on cause business, très chère. On veut des royalties, nous ! Surtout depuis qu'on est privés de pancakes. Kendall a voulu en faire, j'ai eu l'impression de bouffer une éponge.

Les garçons éclatent de rire et Kendall s'approche.

— J'avais une question, moi.

James lève les yeux au ciel.

— Allez, ça y est, il recommence…

Kendall lui lance un regard de travers.

— James a eu le feu, William, l'eau, pourquoi le vent pour moi ?

Joshua lui envoie un coup de coude dans les côtes.

— Pour ta coiffure.

Et voici le grand retour du doigt d'honneur. Je pouffe de rire et leur parle sur le ton de la confidence.

— Messieurs, vous êtes dans un salon littéraire, un peu de tenue.

Je signe les livres tandis que je les entends se chamailler gentiment. Leur petit cirque m'avait manqué et je dois bien reconnaître que leur présence me rend nostalgique.

— Voilà !

Je leur tends les ouvrages, tout sourire. Mon éditrice les salue puis se penche vers moi.

— Je ne veux pas te presser, mais il y a beaucoup de

monde dans ta file, il faudrait que tu fasses un peu plus vite pour que tout le monde puisse avoir une signature.

Les garçons se décalent pour laisser aux autres personnes l'opportunité d'obtenir leur dédicace. C'est touchant de les voir passer un peu de temps ici. Je pourrais les considérer comme mes anges gardiens.

De temps à autre, je les regarde furtivement. Mon sourire s'élargit lorsque j'aperçois Kendall en train de faire du charme à une organisatrice dont les joues rosissent à vue d'œil.

— Salut Cassie. Alors comme ça, tu parles de moi dans ton livre ?

Mon sourire s'efface aussitôt que je reconnais le lecteur qui me fait face. Mon cerveau reptilien s'enclenche en mode danger. Mon estomac se tord instinctivement et le goût de la bile remonte déjà le long de ma gorge. L'esprit enferme les blessures à double tour, mais le corps, lui, se souvient exactement de chaque coup porté. Mes yeux remontent jusqu'à son visage. Il n'a pas changé. Toujours cette assurance gênante et ce regard supérieur. Je me sens téléportée deux ans en arrière. Plus rien de ce que j'ai accompli ne compte. Tous les progrès que j'ai faits ces derniers mois sont anéantis. Il n'y a plus que lui et moi, dans sa chambre. Lui qui m'étouffe et me salit.

— Logan, comment tu peux oser te pointer ici !

Son air goguenard termine de m'achever. Si j'ai eu peur de tout, lui n'a peur de rien. Il balance mon livre sur la table et le désigne d'un signe du menton.

— Page 356. Je t'ai mis un Post-it, bébé. T'aurais dû me dire si ton truc, c'était les groupes de mecs, j'aurais invité les potes.

Il m'adresse un clin d'œil provocateur. L'évocation de ce surnom et de tout ce qu'il fait remonter m'arrache une vague de nausée. Si je ne bouge pas tout de suite de cette chaise, je vais vomir sur la table.

Sous les regards médusés, je me redresse d'un bond et cours aussi vite que possible vers la salle réservée aux auteurs.

Je passe la porte, je ne dis pas un mot à l'équipe, je m'engouffre dans les toilettes et je me réfugie, tête la première, au-dessus de la cuvette.

Je ne sais pas combien de temps je reste ici, l'estomac malmené par des spasmes violents. Les vomissements répétés sont de plus en plus douloureux. Je comprends que je ne me débarrasse pas que de mon repas du midi… On tape à la porte.

— Cassie ? Tout va bien… ?

J'inspire lourdement et passe une main sur mon visage. C'est Madeline. Merde, je dois me reprendre.

Elle compte sur moi et de nombreuses personnes attendent leur dédicace. Je ne peux pas disparaître comme une voleuse, c'est impossible. Logan ne me gâchera pas ce moment. Il a suffisamment abîmé mon passé, il ne touchera pas à un cheveu de mon avenir.

— Ça va, je crois que… j'ai mangé quelque chose qui ne passe pas…

— Je vais prévenir les personnes qui attendent dans ta file que tu fais une pause.

— Non, non ! Ça va aller. Laisse-moi cinq minutes.

Lorsque je retrouve ma place, Logan est parti. J'affiche un sourire de façade devant les lectrices impatientes de me rencontrer. Les pauvres, je dois avoir une tête à faire peur.

Quand j'aperçois les garçons je me sens immédiatement mieux, en sécurité. James s'avance et pose une main réconfortante sur mon épaule.

— Tout va bien, Cassie ? C'était qui ce type ? Je t'ai vue te décomposer en l'apercevant.

— Ce n'est rien. Ça va.

Je ne convaincs pas du tout mon interlocuteur qui m'observe, plus soucieux que jamais. William nous rejoint et invite son ami à se reculer.

— Vous devriez y aller. Je vais rester avec elle.

Les garçons s'opposent mais le regard de William les dissuade de tergiverser. Il s'adresse à eux sur un ton calme et ferme.

— On doit se parler après, Cassie et moi. Allez-y, les gars.

Je remercie silencieusement le jeune homme de me venir en aide. Je n'ai ni l'envie, ni le temps de m'expliquer. Je reprends mes dédicaces, le cœur lourd.

* * *

— C'était lui, n'est-ce pas ?

Pas besoin d'en dire plus. Il a compris. Je hoche la tête en déglutissant péniblement. Les yeux de William se rétrécissent mais il ne fait aucun commentaire.

Je n'en reviens toujours pas que Logan soit venu me provoquer de cette façon. Quel genre de personne peut faire ça, si ce n'est un monstre ? Comment peut-il se sentir aussi fier après ce qu'il m'a fait ?

Son air narquois ne quitte plus mon esprit. Je me rends compte que si, tout de suite, on me disait que je ne serais pas inquiétée si je le faisais tuer, je lui mettrais un contrat sur la tête.

Mes mains s'enroulent autour de la tasse de thé fumante que Will m'a préparée. Dehors, le mois de janvier est glacial, mais dedans, c'est jusque dans mes os que j'ai froid.

Comme j'aimerais pouvoir me confier à Miles à cet instant...

— Je suis gelée, il y a bien le chauffage ?

Will se déplace jusqu'à la console de la clim.

— Il fait 25 degrés dans la pièce. Tu devrais essayer de te reposer. Tu repars quand à Washington ?

— Demain, normalement.

Je dois aller chercher quelques affaires et prévenir papa. L'appartement que m'a trouvé Madeline est parfait. William attrape une couverture dans un placard et la dépose sur mes épaules.

— Merci. C'est gentil de m'avoir raccompagnée dans ma chambre. Tu n'étais pas obligé, tu sais…

— Je sais. Mais les gars m'auraient tué si je ne l'avais pas fait.

Son sourire de gamin me vole un petit rire. Je n'aurais jamais pensé me lier aussi fort à eux. Comme je n'aurais jamais pensé avoir une place dans leur vie.

Le visage du jeune homme se fait plus sérieux et il s'assoit dans le siège en face de moi.

— Avant de partir, je dois te dire quelque chose Cassie. J'ai de bonnes nouvelles. C'est au sujet de ton père.

CHAPITRE 32

— J'ai demandé une révision de l'affaire. Nous allons laver la réputation de ton père. Nous sommes en possession d'une preuve qui ne laissera aucune chance à l'accusation.

Je me redresse, une chaleur réconfortante dans la poitrine.

Après l'orage, serait-il possible que le beau temps revienne ?

— Comment ? Quelle preuve ?

Un sourire en coin se dessine sur le visage du jeune avocat.

— Ton père avait raison. La patiente avait une maladie sous-jacente qui n'était pas indiquée dans le dépistage de routine. C'est son lupus qui a provoqué les saignements dans tout son corps. Cela explique pourquoi ton père n'a pas réussi à cautériser l'hémorragie. C'était tout simplement impossible et hors de son contrôle. L'erreur était en amont de l'opération, il ne pouvait rien y faire.

J'intègre l'information, le regard dans le vide.

— Mais comment as-tu obtenu cette information de l'hôpital ? Mon père n'a jamais pu y accéder !

— Par des moyens peu orthodoxes…

— Comment ça, des moyens peu orthodoxes ? Qu'est-ce que tu as fait ?

Il pose ses bras sur les genoux et joint les mains. Ses yeux bleus me regardent par en dessous.

— Tu te souviens de ce que je t'ai demandé lorsque tu as sollicité mon aide ?

— Oui… Mais comprends qu'il soit difficile pour moi de ne pas en savoir plus.

— Te mettre dans la confidence, c'est prendre le risque de te rendre complice. Je protège ton père mais si je le fais, c'est avant tout pour toi.

Je suis touchée par sa déclaration mais la curiosité est plus forte que tout.

— William, mon père a été victime d'une terrible injustice. Je veux comprendre pourquoi tu parviens à réaliser ce qu'aucun de ses avocats n'a été capable de faire dans le passé. Je veux comprendre pourquoi mon père a perdu deux années de sa vie.

Le jeune homme se pince les lèvres en regardant le plafond.

— Miles m'avait prévenue que tu étais une vraie tête de mule. Vous ne vous êtes pas trouvés pour rien, tous les deux ! D'ailleurs, vous allez vous faire la gueule encore longtemps ?

— Will…

Il balance ses bras en avant en signe de capitulation et déplie son corps pour quitter le fauteuil. Il y a dans les mouvements de William une grâce qui frôle la mise en scène.

— J'ai demandé de l'aide à Joshua. Ils avaient supprimé le fichier mais il en restait une copie dans le cloud de l'hôpital. Le dépistage a été fait mais l'information n'a jamais été transmise. La désorganisation générale a malheureusement coûté la vie à cette jeune fille. Mais au lieu de reconnaître ses torts et d'assumer ses responsabilités, l'établissement a choisi de faire endosser la faute à l'un de ses meilleurs chirurgiens. Comme tu l'as dit toi-même, les homologues de ton père se sont bousculés pour prendre sa place. Mais personne ne veut bosser dans un hôpital qui a la réputation de perdre des patients par négligence.

Je porte les mains à ma bouche.

— Je ne sais pas quoi dire… C'est comme si tu levais le voile sur une vérité que je connaissais déjà.

— Ça fait beaucoup à encaisser. Mais crois-moi, l'hôpital est en mauvaise posture. Je m'attends à ce que son avocat me contacte pour nous proposer un accord à l'amiable. Ils vont tout faire pour que leurs agissements ne s'ébruitent pas. Mais ce n'est pas ce que tu veux, on est d'accord ?

Je fronce les sourcils. Un accord assure à l'établissement de régler le problème en privé. Les deux partis s'engageront à ne pas communiquer. Ils s'en sortiront avec un chèque, sans dommages sur leur réputation. Dans cette histoire, il n'y a pas que l'aspect financier. Mon père a perdu toute sa crédibilité. Ils n'ont eu aucun scrupule à le détruire professionnellement et humainement.

— Je veux que l'honneur de mon père soit lavé et que l'hôpital reconnaisse publiquement ce qu'il a fait.

— On est bien d'accord. J'ai coutume de dire qu'il vaut mieux un mauvais accord qu'un bon procès mais cette fois, les cartes sont entre nos mains. Ils n'ont plus d'atouts et ils vont devoir se coucher.

Je triture mes mains, peinant à croire que ça y est, nous y sommes. L'armure s'effrite mais j'ai peur de croire à une issue positive et d'être déçue.

— J'espère qu'il n'arrivera rien à Joshua… Il a pris de gros risques en m'aidant.

William penche la tête et me répond, les yeux brillants :

— C'est mal connaître le bonhomme… Personne ne peut remonter jusqu'à lui. Il agit comme un fantôme. C'est un petit génie, Cassie. Et tu as de la chance, il t'aime bien.

Je lui souris, tellement reconnaissante. Décidément, j'avais bien mal jugé ce garçon. J'ai cherché à l'extérieur comment sauver mon père, alors que mes alliés se trouvaient juste sous mon nez, dans cette maison.

— Comment je peux vous remercier, tous les deux ?

Will enfile son manteau, sa tignasse blonde disparaît sous son large col noir.

— Tu n'as rien à faire. Tu as déjà assez morflé. Maintenant, tu vas pouvoir repartir du bon pied.

Je l'observe, avec sa gueule d'ange. J'ai envie de le prendre dans mes bras.

— Tu sais, les choses ont changé à la villa. Sans toi, ce n'est plus pareil. La lumière que tu avais apportée me manque.

— J'ai plutôt l'impression d'avoir apporté mon ombre… Vous m'avez réparée plus que je ne l'aurais cru.

William me lance un regard qui en dit long.

— Miles passe à la télévision ce soir, en *prime time*, pour parler de son prochain roman.

— Miles Greene, à la télévision ? *Notre* Miles ?…

Lui qui est si secret, je n'en reviens pas ! William ouvre la porte et m'adresse un sourire énigmatique.

— Je te l'ai dit, les choses ont changé…

La main encore sur la poignée, le beau blond se retourne une dernière fois.

— Au fait, pourquoi l'eau me concernant ?

Je m'humecte les lèvres et le regarde, joueuse.

— Ne dit-on pas : « Il faut se méfier de l'eau qui dort » ?

* * *

— Cassie, je suis tellement heureuse pour toi. Pour vous, putain ! Il y a enfin une justice ! Je te promets que je me ferai un plaisir de faire un article à charge si tu m'y autorises !

Je ris doucement.

— Du calme. Pour l'instant, William va faire appel. D'après lui, avec cette nouvelle pièce, les cartes sont complètement redistribuées.

— Tu m'étonnes ! Tu imagines un peu le scandale ! Cacher volontairement un document pour faire porter le chapeau à un honnête chirurgien, c'est lunaire ! Tu as prévenu ton père ?

— Oui, je l'ai fait avant de t'appeler. C'était étrange. C'est comme s'il était anesthésié. Je ne sais pas s'il a vraiment pris conscience de ce que la découverte de ce document signifie. Pourtant, il doit bien s'en rendre compte, quand même.

— C'est triste mais il faut le comprendre… Tout ce temps passé dans l'injustice. C'est comme si tu lui tendais un billet pour sortir des enfers.

— Tu sais, je crains de ne jamais le retrouver. Lui et moi, on a toujours eu du mal à communiquer mais je savais comment il fonctionnait. Aujourd'hui, je ne parviens plus à saisir l'homme qu'il est devenu.

— Toutes ces épreuves l'ont changé. Comme elles t'ont changée. Mais je connais ton père, tu le connais aussi. Il se relèvera. Vous êtes les mêmes, tous les deux. Accorde-lui du temps et reconnais que l'on ne sort jamais d'une guerre indemne. Le champ de bataille laisse des traces.

— Tu as raison…

— Comment ça se passe, tes dédicaces ? Tu as visité l'appartement ?

Je repense à l'épisode Logan et l'efface aussitôt de mon paysage mental.

— Très bien. Il y avait une file complètement folle. J'ai le poignet en feu ! Je n'en reviens pas que tant de gens aient patienté si longtemps juste pour une signature de ma part…

— Tu le mérites, petite peste.

— Et l'appartement, je vais le prendre. Il est super ! Lumineux, chaleureux. Je l'aime beaucoup et m'y suis tout de suite sentie bien.

— Mmh, j'espère qu'il y aura une chambre pour ta pote !

Je ricane.

— Ça va de soi. Je rentre à Washington demain. Je te

débriefera sur tout ça. Je dois te laisser, Miles passe en *prime time* pour présenter son livre, je vais regarder.

— Oh… Tu l'as revu ?

— Oui, à la soirée d'ouverture du salon littéraire. Il était là. On a parlé…

— Et ?

— Et je ne sais pas… Il m'a troublée à un point que je n'imaginais pas. Je me sens tellement bien avec lui. Je ne comprends pas comment il peut me faire du bien et du mal à la fois ! Il m'a dit qu'il serait là pour moi si je parvenais à lui pardonner.

— Waouh…

— Comme tu dis.

— Tu sais, Cassie, tu ne peux pas continuer à te cacher derrière tes livres et ton roman. Tu dois être honnête avec toi-même et avec lui.

Je sais que mon amie a raison, mais cela ne rend pas les choses plus faciles. Je suis tellement habituée à garder mes émotions pour moi et à les transformer en histoires que je ne sais plus comment être honnête sans avoir l'impression de me mettre en danger…

Sur l'écran de la télévision, le générique du prime s'affiche.

— Anna, je te laisse, ça commence !

Le cœur battant, je compte les minutes avant que l'interview ne commence. J'avais remarqué que quelque chose avait changé chez Miles. Je ressens une certaine fierté à ce qu'il ose enfin se montrer, sortir de sa zone de confort. Et puis, l'homme mérite d'être connu.

Lorsqu'il gagne le plateau, le stress m'envahit. Il ne laisse rien paraître, il semble calme, mais je suis si connectée à lui que je vibre avec lui. Combien de temps encore vais-je refouler les sentiments que j'éprouve pour cet homme ? Ne suis-je pas en train de me voiler la face ?

Il regarde un instant la caméra, et j'ai le sentiment que ses yeux me cherchent. Comme s'il savait que j'étais là, quelque part, en train de le regarder. Comment peut-il me procurer toutes ces émotions, même en étant si loin… ?

Le journaliste commence par le remercier de révéler son visage à l'antenne et il n'est pas peu fier d'être aux premières loges. Il lui parle de l'aura qu'il projette sur la ville avec ses thrillers haletants. De son parcours, de ses adaptations, du modèle qu'il représente pour les écrivains en herbe. Chaque année, il plonge des milliers de lecteurs dans l'esprit noueux de ses sociopathes.

Je m'amuse de l'enthousiasme du présentateur. Il semble être l'un de ses premiers fans. Miles l'écoute sagement. J'en ris toute seule, connaissant l'individu.

— Parlons maintenant de votre nouveau roman, *Les Poupées de chair*. Comment vous est venue cette idée ?

— J'ai eu envie de proposer un personnage qui se croit investi d'une mission divine et qui ne voit pas les choses sur le même plan que nous. Ce que nous nommons crime, pour lui, est en réalité l'expression d'une œuvre d'art. Il sublime ses victimes. C'est spirituel, c'est son chemin de vie. Il fait ce pour quoi il pense être là et il le fait bien.

— Je ne vais pas trop en dire pour ne rien révéler de l'intrigue mais il y a ce personnage féminin, l'une de ses potentielles victimes, qui nous interpelle. Finalement, c'est presque comme sa Némésis. Dans la littérature du genre, c'est plutôt l'enquêteur ou l'enquêtrice qui donne le change. Ici, c'est la proie qui détient une place centrale. On a presque le sentiment qu'elle pourrait le « réparer » à un moment du récit. On l'espère même. Et on se surprend à ressentir autre chose que du dégoût pour votre sociopathe. Est-ce que c'était une façon pour vous de nous mettre devant nos contradictions ?

Miles lui sourit gentiment.

— J'avais envie d'exploiter l'idée qu'il nous est difficile de considérer que les monstres existent. On cherche à réparer, à justifier, à atténuer, expliquer, exorciser… Parce que le mal à l'état pur est intolérable. Il nous effraie. Pourtant, il existe des êtres mauvais, comme il existe des êtres lumineux. Et le plus souvent, ils sont les deux à la fois. Vous parlez de Némésis, et c'est tout à fait ça. L'équilibre entre le bien et le mal. Quels choix faisons-nous, qui nous différencient de ceux d'un monstre ? Mon sociopathe ne se soucie pas de ces questions existentielles qu'il juge purement humaines. Il se considère comme l'émissaire d'un autre plan ne souffrant d'aucune dualité. Dans l'invisible, et il le dit, il n'y a ni bien ni mal.

— Et comment, vous, en tant qu'auteur, vous placez-vous par rapport à ça ? Ne craignez-vous pas de passer de l'autre côté ?

Miles s'amuse de la question clairement orientée pour susciter l'engouement médiatique.

— Je me place comme un marionnettiste et je laisse faire la magie. En tant qu'écrivain, je mets beaucoup de temps à créer la psychologie de mes personnages. Je n'ai ensuite plus qu'à observer ce qu'il se passe. Bien souvent, ce sont eux qui « écrivent » et s'approprient la suite de l'histoire.

— C’est fascinant… Vous savez qu’encore une fois, tout le pays va faire des cauchemars et aimer ça ?

Le bel écrivain éclate d’un rire franc qui me trouble et me fait sourire à mon tour. Bon sang, il est toujours aussi sexy…

— Il faut se méfier des monstres autour de nous, ils sont bien plus dangereux que ceux de mes livres.

— C’est censé nous rassurer, ça ?

Miles hausse les épaules, innocent. Le fan boy glousse. Il est complètement sous le charme.

— C’est le moment de révéler la couverture de votre roman.

Les bras m’en tombent lorsqu’elle s’affiche à l’écran. Je reconnais tout de suite son style. Il l’a illustrée lui-même et le rendu est magnifique !

— Alors là, Miles, il faut que je vous le demande ! Comment avez-vous fait pour faire illustrer votre couverture par ce mystérieux street artist ? Il est au centre de toutes les rumeurs et théories. Serait-il un de vos adeptes ?

— Eh bien c’est très simple.

Miles fixe l’écran et déclare sans aucune hésitation :

— C’est parce que c’est moi.

Choc dans ma chambre d’hôtel. Choc sur le plateau. Le journaliste reste bouche bée une seconde.

— Incroyable… Mesdames et messieurs, cette soirée est décidément exceptionnelle ! Miles Greene, écrivain de talent, n’est autre que le street artist qui déchaîne les passions ! Mais monsieur Greene, pourquoi l’avouer maintenant ?

L’artiste n’a pas cessé de fixer la caméra principale. Je suis inquiète pour lui. Que va-t-il se passer maintenant ? Ne risque-t-il pas des désagréments avec les autorités publiques ? Avec ses collages, il ne se fait pas que des amis.

— Une personne très chère à mon cœur m'a appris à ne plus me cacher. Alors je me montre, tel que je suis.

Des millions de gens suivent le *prime*, pourtant, en cet instant, il n'y a que Miles et moi. Il n'y a que son ultime message qu'il m'envoie en se jetant dans le vide.

— Et peut-on vous demander de qui il s'agit ?

— De la femme que j'aime.

Oh !

— Oh !!!

Miles… Qu'est-ce que tu me fais ?

Je me relève, éteins la télévision et fais les cent pas dans la pièce.

Mon téléphone bipe.

ANNA

Qu'est-ce que tu attends pour le reprendre !? Ce mec, c'est de la bombe !

CHAPITRE 33

Le taxi s'arrête dans la rue de la villa. Avant de repartir, j'avais envie de la revoir. À moins que ça ne soit Miles que je voulais (revoir). J'ai pensé à sa déclaration toute la nuit et je n'ai pas trouvé le courage de l'appeler. C'est sans doute trop difficile pour moi de refaire confiance. La neige s'est mise à tomber vers 2 heures du matin, j'ai observé la ville se recouvrir lentement d'une robe blanche. Elle se parait d'un nouveau visage, lisse et immaculé, masquant chaque détail de la réalité. N'est-ce pas ce que nous faisons tous, chaque nouveau matin ?

Le chauffeur me demande si je veux sortir. J'hésite. Je regarde l'heure sur mon téléphone. J'ai le temps. J'en ai juste pour quelques minutes…

Je paye la course et descends du véhicule. Mes yeux balayent la façade du hangar réhabilité, comme au premier jour. Ou peut-être est-ce la bâtisse qui me regarde et me trouve bien changée. C'est étrange, je ne retrouve pas une maison mais plutôt une vieille amie. Derrière la clôture, le tilleul s'élève fièrement. Dénudé, enneigé, mais solide. Prêt à traverser l'hiver pour renaître plus fort au printemps.

Alors que je m'apprête à sonner à l'interphone, une voix dans mon dos me surprend.

— Cassie !

Je me retourne sur un petit skateur emmitouflé dans des habits d'hiver. Il saute au-dessus du trottoir et s'arrête pile devant moi. Je ne vois que deux grands yeux verts qui dépassent d'un amas de laine.

— Zayan !

Il lâche sa planche et se jette contre moi. Ses petits bras s'enroulent autour de ma taille et me serrent très fort. Je pose les mains contre son dos et embrasse le sommet de son bonnet. Nous profitons tous les deux de cette étreinte. Il dégage sa bouche de son tour de cou et relève les yeux sur moi. Un petit flocon se pose sur le bout de son nez.

— Trop cool que tu sois là ! Tu reviens chez les voisins ?

— Non, je passais juste comme ça. Je rentre à Washington tout à l'heure. J'ai encore un peu de temps avant mon vol. Par contre, j'ai une bonne nouvelle, je vais emménager à New York bientôt, dans un appartement rien qu'à moi.

Le petit garçon se décolle de moi, un brin de déception dans les yeux. Je regarde du côté de chez lui.

— Ta maman est là ?

— Non, elle est allée faire des courses. Tu sais, on va déménager nous aussi. Maman a trouvé un nouveau travail dans une clinique à Atlantic City. Elle dit qu'on y sera mieux parce que les horaires sont plus pratiques et parce qu'on sera plus près de papi et mamie.

Zayan semble triste et enthousiaste à la fois.

— Et tu es content ?

— Je commençais à me faire des amis à l'école et puis il y a Mia qui va me manquer, alors parfois, ça me donne envie de pleurer.

— Mia ? Ta chérie ?

Le petit garçon m'adresse une moue dégoûtée et balance son pied en avant pour chasser la neige.

— C'est pas ma chérie. Je l'aime bien, c'est tout.

Je pose une main sur son épaule et m'agenouille à sa hauteur.

— Atlantic City, ce n'est pas très loin. Et puis, on aura l'occasion de se voir plus facilement quand je serai installée par ici !

— Ton papa, il va mieux ?

— C'est compliqué mais il va pouvoir aller de l'avant maintenant. Et moi aussi.

Mon jeune ami observe la villa derrière moi, songeur.

— Tu es toujours fâchée ?

— Je ne suis pas fâchée… c'est compliqué. Tu comprendras quand tu seras une grande personne.

— Mmh… j'sais pas. Vous, les grandes personnes, on dirait que vous aimez tout compliquer.

Ses prunelles émeraude se posent sur moi.

— C'est toi, la femme qu'il aime, M. Greene, pas vrai ?

Je reste muette et dévisage le petit perspicace. Zayan a le don de voir ce que les autres ne voient pas. À son âge, il n'a pas encore conscience de la force que sa sensibilité représente. Je rigole plus nerveusement que je l'aurais voulu et je pince le pompon de son bonnet en lui décochant un clin d'œil.

— Tu écris trop d'histoires, petit gars ! Tu t'imagines des choses !

L'enfant me lance un sourire railleur.

— Ouais, bien sûr ! En tout cas, je savais qu'il avait des secrets, lui aussi. Mais street artist, c'est vraiment trop la classe !

Je rigole doucement.

— Ne t'avise pas d'aller coller des dessins sur les murs maintenant. Je ne suis pas sûre que ta maman soit d'accord !

— Non… par contre, ça me donne envie de lui donner un superpouvoir de fou dans mon comics.

— Ah oui ?

— Ouais ! J'ai commencé à imaginer un truc hier soir. Je vois bien un pouvoir qui lui permet de rendre réel tout ce qu'il dessine. Par exemple, il trace une moto et paf ! elle apparaît pour de vrai ! Tu te rends compte de sa puissance ? Il peut tout faire !

— Oui, c'est une bonne idée !

Zayan bombe le torse, fier de son invention.

— Dis, tu veux voir Petit Roux ?

— Je n'ai pas le temps d'entrer… Une autre fois, d'accord ?

Le petit skateur hausse les épaules et remonte sur sa planche.

— D'accord ! Alors, à la prochaine, Cassie !

Je le regarde s'éclipser vers chez lui, un sourire tendre au bord des lèvres.

J'espère pouvoir encore l'accompagner un peu sur le chemin et il me tarde de voir ce que ce petit cœur deviendra une fois grand. Sans doute une belle personne.

J'inspire et me retourne pour sonner à la villa. L'appréhension me gagne. Si Miles est là, qu'est-ce que je vais lui dire ?

« Salut, j'ai entendu ton interview dans laquelle tu as dit que tu m'aimais. » Ce à quoi il pourrait répondre : « Je ne parlais pas de toi. » Je dois dire que cette éventualité ne m'a pas effleuré l'esprit.

Malheureusement, je n'aurai pas la réponse à ce suspense insoutenable puisque personne n'ouvre. J'avise le tilleul une dernière fois avant de commander un taxi, un poids dans la poitrine.

J'aurais pu m'y attendre. Miles n'est pas le genre d'homme à traîner chez lui, le cœur transi, attendant désespérément que la femme qu'il aime lui revienne. Ma rancune aura eu raison de notre histoire, j'ai le douloureux sentiment d'avoir raté le coche…

* * *

Je me suis toujours sentie bien dans les aéroports. Ici, je suis partout et nulle part à la fois, à la croisée des chemins. C'est le genre de lieu qui m'inspire un tas de scénarios. Ici, on peut imaginer tous les possibles. Prendre un billet pour un autre avenir. Avec maman et mes sœurs, je m'amusais à deviner la vie de ceux qui nous entouraient, ce qu'ils quittaient et ce vers quoi ils allaient. C'était un jeu que nous avions mis en place durant nos voyages pour que le temps paraisse moins long.

Cela fait bien longtemps, cependant, que je n'ai pas fait mes valises pour visiter un autre pays. Depuis que j'ai perdu ma mère. Je me suis promis que si les prédictions de Madeline se confirmaient, je m'offrirais un billet pour l'Europe. Nous avions ce voyage en tête, une semaine à Paris. Ce sera ma façon de célébrer le début de la nouvelle vie que je m'apprête à conquérir !

Dans la salle d'embarquement, je jette quelques coups d'œil aux uns et aux autres puis je m'échappe un instant sur les réseaux sociaux. Je tiens une page sur laquelle je raconte mes péripéties de jeune autrice. Une petite communauté s'est créée autour de mes vidéos qui ne se prennent pas au sérieux. Je crois que les gens aiment voir que je suis une personne comme une autre et qu'une personne comme une autre peut réussir à réaliser ses rêves.

Tout à coup, mon téléphone vibre et une notification s'affiche.

WILLIAM

Salut Cassie, tu n'as plus à t'inquiéter
pour ton ex. Il ne te fera plus de mal.
À très vite à NYC… ;-)

Je fronce les sourcils. Que veut-il dire par là ? Est-ce qu'il est allé le menacer de représailles ?… Je n'ai pas le temps de réfléchir à ce message qu'une voix familière prononce mon prénom dans le microphone de l'aéroport. Je redresse le nez de mon téléphone et observe tout autour de moi. Personne ne semble réagir, tout le monde est anesthésié par l'attente. Je tends l'oreille, étonnée.

« Merci… Excusez-moi, mesdames et messieurs pour cette interruption, mais j'ai une annonce à faire. Cassie, je sais que tu es là, prête à prendre ton vol. Je ne peux pas te retenir, c'est impossible. Mais je peux te dire ce que je ressens, sans me cacher. »

Coup de tonnerre dans ma poitrine ! Miles, c'est la voix de Miles ! Mais comment a-t-il fait pour me parler *via* le système d'annonce du microphone de l'aéroport ? Les passagers s'interrogent et s'adressent des regards circonspects. Mes yeux se posent sur les différentes portes d'embarquement ainsi que sur les quatre coins de la pièce mais je ne parviens pas à voir d'où proviennent les paroles.

Ce timbre chaud et rauque qui enveloppe la pièce. Il n'a pas dû dormir beaucoup plus que moi cette nuit… M'a-t-il attendue ?…

J'entends plusieurs personnes glousser en se demandant ce qu'il se passe. Pourtant, cela n'est pas une comédie romantique, cela est ma vie.

« Je n'ai pas beaucoup de temps, alors écoute-moi bien. Je sais que je t'ai déçue. Je sais que tu me prends pour un fou. Et tu as parfaitement raison. Je suis fou… Fou de toi. Moi qui ne voulais même pas révéler mon identité, je m'affiche à la télévision et maintenant, je parle devant tout un aéroport. »

La vieille dame à côté de moi pouffe à son tour. Je suis sonnée et cherche partout du regard si j'aperçois Miles.

— Eh bien, je ne sais pas qui est cette Cassie, mais elle a de la chance ! Si un homme me faisait une telle déclaration, je ferais voler ma petite culotte ! Et cette voix, mon Dieu, cette voix…

Je lui retourne un sourire gêné. Elle est sérieuse, mamie, là ?

« Laisse-moi te montrer comme je t'aime, Cassie.

Laisse-moi une chance d'être cet homme bien sur lequel tu peux compter. On peut décider de se tourner le dos au bord de nos failles, ou on peut décider de les embrasser pour les combler d'amour… »

Plusieurs jeunes filles commencent à balayer la pièce de leur téléphone pour immortaliser la scène. Dans le fond, un homme se met à crier : « Allez Cassie, laisse-lui une chance ! », repris par la mémé coquine assise à côté de moi qui s'écrie de plus belle : « Oui, allez Cassie ! » L'image de sa petite culotte qui s'envole m'arrache une grimace.

Bientôt, c'est toute la salle d'embarquement qui se met à répéter de concert : « Allez, Cassie ! », « Allez Cassie ! »

Clairement, je devrais avoir envie de me planquer dans un trou de souris, ou retenir le désir irrépressible d'étriper Miles de mes mains pour m'exposer de cette façon.

Pourtant, c'est la chose la plus touchante, la plus romantique et la plus timbrée qu'on ait jamais faite pour moi !

Il faut être accro à une autre personne pour tenter le tout pour le tout ainsi. J'entends presque Anna qui me hurle de lever mes fesses de cette chaise !

Tout à coup, la foule se tait et les regards convergent vers la même personne. Un jeune homme au regard ténébreux, un peu débraillé, pas très bien coiffé et la mine pleine d'espoir, se tient de l'autre côté de la salle. Son torse se lève et s'abaisse lourdement, ses mâchoires se contractent et son regard ne me quitte pas d'un millimètre.

Dans toute sa vulnérabilité, il n'a jamais été aussi désirable. Un arc invisible nous relie, lui et moi, malgré les centaines de personnes qui se tiennent autour de nous. Une dame à côté de moi interroge son amie à demi-mot :

— Ce n'est pas l'auteur qui était à la télévision hier soir ?

Il n'a pas besoin de parler quand ses yeux me soufflent : « Je te veux. »

Mon cœur cogne désormais très fort dans ma poitrine. Je comprends qu'il n'y a aucun doute possible : j'aime cet homme. Et je l'aime depuis la première fois qu'il m'a mise hors de moi. Il y a des cœurs qui se reconnaissent bien avant que la tête ait fait le lien.

— Miles…

Changement de plan, tous les yeux se tournent maintenant vers moi, l'ensemble des passagers découvrant enfin qui est la fameuse Cassie pour laquelle le jeune homme se donne tant de mal. Un couloir se crée entre nous. Est-ce que je peux raisonnablement courir à travers la pièce et me jeter dans ses bras comme le fait Bébé avec Johnny Castle ?

Oui, à la condition d'enlever le porté, je dois pouvoir le faire !

J'abandonne tout ce qui m'entrave et m'élance vers Miles. Délestée, je traverse l'espace qui nous sépare, le cœur battant, et me précipite contre lui. Je cache mon visage et mon sourire dans son cou. Je respire son odeur tandis qu'il m'enlace et me décolle un peu du sol. Je m'agrippe à lui et murmure à son oreille :

— Tu es complètement barré. Tout le monde nous regarde, pas vrai ?

— Oui. Et je crois qu'ils attendent le baiser de fin. Une romance, ça se termine toujours bien, non ?

Je me décolle un peu de lui et le détaille, sans me départir de mon sourire.

— Pour quelqu'un qui craint de se montrer, je trouve que tu prends vite goût au jeu de la mise en scène.

— Arrête de parler et embrasse-moi, Cassie.

Je m'exécute sans détour et mon corps fond au contact de ses lèvres. Comme on pouvait s'y attendre, toute l'assemblée applaudit.

CHAPITRE 34

— Comment as-tu fait ?

Les mains sur le volant, mon bel écrivain laisse un sourire se dessiner sur ses lèvres.

— Le petit voisin m'a prévenu que tu étais passée quand je suis rentré. Il m'a dit que tu repartais pour Washington. Je n'ai pas réfléchi et j'ai foncé jusqu'à l'aéroport. L'hôtesse m'a reconnu, elle avait l'air d'aimer mes écrits. J'ai échangé son micro contre une dédicace.

J'éclate de rire en imaginant la scène.

— Tu as vraiment soudoyé une honorable employée de l'aéroport ?

— C'est un honorable échange de bons procédés.

— J'espère que cette femme n'aura pas de soucis avec sa hiérarchie ! Où m'emmènes-tu ?

— Quelque part où je n'ai jamais emmené personne.

J'arque les sourcils et pose une main sur ma poitrine.

— Venant d'un type qui écrit des thrillers, ce n'est pas très rassurant !

Miles penche la tête de côté et me rétorque :

— Venant d'une nana qui écrit des romances, je pensais que ce serait assez évident.

Je le regarde de travers et c'est à lui d'éclater de rire.

— Tu as utilisé l'entièreté de ton quota « comédie romantique » avec ta prestation à l'aéroport. Il ne manquait que le ralenti.

Les mains de Miles se resserrent sur le volant lorsque nous quittons la route principale.

— Je t'emmène là où je m'isole pour me ressourcer et écrire. Et comme tu es importante pour moi, j'avais envie de te présenter les lieux. Est-ce que tu autorises un écrivain de thrillers vraiment louche à t'enlever quelques jours dans sa cabane isolée ?

— Tout dépend si tu comptes m'y découper en morceaux ou faire de moi une « œuvre d'art ».

Nous échangeons un regard de connivence, nous remémorant chacun son interview de la veille.

— J'avais d'autres jeux plus sensuels en tête…

Il pose sa main sur ma cuisse et la chaleur remonte jusqu'au creux de mon ventre.

— Dit comme ça, c'est bien plus intéressant.

Miles continue sur un chemin de terre. Au bout de quelques minutes, une maison se dévoile entre les arbres. Il se gare à côté, entre deux énormes blocs de pierre. Une fois qu'il a éteint le moteur, il se tourne vers moi, les yeux brillants.

— Nous y voilà.

Il m'invite à sortir. L'extérieur du chalet en bois est enveloppé dans un manteau immaculé de neige. La forêt qui l'entoure est silencieuse, il n'y a que le doux bruissement du vent qui souffle à travers les arbres.

C'est magnifique, mais en effet, largement isolé. Un poil glauque pour être totalement romantique. Mes pieds écrasent la pellicule de neige fraîche jusqu'au petit escalier en bois dans un craquement caractéristique.

Miles me tient la main tandis que nous parvenons jusqu'au perron. La construction est en hauteur et surplombe un grand lac gelé. Je comprends que ce lieu soit propice à l'introspection et à la création mais après plusieurs jours passés ici, il y a moyen que l'on se mette à manger des baies et à chanter sous la pluie.

Je pénètre religieusement à l'intérieur, consciente de la confiance que me porte Miles pour me faire découvrir une partie de son jardin secret. Il dépose nos affaires dans un angle et se dépêche d'attraper une couverture sur le vieux sofa au centre la pièce. Il la place sur mes épaules et son regard s'attarde un instant sur mes lèvres. Il pose un index sous mon menton et m'embrasse tendrement.

Je vais chercher du bois. Grâce à la cheminée, il fera vite chaud.

Miles attrape un bonnet et des gants avant de ressortir. Je me retrouve dans le sanctuaire, seule. Sans bruit. Il fait un froid glacial. Quand les neiges auront fondu, on retrouvera mon corps sur la berge du lac.

Je soupire et scrute l'espace tout en faisant quelques pas. Le sol en bois est couvert d'un tapis douillet et les murs en rondins sont décorés de photos encadrées de forêt et d'animaux sauvages. Le foyer en pierre au centre de la pièce promet des soirées plus chaudes. Mon regard se porte à l'extérieur, à travers les fenêtres en verre qui offrent une vue imprenable sur la nature. C'est vraiment très beau, si on aime le calme.

Je fais quelques pas et caresse doucement le mobilier en bois brut qui donne une touche rustique à la décoration. On est bien loin du style moderne de la villa.

Miles entre à nouveau, les bras chargés de bûches. Il rapporte quelques flocons qui disparaissent aussitôt dans les rainures du bois.

Je m'assieds sur le canapé en velours et laisse couler mon dos contre les coussins confortables en flanelle. J'observe Miles faire des gestes qu'il a dû faire des dizaines de fois. Il se défait de son manteau et de ses accessoires, s'agenouille devant la cheminée et installe la structure de son feu. Il se penche et souffle pour encourager les flammes naissantes à grandir. J'observe la large carrure de son dos et mes yeux descendent jusqu'à sa taille puis sur ses fesses… Cet homme a un corps sculptural et j'aurais bien tort de ne pas profiter du spectacle.

Lorsque les premières flammes sont suffisamment gaillardes pour lécher les pourtours du foyer, je me rapproche et m'agenouille à côté de lui. Je place mes paumes en direction du feu.

— Tu viens souvent dans ce chalet ?

Miles s'assoit et pose un coude contre son genou. Ses yeux à présent dorés par le reflet du feu suivent la danse des flammes.

— Dès que j'en ressens le besoin.

— Tu le possèdes depuis longtemps ?

— Il m'accompagne depuis des années. C'est un espace intemporel. Ici, je peux me concentrer sur mon travail. J'ai l'habitude de couper tous les liens avec l'extérieur. C'est un mode de vie rustique qui me permet d'aller à l'essentiel. Je me chauffe, je me nourris, j'écris. C'est la première fois que j'ai une autre sollicitation, bien plus excitante, je dois bien le reconnaître.

Il m'observe en biais et je rougis. Mon regard se pose à nouveau sur les bûches enflammées.

— Je ne crois pas que je serais capable d'écrire de cette façon. J'ai besoin de sentir la vie autour de moi.

— J'ai la vie dont j'ai besoin ici. La nature m'enveloppe, la forêt me chuchote des choses, et parfois, des animaux sauvages viennent me rendre visite. Tu sais, j'ai toujours vu le fait d'écrire comme un acte divin. Pas que je me prenne pour Dieu, je te rassure. Mais parce qu'en écrivant je me relie à plus grand que moi.

J'acquiesce. D'une certaine façon, je comprends ce qu'il veut dire et même, je crois que sans y avoir vraiment réfléchi, c'est bien cette plénitude que je recherche et qui me soigne lorsque je m'évade sur le papier. Jusqu'à présent, le monde était beaucoup plus beau lorsque je le rêvais.

— Tu as un endroit privilégié pour écrire ?

— Oui, je travaille à l'étage. Tu veux voir ?

— Avec plaisir.

Miles déplie son grand corps et m'aide à me relever. Il tire une trappe au plafond et en sort une échelle. Je monte à sa suite, avec l'impression de pénétrer dans une pièce secrète. Arrivée en haut, Miles me tend la main. Je me hisse et découvre un espace aménagé sous un plafond mansardé. Sûrement les anciens combles. Un lit futon, recouvert de couvertures chaudes, est installé devant une grande vitre triangulaire qui offre une vue imprenable sur le lac et la forêt alentour. Des centaines de livres sont disposés sur des étagères improvisées contre les murs. Et sur le côté, un modeste bureau surmonté d'une lampe de chevet.

Je suis émue d'avoir le privilège de fouler ce lieu sacré où plusieurs histoires passionnantes ont vu le jour.

— Waouh, c'est… incroyable.

— C'est un refuge.

Nous restons silencieux un instant, comme pour goûter à la magie du moment. Autour de moi, je sens une énergie nouvelle remplir l'espace. Une sorte de tension.

Je me déplace jusqu'au bureau et effleure la toupie qui s'y trouve. J'en ai vu une similaire dans la chambre de l'écrivain à New York. Il semble vouer un intérêt particulier à ce type d'objet.

Je me remémore le film *Inception* et le rôle de cet objet. Si elle s'arrête, nous sommes dans le monde réel. Si elle continue, nous sommes dans le rêve.

Est-ce que ma toupie va arrêter de tourner ?

Le corps de Miles se glisse derrière moi et sa main vient toucher la mienne. Ce contact m'électrise.

Ses lèvres s'aventurent sur ma nuque avant de se rapprocher de mon oreille, où il murmure :

— C'est une toupie en titane. Elle est difficile à actionner, mais si tu lui donnes le bon mouvement, elle peut tourner pendant des heures, dans un mouvement presque perpétuel.

Je tente de lui insuffler la bonne impulsion mais elle m'échappe et retombe presque immédiatement.

— C'est impossible, elle est beaucoup trop lourde.

La main libre de Miles remonte le long de ma hanche, tandis que de l'autre, il récupère sa toupie. Il la porte devant nos yeux et la fait jouer entre ses doigts. La lumière semble être absorbée par le métal.

— Tu veux aller trop vite… Ce modèle demande de la patience et de la volonté. Tout le monde n'est pas capable de travailler avec. Mais une fois sur son axe, il est bien meilleur que tous les autres.

L'artiste repose la toupie sur le bureau, puis saisit délicatement la tige entre son pouce et son index, et, d'un mouvement simple et assuré, amorce le mouvement. L'objet se met à tourner sur lui-même, sans se décaler d'un millimètre.

Les lèvres de mon bel écrivain effleurent ma nuque et mes cheveux avec lenteur. Son souffle chaud provoque un délicieux frisson sur ma peau. Sa main remonte le long de mon cou et ses doigts frôlent mes lèvres. Il chuchote contre ma joue et ma volonté s'ébranle.

— C'est à toi de sentir la force à exercer. Si tu manques de vivacité, elle vacille. Si tu manques de finesse, elle vacille. Tout est une question de juste équilibre. Le titane ne souffre aucune approximation.

Je ferme les yeux lorsqu'il dépose un baiser dans le creux de mon cou. La couverture devient vite inutile et coule le long de mes épaules. Ses mains s'aventurent sous mon pull et se frayent un chemin le long de mes flans jusqu'à la peau fine de mes seins. Mes tétons durcissent et se dressent.

Je frémis et me laisse aller contre lui. Je sens tout le désir qu'il a pour moi contre mes fesses. L'atmosphère s'est alourdie et si l'air était glacial quelques minutes plus tôt, il est désormais bien plus chaud.

— Miles, tu m'as manqué…

Je le sens sourire contre ma peau. Une de ses mains se fait audacieuse et entreprend de descendre le long de mon bas-ventre, sous la dentelle fine de ma culotte, à la naissance de mon intimité. Avec une sensualité démoniaque, ses doigts effleurent cet endroit si délicat et si sensible. À plusieurs reprises, il ne fait que frôler, cajoler, survoler, me volant des soupirs d'impatience. Mes yeux se voilent de plaisir et je me cambre contre lui pour le pousser à continuer. Les lèvres de Miles emprisonnent le lobe de mon oreille et il murmure :

— Toi aussi tu m'as manqué et je compte bien te montrer à quel point.

Ses doigts se rapprochent, s'éloignent, puis se rapprochent encore. Il ouvre un tourbillon de volupté sous mes pieds et mes jambes flageolent. Au bord du précipice, on a vite fait de glisser.

Je ferme les yeux et me concentre sur les caresses qu'il me procure. À chaque fois qu'il s'éloigne je reprends mon souffle et lorsqu'il revient me tourmenter, ma respiration se coupe et une vague de plaisir m'emporte à son sommet. Je m'appuie contre lui, forte de ma vulnérabilité, haletante, attendant la prochaine montée. Les détails de la cabane se troublent, la toupie n'a pas cessé de tourner, je n'en discerne plus les contours. Miles relève mon visage et capture mon cou de sa main avec une ardeur sauvage. Ses doigts me pénètrent en même temps que sa paume presse mon clitoris. L'orgasme m'emporte, délicieusement puissant. Je jouis fort en aspirant son doigt dans ma bouche.

Je me retourne pour lui faire face, fiévreuse. Mes yeux se plantent dans les siens. Le métal se consume au fond de ses prunelles grises et leur donne une teinte plus sombre. Il remonte mon pull au-dessus de ma tête pour le jeter à nos pieds. L'air froid de la cabane se promène sur ma peau brûlante. Il me détaille un instant. Il m'enlace aussitôt et me soulève du sol, tandis que ma poitrine frotte contre le tissu frais de son sweat. Il me porte aisément jusqu'au futon et m'allonge sur les couvertures. J'ai tout le loisir de l'admirer lorsqu'il quitte son sweat. Il revient faire peser son torse nu contre ma poitrine et s'empare de mes lèvres. Son baiser est dur, profond, insatiable. Mes doigts fouillent ses cheveux et font pression sur l'arrière de sa tête pour qu'il m'embrasse plus profondément encore.

Il défait les boutons de mon jean et le fait glisser, entraînant ma culotte. Je suis totalement nue face à lui. Je tremble d'anticipation. Miles empoigne mes fesses et je pousse un juron lorsque sa langue vient jouer autour de mon clitoris. Il y décrit des cercles lents, suivis de tourbillons, et ajuste son rythme comme s'il lisait dans mes pensées.

De nouvelles vagues de plaisir se présentent à l'horizon, l'orage revient, plus violent et plus tourmenté que précédemment. Je plonge dans un état second. Je flotte dans un océan de volupté où Miles est le gardien des profondeurs. Le plafond de la cabane semble se déformer et je gémis de plaisir lorsque ses doigts s'enfoncent en moi. Je fouille ses cheveux de mes mains et me redresse pour le voir, entre mes cuisses, appliqué à la tâche, me dégustant sans vergogne. Je me tends juste avant qu'un nouvel orgasme m'emporte et m'arrache un cri indescriptible. Miles se redresse et me regarde jouir, de ses yeux brûlants. Je soutiens l'assaut de son regard, les yeux mi-clos.

— Reste avec moi, Cassie, ce n'est qu'un entremets.

Bientôt, je vais te faire l'amour lentement et tu vas me supplier de te prendre plus fort.

Je peine à reprendre mon souffle. Ma poitrine s'élève et s'abaisse lourdement et je repose la tête en arrière pour reprendre mes esprits. J'entends le craquement d'un plastique et je n'ai pas le temps de reposer les yeux sur lui qu'il m'empale d'un mouvement de bassin ample et sec. Mon corps entier s'arque sous l'offensive et une vague d'une rare puissance m'emporte à nouveau dans un lieu inconnu. Je n'ai jamais ressenti pareille sensation ! J'explose à nouveau. Comme une réaction en chaîne. Miles me retient, les mains fermement refermées sur mes hanches. Il stoppe le mouvement et humidifie ses lèvres. Tout son corps est bandé sous le désir et l'effort…

— Miles, encore…

Il reprend son mouvement de bassin, lentement, tout en pétrissant mes seins de sa main libre. Mes mains se promènent sur ses pectoraux et descendent le long de ses abdominaux.

— Miles, prends-moi fort. S'il te plaît.

Il se coule contre moi, capture mes lèvres. Nos souffles sont maintenant à l'unisson. Notre étreinte a pris son propre rythme, nos corps aux commandes d'une symphonie qui s'accélère. Miles m'emplit, me complète. Je m'agrippe à ses fesses musclées. Je l'entends gémir dans mes cheveux et le sentir perdre pied me fait brûler de désir.

Ses lèvres emprisonnent la peau de mon téton, sa main capture mes fesses, mes hanches épousent son tempo, ma vue se trouble, le plaisir est à son apogée, je hurle son nom, je resserre les cuisses autour de ses hanches pour le pousser à me prendre encore plus loin, avide de lui.

— Miles !

Nous explosons ensemble, dans deux gémissements qui se font écho, l'un et l'autre comblés de nous retrouver dans cet espace qui n'appartient désormais qu'à nous.

Je le serre dans mes bras. Je ne veux plus jamais le perdre…

CHAPITRE 35

« Quoi ? En hélicoptère ? »

C'est ma réaction quand Anna m'a annoncé que c'est ainsi qu'elle allait se marier avec Phil. Lorsque je lui avais parlé de Las Vegas, il y a plusieurs mois, elle était dans une période de doute. La pression du mariage étouffait complètement la joie de s'engager avec l'amour de sa vie. Les préparatifs, la belle-famille, les plans de table, la couleur des dragées, le protocole et la bienséance, tout lui pesait. Ils en avaient presque oublié qu'ils se disaient oui pour la future vie qu'ils s'apprêtaient à construire à deux, pour eux et pas pour faire plaisir aux autres ni pour coller aux conventions sociales. En discutant à cœur ouvert avec son fiancé, mon Anna a été soulagée de constater qu'il en était de même pour lui mais qu'il se mettait une pression folle tant il tenait à ce qu'elle ait un « vrai » mariage de princesse.

Anna lui a expliqué qu'elle n'était pas une princesse et qu'elle ne cherchait pas à épouser le prince charmant. Ils ont donc décidé de se surprendre d'abord eux-mêmes, en décidant que leur mariage se ferait à Las Vegas, dans un hélicoptère, ce soir ! Le frère de Phil et moi sommes les seuls à avoir été mis dans la confidence, parce que nos deux futurs époux tenaient à ce que leurs témoins soient présents. Nous voilà donc dans la ville du péché, à quelques heures du mariage le plus épique de ma vie !

Une main sous ma joue, je regarde le visage de Miles, encore endormi. J'arrange une mèche de ses cheveux derrière son oreille et souris lorsque ses lèvres bougent légèrement. Je suis reconnaissante de l'avoir dans ma vie. C'est étrange, ce sentiment d'avoir trouvé la bonne personne. Peut-être que quelque part, dans notre cabane, la toupie continue de tourner.

Je regarde l'heure sur le réveil. Midi et demie. J'ai la tête dans le brouillard. Un peu à cause de notre soirée au casino, un peu à cause du Jacuzzi que nous avons mis à profit pour nos jeux coquins et aussi un peu beaucoup parce que ma meilleure amie passe un cap important aujourd'hui.

J'observe la réplique de la tour Eiffel derrière la fenêtre. Cette journée va être spéciale. Je me dirige jusqu'à la salle de bains, referme doucement la porte, et je fais couler l'eau. Je me glisse dans la grande baignoire d'angle et regroupe mes genoux contre ma poitrine. J'observe le mitigeur effectuer son travail, rêveuse. J'aime bien ce moment, lorsque la baignoire se remplit doucement.

L'enthousiasme ne me quitte plus depuis quelque temps. C'est comme si je rattrapais le temps perdu. Mon roman est un véritable succès et les ventes ont dépassé les prédictions de Madeline. J'ai déjà commencé à écrire le deuxième opus de la série tant les idées me viennent facilement. Et puis, j'ai vraiment envie de faire plaisir à mon lectorat, qui s'agrandit au fil du temps. C'est une chance inestimable, de pouvoir se lever le matin, en effectuant un travail de passion. Un travail qui est une véritable ressource et presque une aide thérapeutique !

Miles habite toujours à la villa avec les garçons, et moi, j'ai gardé mon appartement. Je m'y sens bien. C'est mon espace et ma liberté. Nous nous retrouvons quelquefois à la cabane, parfois dans des hôtels à l'autre bout du monde et d'autres fois, chez l'un ou chez l'autre. Il n'y a pas de règle établie, de rythme défini ni d'échéance. Juste le plaisir de nous retrouver. Pour l'instant, c'est ce dont j'ai besoin. Vivre par moi-même et pour moi-même, sans rien promettre à qui que ce soit. J'ai ma vie à construire, mon âme à soigner, avant de m'engager sur un chemin à deux. Miles le comprend tout à fait et quelque chose me dit qu'il emprunte une voie similaire, à sa façon.

De temps à autre, je rends visite à Zayan et Jannet dans leur jolie maison à Atlanta. Mon jeune ami m'épate chaque fois un peu plus. Il y a chez ce garçon une sensibilité qui lui fera réaliser de grandes choses, j'en suis sûre. Quant à Petit Roux, il s'adapte bien à son nouvel environnement et il paraît qu'il est déjà le « matou » du quartier. Ses origines de chat sauvage doivent y être pour quelque chose.

Mon père est venu me voir plusieurs fois à New York. Nous passons du temps ensemble, des moments simples. Nous retrouvons peu à peu des rapports plus légers. L'ombre du passé plane toujours au-dessus de nos conversations, mais plus le temps passe et plus elle se dissipe. Je sais qu'un jour, elle ne sera plus qu'une brume lointaine… Papa n'a pas repris ses activités de chirurgien, je ne sais pas s'il le fera. Mais il fait preuve d'une farouche volonté. Il a une revanche à prendre. Il s'est inscrit aux Alcooliques anonymes et il donne désormais des cours à la faculté de médecine de Cleveland, dans l'Ohio, où il a déménagé pour se rapprocher de mes tantes et de moi. Il avait besoin de repartir de zéro.

William a été présent pendant tout le processus. Nous sommes restés forts sur nos appuis et nous n'avons pas transigé avec l'hôpital. L'affaire a fait beaucoup de bruit et elle a été relayée dans tous les médias du pays. Je me souviendrai toujours du regard que la mère de Samantha Hills a porté à mon père lors d'une audience. Dans ce regard, il y avait beaucoup de choses qui ne pouvaient être dites avec les mots. De la douleur, de la colère, de l'incompréhension. Et cette impression d'avoir été flouée par l'une des institutions les plus respectables de notre pays. Ce que j'ai vu, c'est un pardon silencieux, teinté d'une immense peine et d'une grande lassitude. Cette femme ne trouvera pas la paix de l'âme. Pas dans cette vie en tout cas.

Papa n'a pas revendu la caravane, elle fait partie de notre histoire. Il le loue à un jeune couple de sans-abri, pour qu'ils puissent élever leur petite fille de huit mois dans la dignité. Je trouve que c'est un joli retour des choses.

Et puis, comme un point final à mon ancienne vie, il y a cette nouvelle qu'Anna m'a annoncée voici plusieurs jours, concernant un article que le *Washington Post* lui a confié. J'ai encore ses mots en tête : « Tu te souviens de Logan Harman, le fils du magnat de l'immobilier ? Je crois que c'était un ex à toi… Il n'a pas bien fini ! Il a été retrouvé mort. Une histoire d'overdose… » Si je n'ai pas réussi à m'en réjouir, je me suis sentie soulagée. Le poison du doute quant à la possible implication de Will dans cette histoire me traverse l'esprit quelquefois mais je ne m'accroche pas à cette idée. *Le monstre* est mort, la justice ne sera jamais rendue mais il ne pourra plus jamais me faire de mal. Je crois que je suis capable de me contenter de ça. Un cycle vient de se briser. Logan appartient bel et bien au passé et ma toupie peut continuer de tourner…

La porte de la salle de bains s'ouvre et dévoile un Miles torse nu au visage apaisé par le sommeil. Il me salue, une main tentant de dompter sa tignasse rebelle. On dirait qu'une tempête a soufflé d'un seul côté, laissant ses cheveux en suspension dans un drôle d'angle. Je pouffe de rire.

— Jolie coiffure, beau brun.

Il s'approche et s'agenouille devant la baignoire. Il décrit de petits tourbillons dans la mousse, songeur.

— Bien dormi ?

— Étrangement, oui.

— Étrangement ?

— Mon corps a besoin de se détendre après nos folies de la nuit.

Miles me sourit.

— C'est le lieu qui se prête à ça, non ?

— Sans doute… Ou c'est toi, ton corps de rêve et ta gueule d'ange.

Mon bel écrivain hausse les sourcils et se recule, une main à la poitrine.

— D'ange, moi ? Pas d'insulte s'il te plaît…

Je rigole et l'éclabousse lorsqu'il tente de me voler un baiser. Il affiche les yeux tout ronds de celui qui s'est fait avoir. Je l'éclabousse de plus belle pour effacer cet air niais de son visage. Tout de suite, son expression se fait plus diabolique.

— Tu vas regretter ce que tu viens de faire, jeune fille.

Soudain, il enjambe le rebord de la baignoire, trempant au passage son pantalon de nuit.

— Miles ! Mais qu'est-ce que tu fais ? Tu es encore tout habillé !

— Comme si ça te posait vraiment un problème.

Il fait glisser ses bras sous mes fesses et me redresse contre lui. Mes seins sortent de leur cachette de mousse et s'écrasent contre son torse.

— Nous voilà à armes égales.

— Je ne t'ai pas invité dans mon bain.

Ses lèvres se posent délicatement sur la naissance de mon cou et une de ses mains s'empare de mon sein. Il murmure à mon oreille, la voix assombrie par le désir :

— Je peux repartir si c'est ce que tu veux…

— Ça ne se fait pas de ne pas terminer ce que l'on commence, cher ami.

Il me sourit avant de prendre mes lèvres. Ses mains caressent mon dos et ma nuque. Je me colle à lui et enserre sa taille de mes cuisses. Peu à peu, notre baiser se fait plus langoureux…

* * *

Anna s'observe dans le miroir pendant que je lace son corset. La robe qu'elle a choisie est à son image : sans fioritures, simple et élégante. Je suis émue d'être ici avec elle et d'avoir le privilège de l'aider à enfiler sa robe.

— Je n'en reviens toujours pas de ce que je m'apprête à faire ! Je vais me marier, Cassie !

Je décale ma tête à côté de la sienne et pose une main sur son épaule.

— J'espère que tu mesures combien je t'aime pour accepter de monter dans un hélicoptère…

Anna rit doucement et pose sa main sur la mienne.

— Je crois que je le sais. Merci, ma petite peste. Merci d'être là.

Elle se tourne et me fait face, visiblement très émue.

— Putain Anna, arrête de me regarder comme ça ou je vais chialer.

Mes lèvres tremblent et ma confidente de toujours me prend dans ses bras. Nous restons un moment ainsi, l'une contre l'autre. Pas besoin de long discours pour parler le langage du cœur.

Après quelques minutes, nous nous défaisons l'une de l'autre et nous reprenons là où nous nous étions arrêtées en reniflant.

— Tu l'aurais cru, au lycée, si on t'avait dit que Cassie Cooper, la reine des connasses, serait la témoin de ton mariage ?

— J'aurais ri nerveusement à l'idée de me marier. Alors si on m'avait dit qu'en plus, tu serais dans le scénario, je me serais sans doute immolée par le feu.

Je tire sur un lacet plus fort que prévu.

— Garce.

Mon amie s'esclaffe et son regard se ternit une seconde.

— Je me demande ce que diraient tous ceux qui m'ont harcelée s'ils me voyaient maintenant…

— Ils penseraient qu'ils ont été bien idiots et que tu es une femme brillante et magnifique.

Anna glousse puis sa voix se fait plus sérieuse.

— En même temps, si je n'avais pas vécu tout ça, je ne serais pas celle que je suis aujourd'hui. Je n'aurais peut-être pas développé autant mon sens critique de l'humain, je ne me serais pas autant dépassée pour exister, je n'aurais pas fait de journalisme, je n'aurais pas rencontré Phil, je…

Je me penche sur le côté pour capter son regard dans le miroir.

— Comment tu me dis toujours déjà ?… Ah oui ! *Respire !*

Nous rions de bon cœur. Anna se dandine.

— Tu as fini ?

— Oui…

Anna se regarde une dernière fois et tourne sur elle-même.

— On doit être dans une demi-heure à l'héliport de l'hôtel. Les garçons nous rejoignent là-haut. Miles est avec eux ?

— Je suppose…

Mon homme et son côté mystérieux. J'ai conscience qu'il fait un effort surhumain en m'accompagnant ici. Las Vegas, pour quelqu'un qui craint la surstimulation, ce n'est plus une preuve d'amour, c'est de l'abnégation ! Alors lorsqu'il m'a fait comprendre qu'il serait présent mais à sa manière, j'ai tout simplement accepté de le laisser tranquille. L'essentiel, c'est d'être présente pour mon amie. Je suis tellement fière de la femme qu'elle est devenue…

— Ça va, Cassie ?

— Oui ! C'est juste que…

Je me reprends pour ne pas pleurer.

— Je te trouve tellement belle, tellement géniale aussi ! Je suis trop contente d'être ton amie et je suis trop contente pour toi. C'est beaucoup d'émotion !

Les larmes m'échappent cette fois. Elles se mettent à couler, totalement hors de contrôle.

— Oh ! Ma chérie, tu es trop mignonne…

Anna me prend dans ses bras et je profite de notre étreinte comme d'un trésor. Elle doit penser que je suis bien émotive. Mais se rend-elle compte de la chance que j'ai aujourd'hui ? Je l'ai elle, j'ai Miles, mon travail d'écrivain, de belles personnes sur qui compter, un père qui retrouve peu à peu son rôle et un avenir qui me tend la main. Ma vie a pris un cours inattendu. Il y a quelques mois, si j'avais dû écrire l'histoire de Cassie Cooper, je n'aurais jamais pensé la terminer de façon si pleine et excitante. Mais j'ai eu l'audace d'oser et je suis désormais à ma juste place.

Je sais qu'aujourd'hui, peu importent les obstacles qui se mettront en travers de ma route, j'ai en moi la force de reprendre la bonne direction. Ce pouvoir, il est en moi. Je suis fière de la femme que je suis devenue et je suis enfin prête à aimer les autres.

REMERCIEMENTS

Il m'a fallu du temps pour retrouver le chemin de l'écriture d'un roman. Après *Le bonheur était là*, j'avais mille idées en tête sur ce que je voulais faire. J'ai ainsi amorcé des récits, griffonné des notes diverses et variées, sans jamais aller au bout car je sentais qu'il manquait *ce* quelque chose. Je remercie vivement Thibaud, mon mari, qui a supporté cette période d'errance créative avec bienveillance et tendresse, avec cette façon bien à lui de me souffler des directions qui pourraient me convenir. On trouve le chemin seul mais on ne rechigne pas à recevoir quelques coups de pouce.

Alors, ce quelque chose, j'ai fini par le trouver en créant l'univers de *Secret Existences* et les personnages qui le composent. Après *Le bonheur était là* où j'avais littéralement sorti de mes tripes un récit qui aborde des thématiques fortes comme le sens que nous donnons à la vie, notre rapport à la mort, ce qui est vraiment essentiel, je ne pouvais pas reprendre les routes de la romance, mon premier amour, sans emporter ce que l'écriture de ce roman m'avait enseigné. La magie, dans ce style littéraire, c'est que l'on peut aborder des sujets complexes, profonds, faire passer des messages, donner à réfléchir, tout en proposant une écriture accessible et divertissante. On peut ainsi mêler romantisme, réalisme, introspection, et humour ! Pour cela, je tiens à remercier mon lectorat qui me suit depuis mes débuts et qui me conforte dans la voie que j'ai choisie.

Ainsi, au-delà de la relation amoureuse entre les deux personnages principaux, j'aborde la thématique des masques que nous portons tous pour plaire à l'autre ou ne pas lui déplaire, la question de la violence que les autres nous infligent et celle que nous nous infligeons à nous-mêmes, la puissance de nos croyances limitantes, mais également notre capacité de résilience en la façon dont nous vivons les événements de la vie, les belles rencontres qui nous tendent la main et nous aident à sortir des ténèbres…

Je voudrais en cela remercier tous les hommes et les femmes libres, les philosophes comme Alexande Jollien, les artistes, les écrivains, les musiciens, qui, par leur façon d'être, nous élèvent.

Étant maman d'un petit garçon de six ans d'une grande sensibilité et dont les réflexions parfois innocentes et pourtant si sages m'enseignent et me ramènent à mon propre enfant intérieur, je tenais à remercier ce petit être de lumière qui a agrandi mon cœur à la taille de l'univers et bien au-delà. Le personnage de Zayan est largement inspiré de lui. La relation entre Cassie et lui m'a permis de parler de la différence et de son accueil dans notre société. Je parle de harcèlement scolaire et je remercie pour son travail Nathalie Goujon, psychothérapeute et autrice du livre *Médecine sans souffrance ajoutée*[1], dans lequel elle partage une discussion avec un petit patient, que j'ai reprise pour les conseils que propose Cassie à Zayan. Je trouvais la réponse si intelligente, à la fois non violente et active, convoquant la force intérieure de l'enfant, que je voulais la réintégrer dans mon texte afin qu'elle soit utile, peut-être, à celles et ceux qui la liront ici.

Un grand merci à mon mari pour avoir créé le visuel de ma couverture. Je remercie mes toutes premières lectrices, Raquel et Alison, pour leurs retours avisés et motivants. Je remercie Lea, mon éditrice, pour qui j'ai beaucoup de respect, de si bien me connaître pour me ramener gentiment sur la route lorsque je m'égare un peu trop loin. Je remercie Claire, mon incroyable correctrice, qui, comme elle le dit, « déleste la page de tous ses maux » de manière admirable.

Je remercie tous mes amis sans qui la vie n'aurait pas le même goût de bonheur ! Je remercie toutes les rencontres et les voyages qui me nourrissent. Je remercie les moments de quotidien et les petits riens qui font souvent le grand tout. Et je vous remercie vous, chères lectrices et chers lecteurs, pour la confiance et l'intérêt que vous portez à mon travail.

La vie est belle.

Merci.

---

1. *Médecine sans souffrance ajoutée*, Nathalie Goujon, Enrick Éditions, 2017

VOUS AVEZ AIMÉ LE LIVRE ?

Si Cassie a réussi à vous captiver, n'hésitez pas à partager votre expérience en déposant un commentaire en ligne et en parlant du livre à vos amis. Cassie et moi comptons sur vous pour nous aider à faire découvrir son histoire à d'autres lecteurs.

À PROPOS DE L'AUTRICE

Claire, avant d'être romancière, était directrice créative et scénariste pour le jeu vidéo. Elle a créé la série à succès *Is it Love?* aux 65 millions de lectures. Claire a participé aux adaptations en roman des *Is it Love?* et a commencé l'écriture de nouveaux récits. En 2020, elle réunit 13 autrices pour le recueil de nouvelles caritatif *Même à l'ombre, les cigales chantent*. Elle publie *Le bonheur était là* en 2021 aux éditions Hugo Roman. Avec *METAL*, elle lance sa nouvelle série « Secret Existences ».

facebook.com/miss.c.zamora

instagram.com/claire_zam

tiktok.com/@claire_zam

CLAIRE ZAMORA
Le bonheur était là
Hugo Roman

LE BONHEUR ÉTAIT LÀ - EXTRAIT

CLAIRE ZAMORA

Résumé :

Lucie, trentenaire, a tout de la femme accomplie : une carrière prometteuse au sein d'une start-up dans laquelle elle passe le plus clair de son temps, un bel appartement à Paris et quelques aventures sentimentales sans lendemain qui ponctuent un quotidien bien rodé. Mais il suffira d'un appel d'Enzo pour bouleverser cet équilibre. C'est son ami d'enfance, la personne à qui elle tient le plus au monde. Entre eux, pas d'histoire d'amour, mais la plus belle histoire d'amitié qui existe. La jeune femme va être confrontée à un choix : rester à Paris et concrétiser ses espoirs professionnels ou tout quitter et suivre son éternel complice à Bali. C'est un véritable chemin initiatique qui l'attend. Mais est-elle prête pour un tel changement ? Acceptera-t-elle de faire face à ses démons ? Lorsque la vie ébranle nos certitudes, on peut s'obstiner à garder le contrôle ou décider de lâcher prise.

Extrait :

— Le *swell* est phénoménal ici !

Je me retourne vers Nolann, interrogative. Je connaissais le swag mais pas encore le swell.

— Le quoi ?

Ce dernier penche la tête et soulève sa chemise en lin pour la jeter négligemment sur un rocher. Ses talismans, qui ne le quittent jamais, s'entrechoquent contre le dessin troublant de ses pectoraux. Mes yeux suivent le mouvement hypnotique des pendentifs en même temps qu'un feu invisible s'anime dans mon bas-ventre… Sa peau est hâlée par le soleil, il n'y a rien à jeter dans ce que je vois et mes mains me picotent d'envie.

Prenez Nolann, une plage, des surfeuses, et vous obtenez un remake de L'Île de la tentation. Si Enzo voyait ce spectacle indécent… Je me gausse intérieurement en imaginant sa tête.

Les yeux azurés de l'Irlandais se reposent sur les miens. Je vois bien qu'ils sont rieurs.

— La houle. Ici les vagues s'enroulent autour d'une pointe et le fond rocheux provoque leur déferlement. En d'autres termes, ces petites chipies sont géniales.

Je pose mes fesses sur un rocher et remonte mes genoux contre la poitrine. Je le regarde par en dessous en enroulant mes bras autour des tibias.

— Elles peuvent l'être, après ces trois heures de route !

Le pick-up de Nolann est un vieux Ford 100 au bout de sa vie. Ses suspensions sont aussi souples que celles du tracteur de mon grand-père. Et je ne parle pas de la climatisation. Inexistante.

Les babas cool du coin trouveraient un charme rétro à son vieux tacot. Mais pour ce qui est de traverser l'île du nord au sud, c'est moins mignon. Trois heures assise sur un marteau piqueur à prier pour que ça s'arrête, ça reste dans les annales.

La route à travers les rizières, aussi belle soit-elle, n'a pas réussi à me faire oublier l'inconfort du voyage. Nolann comble l'espace entre nous et relève mon menton du bout de l'index. Ce contact m'électrise plus qu'il ne le devrait. Je me croyais plus originale que ça. J'ai passé l'âge, bordel ! Le dernier surfeur pour lequel j'ai craqué, c'était dans Point Break, comme à peu près toutes les jeunes adolescentes de ma génération. En même temps, réunir Patrick Swayze et Keanu Reeves dans le même casting, c'était clairement diabolique de la part du réalisateur.

— Ne sois pas si grognon. Tu as devant toi l'une des plus belles plages du monde.

Difficile de lui donner tort. Tout au sud, au pied des falaises, l'océan gronde sa toute-puissance. Le spectacle est bluffant et nous remet à notre juste place de petits avortons. Bienvenue sur la plage d'Uluwatu. Avec un nom pareil, je m'imaginais une douce sieste à l'ombre d'un cocotier, pendant que Nolann me jouerait une musique locale au ukulélé. Mais… non. Point du tout.

— Rejoins tes petits copains et va barboter dans l'eau avec ta planche de malheur. Moi, je reste là. Et ne compte pas sur moi pour t'envoyer des saluts encourageants depuis le rivage. Je ne suis pas ta mère.

— Lucie, Lucie… Qu'ai-je fait pour mériter tant de haine ?

Sans me laisser le temps de répondre, il attrape sa planche sous le bras, m'adresse un salut théâtral et me tourne le dos. Il prend de la vitesse, s'élance à travers les vagues avant de se coucher sur sa planche pour fendre les premières vagues. Je l'observe faire. Lui et ses acolytes. C'est divertissant. Ils m'offrent une sorte de ballet improvisé. Tout semble bien rodé, chacun à sa place. On dirait qu'ils ont délimité leurs lignes. Il semble même régner une ambiance de compétition. Si je m'étais fourrée au milieu, je me serais sans doute fait laminer. Enfin, pour ça, il aurait fallu que je tienne plus de deux secondes debout sur ma planche.

Et sinon, le paddle, c'est sympa non ?

Lorsque Nolann revient, il se laisse tomber sur la serviette à côté de moi en expulsant un gros soupir de satisfaction.

— Impressionnant. Tu as appris ça où ?

— J'ai commencé en Australie. Mais c'était différent. Ici, je me sens libre.

— Quelle différence ? Une planche reste une planche, non ?

— Aucune. C'était en moi. Le surf fait partie des disciplines qui m'ont permis d'assumer certaines parties de ma vie que je cherchais à fuir. Quand tu es seul sur ta planche, au milieu de l'océan, à attendre la vague et que tu ne peux plus te défiler, tu apprends à l'accueillir et à danser avec elle. Je devais lâcher des choses en me confrontant à elles mais surtout en acceptant qu'elles soient une partie de moi.

— Comme j'aimerais bien, moi aussi, réussir à lâcher des choses !

— Il suffit que tu le choisisses, Lucie.

— Ce n'est pas si simple ! Pour l'instant, je recule devant la vague. Si je décide de la regarder en face, je ne crois pas être jamais capable de revenir à la surface. Le regard de Nolann se fait compréhensif.

— Ton ami ?

Fin de l'extrait.

Printed in France by Amazon
Brétigny-sur-Orge, FR

12351725R00198